Danielle Steel

JEU D'ENFANT

Roman

Traduit de l'anglais (États-Unis)
par Caroline Bouet

Les Presses de la Cité

L'édition originale de cet ouvrage a paru en 2017 sous le titre *Child's Play* chez Delacorte Press, Random House, Penguin Random House Company, New York.

Les Presses de la Cité, un département Place des Éditeurs
92, avenue de France 75013 Paris

ISBN : 978-2-258-19185-3
Dépôt légal : mai 2022

Presses de la Cité | un département **place des éditeurs**

place des éditeurs

À mes enfants merveilleux que j'aime tant,
Beatrix, Trevor, Todd, Nick,
Samantha, Victoria, Vanessa,
Maxx et Zara.

Puissiez-vous prendre de sages décisions,
choisir des partenaires aimants et attentionnés
qui vous traitent avec respect,
prennent soin de vous et vous protègent,
vous font sourire
et partagent vos rêves,

Et à nous tous, parents,
qui ne cessons d'être surpris
par nos enfants !

Merci pour les leçons que vous me donnez !

Je vous aime tant !
Maman/D S

Un homme insensé a bâti sa maison sur le sable. La pluie est tombée, les torrents ont dévalé, la tempête a soufflé, elle a secoué cette maison ; la maison s'est écroulée, et son écroulement a été complet.

Un homme prévoyant a bâti sa maison sur le roc. La pluie est tombée, les torrents ont dévalé, la tempête a soufflé et s'est abattue sur cette maison ; la maison ne s'est pas écroulée, car elle était fondée sur le roc.

Évangile selon saint Matthieu
(chapitre 7, versets 26-27,
puis versets 24-25)

1

En ce début de mois de juin, c'était la première fois de l'année qu'il faisait réellement chaud. Kate Morgan contempla les piles de dossiers bien nettes sur son bureau. Elle aimait que les choses autour d'elle soient bien claires, et la vie ordonnée. Elle avait connu les chocs que réserve parfois l'existence quand son mari était mort brutalement, dix-neuf ans auparavant. Elle avait alors dû ramener l'ordre au beau milieu du chaos. Ses enfants, Tamara, Anthony et Claire, avaient à l'époque respectivement 13, 10 et 7 ans. Elle-même était âgée de 35 ans et n'aurait jamais pensé devenir veuve aussi jeune.

Son mari, Tom Morgan, était un membre du Congrès aimé de tous. Lorsqu'ils s'étaient rencontrés, elle était encore à l'université et lui finissait son droit. Ils avaient attendu pour se marier que Kate obtienne son diplôme. Tom rêvait d'une carrière politique et Kate, qui souhaitait pourtant elle aussi étudier le droit, avait accepté d'endosser le rôle de la parfaite épouse d'un homme politique, restant loyalement à ses côtés pour élever leurs trois enfants. Tom avait perdu la vie dans un accident d'hélicoptère survenu au cours d'une tempête, alors qu'il se rendait dans une zone ravagée par une inondation, au nord de l'État de New York. Après le drame, les médias l'avaient dépeint comme un véritable saint des temps modernes. Sympathique, ouvert, accessible, il avait été populaire dès sa première élection. Kate et les enfants avaient été dévastés, et elle avait dû se battre pour donner un sens à leur vie sans lui. Tom avait été un père merveilleux, et un époux aimant pendant la majeure partie de leur mariage. Dix-neuf ans plus tard, les enfants le vénéraient toujours. Kate avait veillé à ce que les souvenirs qu'ils avaient de leur père demeurent intacts.

Grâce à l'assurance vie, ils avaient pu mener une existence confortable bien que simple. Cet argent avait permis à Kate d'envisager des possibilités jusque-là inédites. Un an après la mort de Tom, elle avait donc intégré la faculté de droit de Columbia, à New York. Mener de front les études et l'éducation de ses enfants n'avait pas été une mince affaire, mais elle avait embauché une femme de ménage et pouvait également compter sur l'aide de sa mère au quotidien. À 36 ans, Kate était l'étudiante la plus âgée de sa promotion. Trois années plus tard, elle avait obtenu son diplôme avec mention.

Depuis quinze ans maintenant, elle était avocate chez Berrigan Feldman et McCarthy, où on l'avait embauchée tout de suite après sa réussite à l'examen du barreau. Elle était à présent associée du cabinet. Spécialisée en droit des affaires, Kate plaidait avec talent et elle avait la charge de quelques-uns des dossiers les plus importants. Trois procès l'attendaient dans les prochains mois, si toutefois les deux parties ne trouvaient pas d'arrangement entre-temps.

Femme forte et négociatrice implacable, elle n'en demeurait pas moins une mère aussi dévouée que douce. Devenir avocate avait ajouté une nouvelle dimension à sa vie. Elle aimait son travail, et ses enfants s'étaient adaptés à son emploi du temps lorsque sa carrière avait pris de l'ampleur. Ils étaient tout aussi fiers d'elle qu'elle l'était d'eux. Elle travaillait dur et, pour eux, elle incarnait un véritable modèle. Maintenant qu'ils étaient adultes, Kate employait le temps qui ne leur était plus dévolu à travailler avec davantage d'acharnement. Pendant toute leur enfance, elle avait dû jongler – les devoirs, les matchs et les spectacles de l'école –, et elle y était parvenue. Elle attendait d'eux qu'ils atteignent l'excellence, plaçant la barre aussi haut que pour elle-même. Cette exigence avait porté ses fruits et le résultat était impressionnant : ses trois enfants étaient devenus des adultes solides, stables et équilibrés, qui au terme de brillantes études avaient décroché des postes dans lesquels ils s'épanouissaient. Kate les avait toujours encouragés à choisir des carrières ayant du sens pour eux.

N'ayant jamais rencontré de difficulté sérieuse avec ses enfants – ce qui suscitait d'ailleurs l'envie de certains de ses amis –, Kate avait tendance à penser que c'était la norme. Il lui arrivait cependant d'admettre avoir eu de la chance. Tamara, Anthony et Claire avaient survécu à la mort dramatique de leur père sans dégât apparent. Pas de problèmes de drogue ou d'alcool, d'échec scolaire ou d'ennuis avec la justice. Aucune de ses deux filles n'avait connu de grossesse non désirée. Le salaire lié à la brillante carrière de Kate avait généreusement complété l'assurance vie de Tom, ce qui leur avait permis à tous d'étudier dans les meilleurs établissements du pays. Elle adorait passer du temps avec eux, et elle avait la chance de pouvoir le faire malgré leurs vies bien remplies et leurs carrières accaparantes.

Aucun n'était encore marié, mais Anthony s'était fiancé six mois auparavant. Kate trouvait Amanda, la jeune femme qu'il avait choisie, parfaite pour lui. Il avait 29 ans et elle 28. Le père d'Amanda, un banquier d'affaires qui habitait à Bronxville, avait très bien réussi. Amanda avait fait son entrée dans le monde lors du bal des débutantes de New York, à 18 ans, et elle avait choisi de quitter l'université respectable où elle étudiait pour prendre un poste d'assistante de rédaction chez *Vogue*. Elle travaillait maintenant pour les pages beauté du magazine. Grande blonde aux yeux bleus, comme Kate, Amanda ne passait pas inaperçue. Elle aurait pu être mannequin. Ses parents étaient non seulement des gens charmants, mais aussi des figures mondaines de premier plan. Kate aimait l'idée qu'Anthony épouse une fille comme elle, et l'idée de la vie qu'ils mèneraient ensemble.

Anthony, ancien étudiant au MIT, était une espèce de génie de l'informatique. Il avait également des talents de graphiste et concevait des jeux vidéo pour la plus grande entreprise mondiale du secteur. C'était un beau jeune homme, sympathique et surdoué, mais parfois peu à son aise en société. Kate savait qu'avec une épouse comme Amanda, il ne se contenterait pas de fréquenter ses collègues geek mais aurait aussi des amis respectables dans les meilleurs cercles.

Elle saurait élargir ses horizons au-delà de son écran d'ordinateur, qui avait tendance à le fasciner au point de lui faire oublier tout le reste.

Elle l'emmenait à des soirées, et le couple se retrouvait de temps à autre dans la rubrique mondaine du *New York Post*, ce qui ne déplaisait pas non plus à Kate. Elle était convaincue qu'Amanda ferait une épouse formidable. La jeune femme n'avait pas de grande ambition chez *Vogue*, la vie conjugale l'intéressait davantage que sa carrière. Anthony et elle s'étaient rencontrés au mariage d'un ami commun l'été précédent, sur l'île de Martha's Vineyard, et ils s'étaient fiancés à Noël. Leurs noces auraient lieu en décembre – dans six mois à peine.

Amanda et sa mère avaient passé les derniers mois à mettre au point chaque détail de la fête. Amanda avait acheté sa robe dès la semaine de ses fiançailles. Les sœurs d'Anthony avaient jugé cela idiot mais Kate trouvait que c'était adorable.

Kate quitta son bureau parfaitement rangé et rejoignit l'ascenseur en quelques enjambées élégantes. Elle était âgée de 54 ans mais, avec sa longue chevelure blonde ramenée vers l'arrière, on lui en donnait aisément dix de moins. Son corps était athlétique. Trois fois par semaine, un coach sportif venait l'entraîner à domicile.

Le restaurant français où elle avait donné rendez-vous à Claire, sa benjamine, se trouvait à une dizaine de minutes à pied de son cabinet situé au croisement de Park Avenue et de la 54e Rue Est. Réjouie à l'idée de ce déjeuner, Kate avait le sourire aux lèvres.

Après avoir obtenu son diplôme de droit à l'université de New York l'année précédente, Claire travaillait pour un cabinet concurrent en tant qu'avocate d'affaires. Elle marchait dans les pas de sa mère, à qui elle n'hésitait d'ailleurs pas à demander conseil. À 26 ans, elle connaissait un début de carrière prometteur qui faisait la fierté de Kate.

La jeune femme, dont le bureau n'était aussi qu'à quelques minutes, l'attendait devant le restaurant. Brune aux yeux noirs, elle ressemblait énormément à son père. Plus petite que Kate, elle dégageait une sensualité désinvolte dont elle n'avait pas conscience. Juchée sur des talons, elle portait ce jour-là une courte jupe noire et avait rassemblé sa belle chevelure en un chignon haut. En l'apercevant, Kate s'égaya. Elle adorait ces déjeuners avec sa fille, si jeune et pleine d'énergie. On ne s'ennuyait jamais en sa compagnie. Claire était aussi une incorrigible romantique. Avant, pendant et après ses études de droit, elle avait enchaîné les relations sans lendemain. Ses histoires d'amour follement intenses s'apparentaient à des feux de paille, mais Claire tournait vite la page et ne restait jamais longtemps célibataire – les hommes la trouvaient irrésistible. Sa sœur aînée, Tammy, directrice marketing adjointe chez Chanel, n'avait en revanche jamais de temps à consacrer aux choses du cœur. Elle y penserait plus tard, disait-elle. Son ascension au sein de l'entreprise avait été fulgurante et l'avait obligée à sacrifier sa vie personnelle. Tout le contraire de Claire, qui parvenait à concilier travail acharné et amours.

Kate l'embrassa, et elles poussèrent la porte du restaurant. De nombreuses têtes se tournèrent à leur entrée. Depuis l'adolescence, Claire avait le genre de physique dont les hommes raffolent, et Kate était elle aussi une très belle femme. Le maître d'hôtel, ravi de les revoir, les installa à leur table préférée, dans un coin intime.

— Tu as l'air heureuse, fit remarquer Kate dès qu'elles furent assises.

Claire, tout sourire, hocha la tête.

— On m'a confié l'investigation préalable pour trois nouveaux dossiers. Des affaires vraiment intéressantes.

— Oh, voilà qui devrait t'occuper un petit moment.

Claire ne révélait jamais rien de confidentiel à sa mère, mais elle adorait lui parler de son métier, profiter de son avis éclairé sur certaines lois et connaître les précédents susceptibles d'avoir un impact sur ses dossiers en cours.

Elles commandèrent une salade de homard et discutèrent à bâtons rompus.

— Tu as vu ton frère récemment ? demanda Kate alors qu'elles venaient de terminer leur plat et attendaient un café.

— Pff, on ne se voit plus. Il répond à peine à mes SMS. Je l'ai appelé sur FaceTime le week-end dernier. Il était à Bronxville, chez les parents d'Amanda. Il est tout le temps fourré avec elle. Je crois qu'il aime bien leur piscine. Parfois, j'ai l'impression qu'il a été kidnappé par des extraterrestres. Avant, on s'amusait bien ensemble. Maintenant, il n'y en a plus que pour Amanda.

— Ils sont fiancés. C'est plutôt normal qu'ils passent beaucoup de temps ensemble, répondit calmement Kate.

Elle savait que l'opinion de Claire sur le sujet était diamétralement opposée à la sienne.

— Amanda ne parle que de mariage. La robe, les chaussures, les tenues des demoiselles d'honneur, les fleurs… Dans un an, il s'ennuiera ferme. Il mérite mieux que ça, maman. Tu le sais bien.

— Elle est parfaite pour lui, martela Kate, comme chaque fois que le sujet revenait sur le tapis. C'est une fille de bonne famille. Ses parents sont des gens charmants. Et elle a fait de belles études.

— Ça lui sert drôlement pour sélectionner des rouges à lèvres ! Et ce n'est même pas elle qui écrit les articles sur les produits qu'elle choisit ! Elle va rendre Anthony dingue. Ne sois pas snob à ce point, maman. On se moque qu'elle ait été la plus belle des « débutantes ». Après le mariage, il n'y en aura plus que pour les bébés, et elle deviendra encore plus rasoir. Anthony n'est pas prêt pour avoir des enfants. D'ailleurs, je ne suis même pas certaine qu'il en ait déjà vu, à part dans ses jeux vidéo. Amanda lui a forcé la main pour qu'ils se fiancent.

Kate arbora un air grave.

— Il l'aime, Claire, même si les raisons de cet amour t'échappent complètement.

— Ah bon ? Chaque fois que je les vois ensemble, Anthony me fait l'effet d'un lapin pris dans les phares d'une voiture. Et elle ne nous laisse jamais l'occasion de nous voir en tête à tête. C'est mon frère, bon sang !

Avant, on pouvait s'éclater, mais il commence à être aussi barbant qu'elle. C'est lamentable.

— Une fois mariés, ils auront du temps pour d'autres choses. Pour le moment, le mariage est leur priorité.

— Oui, celle d'Amanda. Mais pas celle d'Anthony. Pourquoi tu ne veux pas mieux pour lui ? Quelqu'un de plus intelligent, de plus intéressant ? Ou juste de plus excitant ?

— Elle va lui donner un ancrage et il en a besoin. Sinon, il se perdra à jamais dans son monde virtuel. Amanda est la meilleure chose qui lui soit jamais arrivée.

— J'ai du mal à croire que tu le penses vraiment. Si je faisais le même genre de travail qu'Amanda, tu me tuerais.

— Elle n'est pas toi, constata simplement Kate.

— Mamie est du même avis que moi, renchérit Claire, comme s'il s'agissait d'un argument massue.

Leur grand-mère était la deuxième personne la plus importante dans la vie des enfants de Kate. Sa voix comptait beaucoup. D'ordinaire, Kate l'écoutait, mais pas sur ce coup-là. Âgée de 76 ans, Margaret Chapman était une femme dynamique et pleine de vie, à la retraite depuis trois ans. Elle avait exercé en tant que psychologue spécialisée dans les thérapies de couple et familiales. Kate et elle n'étaient pas simplement mère et fille – elles avaient aussi toujours été très proches.

— Crois-moi, vous vous trompez toutes les deux au sujet d'Amanda, soutint Kate avec fermeté. Si Anthony épousait une fille fana d'informatique comme lui, ils mourraient de faim avant d'avoir trouvé la cuisine ou appris à préparer un repas.

— Parce qu'Amanda sait faire la popote ? Arrête. Elle le force à dîner dehors tous les soirs.

— C'est bien pour lui. Sans cela, il resterait au bureau jusqu'à 2 heures du matin. Ils sont complémentaires.

— Je ne la supporte pas, finit par lâcher Claire d'un ton morose.

Mais un sourire ne tarda pas à se dessiner sur son visage. Kate la scruta. Elle avait très envie de changer de sujet. Ni l'une ni l'autre ne remporterait ce débat.

— Mon petit doigt me dit que ce ne sont pas seulement les trois nouveaux dossiers qu'on t'a attribués qui te rendent si heureuse.

Claire avait cet air bien particulier qu'elle arborait quand elle était amoureuse. Kate connaissait ses enfants par cœur.

— Une nouvelle rencontre ?

Claire se montrait d'ordinaire assez ouverte avec sa mère. Elle ne gardait pas de secrets ou, si c'était le cas, pas bien longtemps. Quelle romantique invétérée !

— Hum... Peut-être, répondit-elle évasivement tandis que le serveur posait leurs cafés devant elles.

Claire sourit rêveusement.

— J'ai rencontré quelqu'un, maman. Il est incroyable. Je n'ai jamais connu quelqu'un comme lui.

Kate se garda de lui rappeler qu'elle avait prononcé cette phrase des centaines de fois déjà.

— Non, sérieusement ! objecta Claire qui avait décelé de la perplexité dans le regard de sa mère. C'est un vrai adulte, maman. Un homme.

Généralement, elle s'éprenait de jeunes irresponsables qui l'attiraient énormément au début, mais dont elle se désintéressait très rapidement.

— Bon point pour lui. Comment l'as-tu rencontré ? demanda Kate en priant pour que ce ne soit pas sur une application quelconque.

Elle avait souvent exprimé son aversion pour les rencontres en ligne, qu'elle jugeait fort risquées : c'était à ses yeux un excellent moyen de tomber sur des sociopathes et des menteurs.

— Au travail, répondit Claire de façon énigmatique.

— C'est un jeune collaborateur comme toi ?

L'hypothèse paraissait plausible. La plupart des cabinets d'avocats regorgeaient de jeunes hommes séduisants en début de carrière. Cette nouvelle romance n'était pas forcément une mauvaise idée, somme toute… Claire secoua la tête en guise de réponse, et Kate haussa un sourcil.

— Un avocat associé ?

La situation pourrait être particulièrement délicate si un associé senior poursuivait une jeune collaboratrice de ses assiduités – et pire encore s'il était marié. Pourvu que ce ne soit pas le cas. Claire secoua à nouveau la tête.

— Ce suspense est insoutenable… Un assistant juridique ? Un concierge ? Un coursier ?

— Un client.

Sa mère fronça les sourcils.

— Oh, là, là ! Cela pourrait s'avérer très risqué. L'associé pour qui tu travailles est-il au courant ?

Claire secoua la tête.

— On m'a demandé de prendre des notes au cours d'une réunion organisée en vue d'un règlement à l'amiable. Après le départ des autres, nous avons discuté pendant quelques minutes. Dès qu'il a posé les yeux sur moi, j'ai su que c'était lui.

Kate faillit lâcher un grognement. Ce n'était pas la première fois que Kate lui déroulait ce genre de récit. Mais, avec un client du cabinet, elle mettait son poste en péril. Il fallait au moins qu'elle en parle à sa hiérarchie. Elle devait une parfaite transparence à ses supérieurs.

— Ça a commencé quand ? demanda Kate.

— Il y a deux mois. Depuis, on se voit pratiquement tous les jours.

— Est-il marié ?

Un homme marié, ce serait une première !

— Bien sûr que non ! Comment veux-tu qu'il ait le temps ? Il travaille comme un fou. Maman, ça peut paraître dingue, mais je sais que cette fois, c'est le bon. Et il partage la même impression. À l'instant où on s'est rencontrés, je t'assure, ç'a été comme si le destin nous frappait tous les deux.

Kate eut envie de pleurer face à tant de naïveté.

— Tu ne peux pas dire ça au bout de deux mois, c'est trop tôt. Et puis tu es trop jeune !

Ce genre d'argument n'avait pourtant jamais arrêté Claire.

— À mon âge, tu étais mariée et tu avais deux enfants, argua la jeune femme.

— C'était différent. À l'époque, on se mariait plus jeunes, et ton père et moi nous sommes fréquentés pendant bien plus de deux mois avant de savoir que notre relation était sérieuse. Il faudrait vraiment que tu en informes ta hiérarchie. Ils ne peuvent pas t'empêcher de le fréquenter, mais il faut qu'ils soient au courant. Tu ne peux plus travailler sur les dossiers de ce client.

— Ce n'est plus un problème. Ils ont trouvé un accord.

— Tu devrais tout de même leur en toucher un mot afin qu'on ne te le reproche pas plus tard. Chérie, sois prudente. Tu ne peux pas t'enticher de chaque client qui passe.

— Ce n'est pas le cas. Il n'y a que lui.

On aurait dit une enfant. Claire était plus immature que ses deux aînés, et un peu gâtée du fait de son statut de petite dernière. On lui avait toujours passé tous ses caprices, et il lui arrivait de bouder pendant des semaines pour obtenir ce qu'elle voulait.

— Comment s'appelle-t-il ? demanda Kate, toujours inquiète.

— Reed Bailey.

Kate resta silencieuse un instant. Elle connaissait ce nom. Tout le monde le connaissait à New York. Reed Bailey était un petit génie du capital-risque. Il avait travaillé pour une grosse entreprise de la Silicon Valley avant de revenir à New York pour y monter sa propre boîte, avec un succès retentissant. Kate se demanda si Claire n'était pas qu'un divertissement pour lui. C'était un beau brin de fille, mais était-il possible que Bailey, à près de 40 ans, soit épris à ce point d'une jeune femme comme elle ? Ignorant tout de sa vie, Kate ne connaissait de lui que son succès en affaires. Sur le papier, c'était certainement un type impressionnant. Cependant, il lui paraissait peu probable que Reed Bailey puisse être « le bon » pour Claire.

Lui qui pouvait avoir toutes les femmes qu'il voulait, pourquoi se contenterait-il d'une jeunette draguée dans un cabinet d'avocats ?

— Quel âge a-t-il ?

— Trente-neuf ans. Il n'a jamais été marié. Il a très envie de se caser, d'avoir des enfants. Jusqu'à maintenant, il n'en a pas eu le temps, ou n'a pas trouvé la bonne personne.

La plus vieille excuse du monde, pensa Kate.

— Mais toi, tu n'es pas prête à avoir des enfants, fit-elle remarquer.

À bien des égards, Claire était elle-même toujours une gamine.

— Avec lui, tu joues dans la cour des grands. Il a fait bien plus de chemin que toi, étant donné son âge.

— J'en ai conscience, maman. Mais on est fous l'un de l'autre. Je sais que c'est lui. C'est le bon. Il me voit comme la mère de ses enfants, il me l'a dit. C'est la première fois qu'il dit ça à une femme.

Une fois Claire lancée, rien ne pouvait l'arrêter.

— Peut-être pourrais-tu essayer de temporiser un peu ? Si c'est vraiment le grand amour, votre relation tiendra jusqu'à ce que vous vous connaissiez davantage. Ni toi ni lui ne devriez affirmer ce genre de choses ni prendre de telles décisions hâtivement. La chimie joue beaucoup là-dedans. Tu es une belle jeune femme, tu es intelligente, on ne s'ennuie jamais avec toi... Il ne faut pas que tu te précipites. Lui non plus, d'ailleurs. Pour toujours, c'est long, Claire. Si vous êtes faits l'un pour l'autre, vous pouvez attendre un peu.

— On n'a pas envie d'attendre, maman. Il m'a demandé d'emménager avec lui.

En entendant ces mots, Kate eut un pincement au cœur. C'était trop tôt ! La précipitation n'avait jamais rien donné de bon.

— Agis avec intelligence. Reste avec lui, sors avec lui, apprends à le connaître. Ne lâche pas ton appartement, ne t'installe pas chez lui. Ce n'est pas la première fois que tu t'emballes ainsi.

La remarque sembla blesser Claire.

— Non. Cette fois-ci, c'est différent. Tu ne comprends pas…

— Si, je comprends. Mais tu dois te montrer raisonnable. Cela te semble parfait maintenant, mais tu ne le connais pas du tout. Prends le temps.

— C'est la bonne personne, maman. Je le sais.

Kate eut envie de la secouer. Comme elle ne pouvait pas le faire, il ne lui restait plus qu'à prier pour que Claire lève le pied. Cette fois-ci, cependant, sa fille avait en face d'elle un adulte, et Kate n'avait aucun moyen de savoir si, pour Reed Bailey, tout cela n'était qu'un jeu ou si ses intentions étaient sincères. Elle savait juste que Claire s'était entichée de cet homme, en était folle, et rejetait les conseils de sa mère – comme d'habitude. Kate souhaitait simplement qu'elle n'y laisse pas des plumes. Les mots de Bailey étaient entêtants et grisaient Claire, l'éternelle amoureuse de l'amour.

— J'ai un rendez-vous à 15 heures et je ne peux pas être en retard. On en reparle bientôt. D'ici là, tâche d'écouter mes conseils, conclut-elle.

Kate paya l'addition et elles sortirent du restaurant. Le déjeuner lui restait sur l'estomac. Il était tellement difficile de faire entendre raison à sa fille dans ce genre de situation ! C'était la plus têtue de ses enfants et seul un coup du destin pourrait faire évoluer les choses, comme cela s'était déjà produit par le passé. En attendant, Kate continuerait à suivre les choses de près. Elle avait hâte d'en discuter avec sa mère, avec qui elle dînait ce soir-là.

Elle embrassa Claire et retourna au bureau. En chemin, elle faillit entrer en collision avec deux piétons tant ce qu'elle venait d'entendre la contrariait. Jusqu'à présent, sa fille s'était plutôt bien sortie de toutes ses amourettes. Mais Reed Bailey, c'était une autre histoire. Elle peinait à croire que, au bout de deux mois, il considère déjà Claire comme son âme sœur. Lorsqu'elle arriva au travail, elle arborait une mine renfrognée. L'un des associés passa dans son bureau avant leur rendez-vous.

— Un problème avec notre affaire ? s'inquiéta-t-il.

Kate secoua la tête.

— Non, pas du tout. Je viens de déjeuner avec ma fille. Rien de grave.

— Ils ne nous ménagent pas ! lança Adam Berrigan en riant. La mienne vient d'arrêter ses études. Elle veut s'installer à Florence et devenir artiste.

Aucun des enfants de Kate n'avait jamais nourri de tels rêves. Ils s'étaient toujours montrés raisonnables – même Claire, au bout du compte.

Kate suivit Adam, le dossier sous le bras. Ils devaient rencontrer l'un de leurs clients, son adversaire particulièrement hostile et l'avocat de celui-ci.

L'après-midi s'annonçait long. Ses inquiétudes au sujet de Claire et de Reed Bailey devraient attendre. Cette romance n'était probablement qu'une étoile filante qui disparaîtrait aussi vite qu'elle était apparue. Pour l'heure, et malgré l'enthousiasme de Claire, Kate était convaincue que cet homme ferait long feu, comme les autres. Jusqu'à présent, toutes les histoires d'amour de sa fille avaient été de courte durée, et loin d'être toujours tendres.

2

Il faisait encore tellement chaud, lorsque Kate sortit du bureau à 19 heures, qu'elle décida de marcher jusqu'à l'appartement de sa mère, situé sur Park Avenue, à une vingtaine de pâtés de maisons du cabinet. Elle arriva à 19 h 30, comme convenu, et entra avec sa clé. Margaret l'attendait dans la grande pièce qui lui servait d'atelier. Depuis cinquante ans, elle y réalisait pour son plaisir des peintures à l'huile auxquelles elle avait tout loisir de se consacrer à présent. Loin de travailler son art en dilettante, elle fréquentait encore les bancs d'une célèbre école d'art new-yorkaise pour perfectionner sa technique. Elle avait du talent et s'était vu attribuer plusieurs prix. Son œuvre était très puissante, et Margaret adorait s'adonner à son art. Si elle ne s'était pas découvert une passion et un don pour la psychologie dans sa jeunesse, elle serait probablement devenue artiste – et pas des moindres. Lorsque Kate arriva, Margaret examinait sa dernière toile en date, un verre de vin blanc à la main.

— Elle est belle, maman, la complimenta Kate en l'embrassant.

Une tension intéressante parcourait les œuvres de sa mère, qui avaient un caractère obsédant. À présent,

Margaret peignait tous les jours, parce qu'elle aimait cela bien plus que pour l'argent que cela pouvait lui rapporter. C'était une galerie du sud de Manhattan qui se chargeait de vendre les créations dont elle souhaitait se défaire. Elle avait travaillé dur toute sa vie et avait judicieusement investi son argent. De plus, son défunt mari l'avait laissée dans une situation plus que confortable. Aujourd'hui, elle pouvait profiter des fruits de leur labeur à tous les deux.

— Merci ! J'ai ressenti un curieux besoin de créer quelque chose de plus contemporain. Je n'avais jamais fait ça jusqu'à présent, mais me voilà prête à expérimenter de nouvelles voies.

Elle sourit à Kate. Les deux femmes se ressemblaient énormément, exception faite de leur chevelure – celle de Margaret n'était pas blonde mais rousse, tirant sur le blond vénitien avec le temps. Comme sa fille, elle paraissait plus jeune que son âge. Elle pratiquait le yoga deux fois par semaine, et son corps était ferme et athlétique. Toujours à l'écoute des nouvelles idées, dévorant les livres, elle avait su rester jeune dans sa tête également.

Dans sa manière de penser, Margaret se montrait souvent plus moderne et plus souple que Kate, qui avait des idées arrêtées sur la façon dont les choses devaient être faites. Perfectionniste, cette dernière était très exigeante envers elle-même, et parfois envers les autres. Margaret était plus coulante. Parce qu'elle aimait envisager d'autres possibilités et explorer différents concepts, elle restait particulièrement proche de ses petits-enfants. En l'absence de leur père précocement disparu, leur grand-mère leur avait servi de baromètre pour tester leurs idées. Elle leur avait aussi tenu lieu de filet de sécurité dans certaines situations. Margaret apportait de l'équilibre dans leurs vies, et sa formation de psychologue et de thérapeute leur avait été utile à tous après la mort de Tom. Kate s'était alors grandement appuyée sur elle, ne sachant pas trop comment elle survivrait à cette tragédie au cours des premiers mois de deuil, extrêmement douloureux. C'était Margaret qui l'avait encouragée à s'inscrire à la faculté de droit, le meilleur conseil qu'on lui ait jamais donné. Kate en avait toujours eu le désir et, comme Tom n'était plus là et que sa mère l'aidait à s'occuper des enfants, ce rêve devenait accessible.

— Comment ça se passe au travail ? lui demanda Margaret en souriant.

Vêtue d'un jean maculé de peinture et d'une vieille chemise sur lesquelles étaient cousues les initiales de son défunt mari, Margaret se jucha sur un tabouret haut. La chemise était usée à force d'avoir été portée, et plus aussi impeccable qu'à l'époque où elle appartenait au père de Kate, un banquier à la tête de l'une des plus anciennes institutions de New York. Contrairement à Margaret, si moderne, il était très vieille école – un gentleman à l'ancienne, amoureux de sa femme jusqu'à son dernier souffle. Leur foyer avait été heureux et stable. Kate s'était efforcée d'offrir la même chose à ses enfants.

À la mort de son mari, Margaret avait conservé certaines de ses chemises élégantes. Elle adorait les porter pour peindre ses toiles. Le père de Kate les avait quittés dix ans auparavant, soit neuf ans après Tom.

Mère et fille étaient désormais veuves toutes les deux, ce qui constituait un lien commun supplémentaire.

Les parents de Kate avaient formé un couple remarquable, et l'amour de Margaret pour son mari avait perduré bien au-delà de la mort de ce dernier. C'était lui qui l'avait encouragée à faire un doctorat en psychologie une fois Kate scolarisée, et qui l'avait ensuite poussée à ouvrir son propre cabinet. Quarante années d'une carrière gratifiante avaient suivi.

Margaret n'avait rien perdu de son charme, mais elle n'avait plus jamais regardé un autre homme. Cela ne lui disait rien. Pour sa part, Kate avait connu son lot d'histoires sentimentales après la mort de Tom, mais aucune relation sérieuse. Elle faisait en sorte que ses amants et ses enfants ne se côtoient pas. Aucun des hommes qu'elle avait fréquentés ne l'avait séduite au point de lui donner envie de se remarier. Depuis Tom, elle n'avait jamais offert son cœur à quiconque. Elle appréciait la compagnie masculine, mais la vie lui avait enseigné à quel point la fin d'une histoire était douloureuse, et que la perte de l'être aimé était une souffrance atroce. Elle ne souhaitait absolument pas s'engager outre mesure. Elle en avait beaucoup discuté avec sa mère, qui comprenait ce que Kate ressentait, mais se désolait qu'elle ait choisi de ne pas risquer à nouveau son cœur. Elle aurait aimé que Kate tombe de nouveau amoureuse ou connaisse la vraie passion.

Depuis six ans, Kate fréquentait un sénateur du Massachusetts. Âgé de 59 ans, il était divorcé, avait une ex-femme acrimonieuse et quatre enfants adultes. Lui non plus ne souhaitait pas se remarier. Il aurait aimé voir Kate plus souvent, mais leurs emplois du temps respectifs ne le permettaient pas. Il venait de Washington une ou deux fois par mois pour lui rendre visite, ce qui suffisait à Kate. Ils dînaient au restaurant, allaient au théâtre ou voir des ballets, et passaient des soirées tranquilles dans son appartement. Bart était désormais une présence familière dans son immeuble. Les autres locataires le reconnaissaient et lui souriaient discrètement dans l'ascenseur, mais personne n'en faisait toute une histoire. Kate aimait l'arrangement qu'elle avait avec lui. Ils avaient prévu de passer deux semaines à Shelter Island cet été, dans une maison que Bart louait tous les ans. Margaret ne comprenait pas pourquoi ils ne choisissaient pas une destination plus romantique, comme l'Italie ou l'Espagne. Mais Kate avait déjà été consumée par la passion auparavant, et cela ne l'intéressait plus. Les hommes qu'elle fréquentait étaient toujours moins excitants que Tom l'avait été. Elle avait connu avec lui le grand frisson et, à présent, une gentille relation bien sage fondée sur la camaraderie lui convenait parfaitement.

Pour répondre à la question de Margaret sur son travail, Kate expliqua :

— On a des fusions et des acquisitions à foison, et deux grosses affaires en cours, dont une qui commence à chauffer sérieusement.

Ses yeux s'éclairèrent tandis qu'elle décrivait le litige. Elle s'était servi un verre de vin, dont elle but une gorgée.

— J'ai l'impression que je vais enfin plaider à nouveau. Je ne pense pas que mon client acceptera un arrangement à l'amiable. Nous sommes prêts à nous battre. J'ai l'intuition que nous allons gagner, alors je ne l'encourage pas à choisir la voie de l'accord.

Margaret sourit.

— Qui aurait pu croire que tu deviendrais une vraie tueuse au tribunal ? lança-t-elle d'un air amusé tandis qu'elles allaient dans la cuisine.

La femme de ménage avait mis la table et leur avait préparé un poulet rôti, des légumes et une salade. C'était un repas sans chichis, exactement ce dont elles avaient envie. Elles s'attablèrent et se servirent.

— J'ai déjeuné avec Claire aujourd'hui, annonça Kate avec un soupir. Elle est encore tombée amoureuse. D'un client, cette fois-ci. Je lui ai dit que ce n'était pas très malin, d'autant qu'elle s'attaque à un gros poisson. Le type est une pointure du capital-risque, une figure incontournable de Wall Street. Elle prétend que c'est « le bon », et lui voit en elle la mère de ses enfants.

Elle jeta un regard à Margaret. Elle se fiait aux instincts et réactions de sa mère – la plupart du temps, en tout cas.

— Je devrais m'inquiéter ? demanda-t-elle.

— Non, je ne crois pas. Elle est passée me voir dimanche et m'a tout raconté. Au début, elle dit toujours ça, et ensuite son intérêt s'étiole. Même si je ne suis pas certaine que cela se produise cette fois-ci. Cet homme a l'air très séduisant, et vraiment passionnant. Et il est bien plus raffiné que tous les garçons avec qui elle est sortie.

Toutes deux savaient que c'était à double tranchant, et périlleux.

— Bravo, maintenant je suis inquiète, dit Kate.

Elle posa sa fourchette et regarda sa mère.

— Je ne pense pas que le mariage intéresse Claire pour l'instant, ni à un terme plus long, poursuivit Margaret. Elle dit ne pas croire en cette institution. Elle changera évidemment d'avis sur la question, du moins je l'espère. Peut-être qu'elle aura le cœur brisé s'il se lasse d'elle en premier, mais elle y survivra. Je n'ai pas l'impression qu'on aille dans cette direction, en tout cas pas encore. Il la voit tous les soirs. Il m'a l'air bien mordu.

— Elle veut emménager avec lui. Qu'elle dorme avec lui tous les soirs si ça lui chante, mais je ne veux pas qu'elle lâche son appartement. Elle a besoin d'un chez-elle, au cas où cette relation s'effondrerait comme les autres. Deux mois, ce n'est rien. Il lui faut un an, au moins, pour apprendre à le connaître.

Les propos de Kate étaient pleins de bon sens.

— Je lui ai dit exactement la même chose, renchérit Margaret. Elle ne veut écouter aucune de nous deux, ce qui en soi n'est pas mauvais. On ne peut pas s'attendre à ce qu'elle fasse ce qu'il faut à tous les coups. Tu veux mon avis ? Tu places la barre trop haut pour tes enfants. Ils ne se plantent jamais, aucun n'a jamais eu d'ennui à l'école et ils occupent tous des postes formidables. Ils sont tout aussi déterminés que toi, et tu t'attends à ce qu'ils soient parfaits. Ce n'est pas sain. Un de ces quatre matins, l'un d'eux finira par faire quelque chose qui ne te plaira pas. Il faut t'y préparer. Et mieux vaut que cela arrive maintenant, et pas à 40 ans, avec un conjoint et deux enfants. Peut-être est-il préférable que Claire se mette en danger en se donnant à corps perdu à cet homme, plutôt que de rompre dans trois mois et de passer au suivant.

— Je ne veux pas que mes enfants souffrent, voilà tout, dit Kate d'un air malheureux.

C'était une vieille rengaine, et l'un des rares sujets sur lesquels Kate et sa mère étaient en désaccord.

— Non, tu ne veux pas qu'ils commettent d'erreurs, c'est différent. Or il faut bien que cela leur arrive. Ils ne peuvent pas être parfaits en permanence. S'ils ne se trompent pas maintenant qu'ils sont jeunes, alors quand ? Je m'inquiète pour Tammy. Elle travaille trop pour aller à des rendez-vous galants, alors avoir une relation sérieuse... Au moins, Claire essaie de trouver ce qu'elle veut, en procédant par élimination. D'ailleurs, je partage son avis au sujet d'Amanda. Anthony n'a pas fait le bon choix. Cette fille va réduire son univers à néant. Tout ce qui lui importe, c'est de se marier et d'avoir des bébés. Anthony mérite mieux. Et je pense qu'elle te plaît pour de mauvaises raisons. Je ne te croyais pas aussi snob. En fait, tu aimes Amanda plus que lui, qui n'a rien à faire des relations sociales de ses parents, tout comme de cette histoire de bal des débutantes... Comment peux-tu avoir des ambitions aussi limitées pour lui ? Je la trouve d'un rasoir ! Il me suffit de l'entendre parler de son boulot ou de son mariage pour que le sommeil me gagne.

— Claire et toi êtes affreusement méchantes envers elle. Elle fera une bonne épouse et une bonne mère, s'entêta Kate.

— Est-ce tout ce que tu souhaites pour Anthony ? Il a étudié au MIT, nom d'un chien ! Tu as vu ses jeux vidéo ? Ils sont formidables, dit Margaret qui était fière de tous ses petits-enfants.

— Pas récemment, non, je n'ai pas eu le temps. S'il épouse une férue d'informatique comme lui, jamais il ne s'intégrera au monde réel. Il préfère créer des jeux plutôt que parler aux gens. Ce n'est pas bon pour lui non plus.

— Pourquoi devrait-il se marier ? Il n'a que 29 ans. Qu'est-ce qui presse ?

— Ce n'est pas moi qui ai demandé Amanda en mariage, rétorqua Kate d'un ton agacé.

Elle avait déjà eu cette discussion avec Claire à l'heure du déjeuner – et à plusieurs reprises depuis les fiançailles.

— C'est lui qui a demandé sa main. Manifestement, il trouve aussi qu'Amanda est bien pour lui.

— Elle lui a posé un ultimatum. Elle refusait de continuer à sortir avec lui s'il ne s'engageait pas plus, alors il s'est fiancé.

— En quoi est-ce ma faute ?

— Il sait à quel point tu apprécies Amanda, et il veut te faire plaisir. Autrement, il n'aurait jamais pensé à l'épouser. Il m'a l'air de s'ennuyer et d'être malheureux depuis qu'il a demandé sa main. Ne laisse pas les ambitions sociales que tu nourris pour tes enfants t'aveugler, Kate. À mon sens, il ne devrait pas se marier avec elle. Dans six mois, il sera au fond du trou.

— Trop tard. Elle a déjà acheté sa robe.

— Et alors ? Elle peut la rendre ! J'ai rompu deux fois mes fiançailles avant de rencontrer ton père. C'étaient des galops d'essai. Et sincèrement, je ne suis pas certaine qu'Anthony aura le cran d'annuler. Il est trop gentil pour ça. Il ne veut jamais blesser personne. Il préférera se sacrifier et épouser la mauvaise personne plutôt que de la décevoir ou de te décevoir, toi.

— Amanda n'est pas la mauvaise personne, s'obstina Kate avec véhémence. Toi et Claire êtes peut-être de cet avis, mais pas Anthony. Faites-moi confiance sur ce coup-là.

Jusqu'à présent, elle avait prêché dans le désert.

Tammy avait choisi de ne pas se mêler à ce débat houleux. Pour elle, tant que son frère était heureux, tout lui allait. Elle évitait autant que possible de se retrouver au milieu des désaccords familiaux et gardait ses opinions pour elle-même – contrairement à Claire, Kate et Margaret, qui n'hésitaient jamais à partager leur point de vue, quel que soit le sujet. Ce qui donnait lieu à des repas de famille très animés. Comme sa sœur aînée, Anthony détestait le conflit et préférait disparaître dans son monde virtuel.

— Je pense simplement qu'il y aura des problèmes s'il va jusqu'au bout, insista Margaret. Peut-être pas dans l'immédiat, mais cela finira par arriver. Il ne m'appartient pas de m'en mêler, mais tu devrais peut-être y réfléchir sérieusement et en discuter avec lui. Je ne te parle pas uniquement du présent, mais de son bonheur à venir. Les jeunes oublient souvent la vision à long terme.

— Qui souhaiterais-tu le voir épouser ? Une bimbo ou une fana d'informatique ? En quoi cela serait-il préférable ?

— Ce serait plus amusant pour lui. Avec une fana d'informatique, il partagerait la même langue, et une bimbo serait franchement plus palpitante qu'Amanda.

— Ne dis pas des choses comme ça. Il n'est jamais sorti avec une fille olé olé. Il ne saurait pas quoi faire. Alors en épouser une !

— Rien ne l'y oblige ! lança Margaret avec désinvolture. Pourquoi devrait-il s'installer avec une fille comme Amanda ? Pour terminer à Bronxville comme ses parents ? Il a 30 ans, pas 70. Même à moi qui ai 76 ans, ça ne me dirait pas du tout de vivre là-bas.

— Il l'aime, répondit simplement Kate.

— C'est sûrement vrai. Mais doit-il pour autant en faire sa femme ? Toute cette histoire me contrarie.

— Je sais bien, et Claire partage ton malaise. Mais ce n'est pas nous qui épousons Amanda, c'est lui !

Sa mère commençait sérieusement à l'exaspérer.

— Oui, justement. À son âge, il lui faut plus de piment ! Ce ne sont pas les catalogues de mariage des grands magasins qui vont le faire vibrer…

— Ce seront de belles noces. Ils ont déjà réservé le barnum. Il y aura même des lustres, dit Kate, impressionnée par le mariage somptueux qui se préparait.

— Très bien, alors laissons Amanda se trouver un gentil garçon originaire de Greenwich qui lui dira oui dans ce barnum. Ton fils mérite mieux que ça, c'est tout ce que je dis. Arrête d'exiger de tes enfants qu'ils fassent ce que toi, tu juges bon pour eux. Laisse-les trouver par eux-mêmes ce qui leur convient. Leurs choix seront forcément différents des tiens. Il ne faudrait pas qu'ils prennent certaines décisions uniquement pour te contenter.

— Maman, cesse donc de jouer les agitatrices ! Mes enfants sont très attachés à la tradition.

— Peut-être pas autant que tu le penses ou que tu le souhaiterais. Tu ne peux pas leur demander de vivre dans le petit moule parfait que tu as imaginé pour eux. Parfois, tu attends trop de tes enfants, ajouta Margaret d'une voix plus douce. Cette exigence de perfection, tu te l'es imposée à toi-même. Ne leur inflige pas ça, Kate. Laisse-les commettre des erreurs. Ils en tireront profit au bout du compte.

Kate resta muette quelques instants. Elle aurait aimé que les propos de sa mère ne semblent pas si pleins de bon sens.

— Je n'essaie pas de leur dicter une conduite, finit-elle par répondre mollement.

— Peut-être pas, mais tu leur as toujours dit ce qu'il ne fallait pas faire.

Margaret avait raison. Mais n'était-ce pas parce qu'elle avait placé la barre haut que ses enfants réussissaient dans les domaines qu'ils avaient choisis et ne s'étaient jamais gravement fourvoyés ?

Après son départ, Kate repensa à leur échange. Même quand elle n'était pas d'accord avec sa mère, elle accordait toujours du crédit à ses propos. Margaret avait un don extraordinaire pour comprendre les gens, et elle se trompait rarement au sujet de ses petits-enfants. Ces derniers se fiaient d'ailleurs davantage à l'avis de leur grand-mère qu'à celui de leur mère. L'écart générationnel et son style d'expression rendaient ses conseils plus faciles à entendre. Kate avait tendance à juger davantage et, en conséquence, ses remarques passaient moins bien.

Elle arriva dans son immeuble et entra dans son appartement plongé dans le silence. Ses enfants occupaient encore ses pensées. Ils étaient très différents les uns des autres. Elle avait dû à la fois être leur mère et leur tenir lieu de père, et plus ils grandissaient, plus ce double rôle était devenu difficile. Kate avait compris que, à mesure qu'ils s'éloignaient de l'enfance, ils avaient de plus en plus besoin d'un père, et que parfois, un seul parent, même une mère débordant d'amour, ne suffisait pas.

Ce soir-là, à l'heure où Kate rentrait chez elle après le dîner chez sa mère, Claire et Reed avaient déjà fait l'amour deux fois. La première à 20 heures, sur le sol de l'entrée, dès qu'elle avait franchi le seuil de l'appartement de Tribeca où il habitait. Ils n'avaient pas réussi à aller plus loin que cela. Il l'avait plaquée contre le mur et l'avait déshabillée, puis ils s'étaient laissés glisser par terre, à bout de souffle, affamés l'un de l'autre.

Ensuite, ils avaient réussi à atteindre le salon pour se lover dans un gros fauteuil confortable. Une heure plus tard seulement, ils étaient parvenus dans la chambre, avec vue sur l'Hudson. Au lit, sous la douche… ils n'étaient jamais rassasiés. Ils étaient emportés par une passion frénétique chaque fois qu'ils se trouvaient ensemble. Claire n'avait jamais rien connu de tel. Reed était un amant expérimenté, et ils se faisaient des promesses que la mère et la grand-mère de Claire auraient jugées intenables. Mais les mots s'écoulaient avec le même abandon que les cris de plaisir de la bouche de Claire. Ensuite, la jeune femme se blottissait dans les bras de Reed pour une trêve pleine de tendresse, jusqu'à ce que le désir les assaille de nouveau. Personne ne pouvait garder ce rythme frénétique pour toujours. Ils étaient comme des enfants qui dévalaient une colline – incapables de freiner la chute libre dans laquelle la passion les emportait, ils glissaient à folle allure comme sur un toboggan dont ils n'avaient nullement envie de descendre. Tous les deux trouvaient cela exaltant. Ce mélange d'amour et de sexe était des plus enivrants. Aussi, quand Reed répéta ce soir-là qu'il avait envie qu'elle emménage chez lui, Claire ne douta pas un instant du bien-fondé de cette idée et, oubliant les conseils prodigués par sa mère au déjeuner, elle accepta immédiatement. Elle aurait fait n'importe quoi pour lui.

Anthony et Amanda avaient passé une soirée tranquille. Elle lui avait fait un point sur les derniers détails de l'organisation du mariage. Elle et sa mère avaient les choses en main. Les parents d'Amanda voulaient un mariage de rêve pour leur seule et unique enfant. Ils appréciaient sincèrement Anthony, un garçon indéniablement brillant qui, s'il se montrait parfois un peu timide et maladroit, était tendre envers leur fille. C'était un homme bien, doté de valeurs solides. Le fait qu'il ait étudié au MIT et obtenu son diplôme avec mention ne manquait pas d'impressionner le père d'Amanda.

Dans une semaine, celle-ci devait faire un nouvel essayage de sa robe de mariée car elle avait perdu du poids. Tous les week-ends, elle nageait dans la piscine de ses parents, et son corps était élancé. Pour respecter l'adage « quelque chose d'emprunté, quelque chose de bleu », sa patronne chez *Vogue* avait commandé spécialement pour elle des chaussures Manolo Blahnik aux semelles bleu clair. Ses parents allaient faire venir par avion des roses d'Équateur, et du muguet de France. Le barnum chauffé était fabriqué sur mesure pour répondre à leurs demandes particulières – ils voulaient des parois transparentes et du parquet. La personne chargée de la coordination de la cérémonie avait déniché un lot de trois lustres autrichiens d'époque qui seraient suspendus à l'intérieur de la tente de réception. Anthony se serait évanoui s'il avait eu vent du prix. Ce serait le mariage du siècle, et *Vogue* lui consacrerait quelques pages dans son numéro de mars, trois mois après le grand jour à cause des délais de production du magazine. Anthony l'ignorait, mais la robe de velours d'Amanda était bordée de vison blanc. Elle porterait par-dessus une cape taillée dans la même fourrure. La jeune femme voulait que son fiancé la voie apparaître dans les atours d'une princesse russe.

La veille du mariage, on installerait une patinoire pour donner une grande fête sur glace, qui remplacerait le traditionnel dîner de répétition. Anthony n'était pas non plus au courant de cette fantaisie. Des canons à neige couvriraient le sol de poudreuse, et des sculptures monumentales de chevaux en train de paître viendraient parfaire le décor. Hormis ces quelques surprises, Amanda lui avait communiqué la plupart des détails importants. En juillet, une dégustation était programmée pour le choix du gâteau, et il y en aurait une autre en septembre, pour le banquet. Étant fin connaisseur, le père d'Amanda se chargeait de commander les vins. Sa cave regorgeait des plus fameux millésimes français. Amanda expliqua à Anthony, ignorant en la matière, que ces grands crus valaient une fortune.

Anthony était un homme d'une beauté saisissante. Comme Claire, il avait hérité des cheveux et des yeux noirs de son père. Amanda était une belle femme blonde au teint de porcelaine, presque translucide. Ensemble, ils auraient sans nul doute de beaux enfants. Même si Anthony n'était pas pressé, ils s'étaient mis d'accord pour essayer tout de suite après le mariage. Amanda avait hâte de tomber enceinte et espérait entamer sa grossesse avant le printemps. Selon elle, ils avaient le bon âge pour fonder une famille. Tant qu'ils étaient jeunes, c'était plus sûr. Elle avait tout planifié et, lorsqu'elle déroulait ses projets pour eux deux, Anthony avait l'impression de descendre une rivière en se laissant porter par le courant. Avant de la connaître, il ne s'était jamais projeté aussi loin dans le futur. Il pensait que, après le mariage, Amanda lâcherait certainement prise. Elle n'aurait plus à s'inquiéter de rien, car elle aurait tout ce qu'elle voulait. En attendant, mieux valait la laisser tout prévoir puisque cela la rendait heureuse. Lui avait l'impression de regarder une vidéo grandeur nature.

Amanda était une femme facile à satisfaire, contrairement à d'autres filles qu'Anthony avait pu fréquenter par le passé. Ils s'entendaient à merveille et ne se disputaient jamais – essentiellement parce qu'il cédait sur tout. Il n'y avait pas de feu dans leur relation, pas non plus de difficulté. C'était simple pour Anthony – Amanda et ses parents s'occupaient de tout.

Amanda ne s'opposait jamais à ce qu'il passe du temps à développer ses jeux vidéo car elle savait à quel point ils étaient importants pour lui. Il restait souvent tard le soir au bureau, où il perdait toute notion du temps. Amanda n'y trouvait à redire que lorsqu'ils avaient prévu un dîner qu'Anthony oubliait, et qu'il était injoignable parce qu'il avait éteint son téléphone pour pouvoir se concentrer. Il avait raté quelques rendez-vous de cette manière. Chaque fois, il avait promis que cela ne se reproduirait plus.

Désormais, presque toutes leurs discussions tournaient autour du mariage. Avant, le travail d'Amanda était au centre de leurs échanges. Elle prévoyait de démissionner un mois ou deux avant le grand jour, afin de pouvoir se consacrer pleinement à l'événement. Anthony, qui avait du mal à imaginer que l'organisation d'un mariage soit aussi chronophage, trouvait cela un peu excessif. Mais il savait qu'Amanda n'aimait pas son travail. De plus, il gagnait assez d'argent pour subvenir à leurs besoins à tous les deux. Il n'avait plus de loyer à verser depuis qu'il avait accepté de quitter son appartement, trop petit pour deux – et qui manquait de placards pour accueillir la garde-robe de sa fiancée. Il s'était installé dans l'appartement d'Amanda, propriété de son futur beau-père qui refusait catégoriquement toute compensation financière.

L'appartement se situait à SoHo, un quartier qu'Amanda adorait. Il ne manquait plus dans sa vie qu'un mari et des enfants pour réaliser son rêve de toujours. Elle éprouvait un désir d'enfants si profond qu'Anthony était persuadé qu'elle serait une mère formidable. Et une fois qu'ils auraient un bébé, Amanda souhaitait qu'ils se mettent en quête d'une maison en dehors de New York, peut-être à côté de l'endroit où habitaient ses parents.

Le mariage était aussi une idée d'Amanda. Anthony trouvait que leur relation fonctionnait bien telle quelle, mais la jeune femme avait menacé d'y mettre un terme s'il refusait de s'engager davantage. Il avait alors compris qu'il ne voulait pas renoncer à elle. Et finalement, être marié et sortir ensemble n'était pas si différent, à ceci près qu'on vivait sous le même toit et qu'on avait un jour des enfants. Anthony appréciait ses futurs beaux-parents, et sa mère trouvait Amanda parfaite pour lui. Or Anthony aimait rendre Kate heureuse. Elle avait été une mère formidable, qui avait su se substituer à leur père lorsque cela avait été nécessaire. Elle l'avait toujours encouragé à suivre ses rêves. Amanda faisait désormais partie de leur clan. Tant qu'elle lui laissait le temps de développer ses jeux, il était heureux. Il rêvait d'avoir un jour sa propre entreprise de jeux vidéo et son futur beau-père pensait pouvoir lui trouver des investisseurs. Toutes les pièces du puzzle s'emboîtaient parfaitement.

En revanche, Anthony était contrarié par les critiques de Claire, qui jugeait Amanda trop peu brillante intellectuellement pour lui. Anthony faisait partie du pôle créatif de son entreprise et ne manquait pas de stimulations. Il n'éprouvait pas le besoin de parler à Amanda de son travail, le soir, lorsqu'il rentrait à la maison. Il ne lui demandait pas de comprendre les questions techniques relatives à son métier.

Depuis leurs fiançailles, les préparatifs du mariage les accaparaient complètement, mais en décembre tout cela serait terminé et ils pourraient alors retrouver une vie normale, aller au cinéma, voir des amis, faire de la voile en été. Pour leur lune de miel, ils partiraient skier en Europe. Anthony voulait partager plus d'activités, notamment sportives, avec sa fiancée, car dernièrement ils avaient été trop occupés pour en avoir le temps et cela lui manquait. Amanda l'avait cependant prévenu : si elle tombait enceinte, les activités trop intenses devraient attendre.

Ce soir-là, il eut envie de faire l'amour avec elle. Malheureusement, le temps qu'il sorte de la douche, Amanda s'était endormie. De son côté du lit, sur la table de chevet, il y avait une pile de magazines sur le mariage, et deux livres sur la décoration des tables nuptiales. Ses nouvelles bibles. Il se demandait si les autres femmes s'investissaient autant dans l'organisation de leurs noces. Il n'imaginait ni Claire ni Tammy le faire. Mais Amanda était différente. Elle était en quelque sorte plus « fille » que ses sœurs, lesquelles ne rêvaient pas non plus d'avoir des bébés. Elles étaient toutes deux plus axées sur leur travail, à l'image de leur mère. Il en avait parlé à sa grand-mère et Margaret lui avait expliqué combien il était important qu'Amanda et lui partagent des centres d'intérêt et des objectifs. Il pensait que c'était le cas.

Leur objectif commun était leur avenir – la randonnée, le ski, pratiquer ensemble tous les sports qu'ils aimaient, fonder son entreprise de jeux vidéo le moment venu et, un jour, avoir des enfants. Anthony jugeait cette vision du futur satisfaisante. Tout le reste n'était que détails. Et puisque Amanda était douée pour les détails, il la laissait s'en charger. Pour l'heure, le mariage était loin de le passionner, mais il acceptait volontiers d'en entendre parler pendant les six prochains mois parce qu'il savait que cela comptait aux yeux d'Amanda. Il l'aimait. Au bout du compte, le jeu en valait la chandelle.

Anthony peinait encore à croire que, six mois plus tard, ils seraient mariés. Il sourit en regardant Amanda qui dormait à son côté. Le fait de savoir qu'ils vivraient ensemble pour toujours lui plaisait. C'était une belle fille, et ils s'aimaient. Que pouvait-il souhaiter de plus ?

3

Bart appela Kate en milieu de semaine pour lui annoncer, à la dernière minute comme à son habitude, qu'il pouvait passer le week-end avec elle, si toutefois elle était disponible et ne comptait pas s'enfermer pour travailler sur un procès à venir ou une audition. Ils ne s'étaient pas vus depuis six semaines. Il avait beaucoup voyagé, notamment au Moyen-Orient, afin de rassembler des informations pour un sous-comité sénatorial. Kate adorait qu'il lui parle de son travail, et c'était réciproque. Leurs retrouvailles donnaient toujours lieu à des discussions passionnantes.

Les six années écoulées depuis le début de leur relation étaient passées en un clin d'œil et, depuis que Bart avait compris les règles de base de leur relation, celle-ci se déroulait sans accroc. Quand il avait rencontré Kate, il avait pensé qu'elle pourrait être le genre de femme capable de le convaincre de s'aventurer à nouveau sur les flots agités du mariage. Son divorce, prononcé depuis dix ans, avait ouvert une interminable guéguerre avec son ex-épouse, et souvent aussi avec deux de ses filles, influencées par leur mère. Leur mariage avait été houleux et s'était finalement terminé de façon embarrassante pour lui : la liaison que Bart entretenait avec une assistante parlementaire de 23 ans avait été révélée au grand jour. Même s'il lui avait coûté beaucoup d'argent, le divorce s'était avéré un soulagement pour lui.

Au moment de sa rencontre avec Kate, il avait vu comme un bon point le fait que les enfants de celle-ci aient entre 20 et 26 ans. Il lui fallut des mois pour se rendre compte qu'elle était en réalité mariée à son travail et à ses enfants, et qu'elle s'était débrouillée toute seule pendant si longtemps que le mariage l'intéressait peu. Pour combler ses besoins affectifs, elle n'avait pas besoin d'une relation fusionnelle qui pourrait interférer avec sa liberté, son travail ou ses enfants. Une fois que Bart l'eut compris, il trouva Kate encore plus attirante. Elle ne voulait rien de lui, seulement passer du temps en sa compagnie lorsque cela leur convenait à tous les deux, et voyager en amoureux si leur planning le leur permettait. Son style décontracté et indépendant donnait parfois l'impression qu'elle était distante, mais Kate répondait étonnamment bien aux besoins émotionnels de Bart, beaucoup plus qu'il ne l'aurait cru. C'était une personne gentille, chaleureuse et attentionnée. Elle ne voulait tout bonnement plus être l'épouse de quelqu'un et n'avait pas besoin d'homme pour survivre. Elle s'en sortait bien toute seule. Mieux que bien : à merveille, en fait.

Leur relation s'appuyait autant sur les échanges intellectuels que sur le partage de bons moments. Tous deux étaient des êtres intelligents qui appréciaient d'être ensemble sans que jamais l'un étouffe l'autre. Bart n'avait eu aucune aventure ces dernières années. Kate lui suffisait, et aucune autre femme ne l'égalait vraiment à ses yeux. Elle ne lui demandait jamais s'il avait quelqu'un d'autre, et il était convaincu qu'elle non plus n'allait pas voir ailleurs. Discrète et intègre, Kate jouait franc-jeu, contrairement à son ex-femme qui voulait lui soutirer toujours plus d'argent.

Six ans après le début de leur relation, Kate s'impliquait toujours plus que lui auprès de ses enfants. Bart ne s'était jamais beaucoup investi dans son rôle de père. Il admettait sans peine qu'il n'avait pas été à la hauteur quand ses enfants étaient petits. Il n'avait pas été là pour eux comme Kate avec les siens. Il s'était entièrement reposé sur sa femme. À l'époque, il bâtissait sa carrière politique et, très tôt, sa relation de couple avait été compliquée. Il avait commis de nombreuses infidélités pendant ses déplacements de campagne et son absence avait lourdement grevé sa relation avec ses enfants, deux garçons et deux filles qui se souvenaient parfaitement de toutes les fois où il leur avait fait défaut, ou à leur mère, et qui ne manquaient jamais une occasion de le lui rappeler. Comme il le disait toujours à Kate, le mal était fait. Il était trop tard pour réparer les dégâts. Ses quatre enfants étaient mariés et eux-mêmes parents. Deux d'entre eux vivaient à Boston, un autre à Los Angeles et le quatrième à Hong Kong. Il les invitait de temps à autre pour un week-end de ski, mais il ne les fréquentait pas régulièrement, contrairement à Kate dont les trois enfants habitaient New York.

Bart avait rencontré la mère de Kate à quelques reprises et l'appréciait grandement. Il trouvait que c'était une femme remarquable – sincère, intelligente, enjouée, douée pour comprendre les gens. En ces quelques occasions, il avait beaucoup apprécié sa compagnie, de même que celle des enfants de Kate, qu'il ne voyait cependant que très épisodiquement. Quand ils étaient ensemble, Kate se consacrait entièrement à lui, ce qui n'était pas pour déplaire à Bart. Il pensait qu'elle avait eu plus de chance que lui avec ses enfants, mais il savait que tout n'était pas dû au hasard. Elle avait passé beaucoup de temps avec eux tout en menant sa carrière de front, et elle leur était dévouée. Peut-être même un peu trop, maintenant qu'ils étaient adultes, estimait-il. Kate continuait à attendre beaucoup d'eux, bien qu'ils ne l'aient jamais déçue, alors que l'un des fils de Bart avait eu des problèmes de drogue quand il était plus jeune, que deux de ses enfants avaient divorcé, et que sa fille cadette souffrait de dépression. À ses yeux, il était désormais trop tard pour jouer un rôle actif dans leurs vies. Les dés étaient jetés, et ils étaient plus proches de leur mère que de lui. Même si Kate l'encourageait à les voir plus souvent, cela n'arrivait que rarement et il n'était jamais à l'aise en leur présence. Il préférait passer du temps avec Kate.

Celle-ci se réjouissait qu'il la rejoigne pour le week-end. Ils n'avaient pas de programme particulier. Tous deux adoraient le printemps à New York. En hiver, ils hibernaient souvent dans l'appartement de Kate, où ils pouvaient rester calfeutrés pendant deux ou trois jours d'affilée. Cette fois-ci, ils se promèneraient dans le parc, se reposeraient et auraient l'occasion de se raconter tout ce qui les avait occupés dernièrement, avec plus de détails que dans leurs textos, coups de fil et appels vidéo sur FaceTime.

Dès qu'il arriva chez elle, Kate lui prépara un martini, exactement comme il l'aimait : avec du gin et des olives. Elle portait un jean et un pull blanc, des petites ballerines Chanel, et semblait presque aussi jeune que ses filles. Bart adorait son physique, et cela l'excitait toujours de la voir. Leur vie sexuelle était très épanouie. Tout en elle lui plaisait.

Grand, les cheveux grisonnants, Bart avait des yeux bleus pétillants. Son visage buriné et viril se terminait par une fossette au menton. Bref, il était très bel homme. Kate lui trouvait des airs de star de cinéma des années 1950 – de Gregory Peck ou de Gary Cooper. Il ne manquait pas de sex-appeal.

Ils s'installèrent ensuite dans le salon, où Bart put étendre ses longues jambes. Il savait dans l'ensemble ce qui avait occupé Kate ces derniers temps, mais ne connaissait pas les détails, alors elle lui raconta.

— Claire vit une nouvelle histoire d'amour, lui annonça-t-elle quand ils eurent couvert les dernières nouvelles politiques de la semaine.

— Comme d'habitude, non ? plaisanta-t-il en lui jetant un regard à la fois malicieux et chaleureux.

Bart ne connaissait pas bien les enfants de Kate, mais il était au courant de toutes leurs activités et petites manies. Il savait que Kate se réjouissait du mariage imminent d'Anthony, que Tammy avait été promue chez Chanel, que Claire commençait une carrière d'avocate et qu'elle avait tendance à changer de petit ami tous les quatre matins.

— Cette fois-ci, elle a choisi une grosse pointure, un client du cabinet où elle travaille, lui apprit-elle avec un air désapprobateur fugace. Reed Bailey.

Kate savait que ce nom serait immédiatement familier à Bart, comme à la plupart des gens.

— Ah oui, sacrée pointure ! Ce n'est pas sérieux, j'imagine, ni pour l'un ni pour l'autre. C'est sûrement une toquade pour Claire.

— Elle soutient qu'il est « le bon ». Et lui, paraît-il, voit en elle la mère de ses futurs enfants.

— C'est un boniment vieux comme le monde, dit Bart avec un grand sourire.

Il but une autre gorgée de martini.

— Il m'est déjà arrivé d'utiliser ce genre de baratin. Malheureusement, Belinda l'a pris au sérieux.

Kate le fusilla du regard et il rit.

— Bref, elle pense que cela va durer entre eux. Moi, j'espère que non. Elle est trop jeune pour se marier et s'installer. Il faut qu'elle se concentre sur sa carrière.

— Ça, c'est ce que toi, tu veux pour elle. Mais elle, que veut-elle ?

— Elle dit vouloir gravir rapidement les échelons au travail. Elle est dans une super boîte, connue pour encourager les carrières féminines. D'ici quelques années, en travaillant dur, elle pourrait devenir avocate associée.

— Tes enfants travaillent toujours dur. Quel âge a Bailey ?

— Trente-neuf ans, soit treize de plus qu'elle.

— Il est probable qu'il soit juste en train de se payer du bon temps. C'est une très jolie fille.

Bart sourit.

— Comme sa mère, ajouta-t-il.

Il tendit un bras vers Kate et lui prit la main, qu'il serra dans la sienne. Elle lui sourit à son tour. Elle était contente qu'il soit là. Ils avaient passé trop de temps sans se voir, cette fois-ci.

— Tu t'inquiètes pour elle ?

— Je ne sais pas. Peut-être. Elle semble complètement éprise de lui et martèle que lui l'est également. Je lui ai recommandé de mettre sa boîte au courant de leur relation, dans un souci de transparence. Elle ne doit pas suivre les dossiers de Bailey. Mais je ne suis pas certaine qu'elle leur en parlera. Elle est indépendante d'esprit et trouve mes idées dépassées.

— Je connais la chanson. Mes enfants me le rabâchaient tout le temps. Je ne leur donne plus de conseils.

Ses enfants étaient un peu plus âgés que ceux de Kate, assez pour ne pas vouloir des conseils d'un père qu'ils connaissaient mal.

— Ils doivent apprendre de leurs erreurs, même si c'est parfois douloureux à voir. Je m'y suis habitué. C'est la seule façon pour eux de ne pas refaire les mêmes erreurs.

— Voilà un point de vue très masculin, dit-elle en buvant une gorgée du vin qu'elle s'était servi avant de s'installer sur le canapé. Je ne veux pas qu'ils souffrent, c'est tout.

— Tu ne peux pas l'empêcher, et tu ne devrais pas essayer. Ainsi va le monde. Tu écoutais tes parents, toi ?

— À vrai dire, la plupart du temps, oui. Mais pas toujours. Pourquoi ne peuvent-ils pas profiter de notre expérience ?

— Ce n'est pas dans la nature humaine. Tout ce que tu peux faire, c'est espérer qu'ils t'ont entendue et que l'information que tu veux qu'ils intègrent est là, quelque part, et qu'elle les aidera quand ils en auront besoin. Sinon, ils chutent et finissent par se relever, pleins de bleus et en y laissant des plumes, comme nous tous. Tu regrettes tes erreurs ?

— Généralement, oui.

Kate était sincère. Elle avait son lot de regrets.

— Je veux que les choses soient plus faciles pour eux.

— Nous le voulons tous. Cela ne se passe pourtant pas comme ça.

Elle soupira. Elle se demandait si l'histoire d'amour entre Claire et Reed Bailey était sérieuse ou une simple passade. Seul le temps le dirait.

— Tu ne peux pas te faire du souci pour eux en permanence, Kate. On ne peut pas les dorloter et les protéger toute leur vie. À leur âge, ils sont leur propre juge.

Elle hocha la tête. Elle l'écoutait sans être entièrement convaincue.

— Je sais que tu as raison, mais ça m'énerve. J'ai l'impression d'être obsolète.

Bart l'attira doucement contre lui puis l'embrassa. Elle se rappela alors pourquoi elle aimait passer du temps avec lui.

— Tu n'es pas obsolète avec moi, lui murmura-t-il.

Quelques minutes plus tard, ils posèrent leurs boissons et se rendirent dans la chambre de Kate.

Bart adorait passer le week-end chez elle. L'appartement était à son image : soigné, ordonné, chaleureux mais pas étouffant, et chaque chose y était à sa place. C'était un endroit où il pouvait baisser la garde et être lui-même, où tous ses besoins étaient satisfaits. Ensuite, il pouvait repartir en toute liberté. Leur relation leur convenait parfaitement à tous les deux. Nul drame, nulle exigence, nulle attente, nul engagement non plus au-delà de ce que chacun voulait bien donner. Bart y trouvait bien plus son compte qu'il n'aurait pu le croire au début.

Après des ébats dans la chambre, ils allèrent se sustenter. Un dîner léger que Kate avait acheté les attendait dans le frigo. Ils le partagèrent à la table de la cuisine, et il lui raconta alors les derniers potins du Sénat. Kate ne répétait jamais ces histoires à quiconque. Bart avait une confiance aveugle en elle.

Ils regardèrent un film au lit et s'endormirent avant la fin, comme presque toujours. En règle générale, ils avaient des semaines chargées et, le week-end venu, ils étaient plus fatigués qu'ils ne le pensaient. Le lendemain matin, ils allèrent marcher dans Central Park après le petit déjeuner, s'arrêtèrent au retour dans une épicerie fine où ils grignotèrent, avant de rentrer chez elle et de faire de nouveau l'amour. C'était un week-end parfait. Ils dînèrent dans un restaurant tout simple qu'ils aimaient bien tous les deux. Le dimanche matin, ils s'assirent côte à côte pour travailler dans un silence confortable. Ils lurent ensuite le *Wall Street Journal* et le *New York Times*, réfléchirent ensemble à la grille de mots croisés qu'ils parvinrent presque à résoudre en entier. À certains égards, ils étaient un couple idéal – précisément, pensaient-ils, parce qu'ils n'en formaient pas un. Pour des raisons différentes, ou peut-être en réalité pour des raisons similaires, tous deux se méfiaient du mariage, et ils n'avaient nullement l'intention de changer cette relation qui fonctionnait si bien pour eux deux.

Dimanche matin, comme elle en avait l'habitude, Tammy apporta des viennoiseries fraîches à sa grand-mère. Elle téléphonait toujours avant de faire le trajet jusqu'au nord de Manhattan, et Margaret adorait que l'un ou l'autre de ses petits-enfants vienne lui rendre visite au cours du week-end.

Elle voyait moins Anthony maintenant qu'il passait la plupart de ses week-ends à Bronxville, chez les parents d'Amanda. Elle se demandait s'il en irait de même après leur mariage. Ces derniers temps, Claire avait été accaparée par son nouveau poste et par le nouvel homme de sa vie, mais elle s'arrangeait toujours pour lui faire de petites visites.

De ses trois petits-enfants, Tammy avait toujours paru être la plus profonde et la plus solitaire. Elle se consacrait exclusivement à sa carrière, au détriment de tout le reste. Le résultat était impressionnant : en dépit de son jeune âge, elle occupait un poste très important dans le milieu impitoyable du luxe, de la mode et de la beauté.

Margaret se faisait du souci car elle avait toujours l'impression que Tammy restait sur sa réserve. Heureusement, celle-ci se détendait généralement après un moment. Cette forme de retenue n'était sûrement pas étrangère à la concurrence féroce qui régnait dans son environnement professionnel. Tammy avait dû se battre âprement pour arriver à son poste, et elle était prête à sacrifier tous les aspects personnels de sa vie. Elle voyageait beaucoup pour les besoins de son travail, et Margaret savait que ces déplacements impliquaient aussi de la solitude. Elle redoutait que sa petite-fille devienne l'une de ces femmes qui sacrifient l'amour au nom de leur carrière, et qu'elle se réveille un jour en se demandant ce qu'elle avait fait de son existence. À 32 ans, elle ne sortait avec personne. Pourtant, elle avait le même genre de beauté saisissante que sa mère. Elle n'avait jamais connu de relation sérieuse et répétait souvent qu'elle aurait le temps pour cela « plus tard ». Mais sa grand-mère savait que « plus tard » venait bien plus vite que ne pouvait l'imaginer quelqu'un d'aussi jeune que Tammy, et elle ne voulait pas que sa petite-fille en fasse l'expérience malheureuse.

Tammy était beaucoup plus secrète sur sa vie personnelle que son frère et sa sœur, aussi Margaret s'efforçait-elle de respecter cette pudeur en ne se montrant pas indiscrète. En revanche, elle abordait souvent le sujet avec Kate, qui s'inquiétait tout autant qu'elle. Et si sa réticence à se remarier avait envoyé le mauvais message à sa fille, la poussant à se consacrer exclusivement au travail ? Kate disait que ce choix était le bon pour elle, mais pas pour une femme de l'âge de sa fille.

Tammy était maintenant attablée dans la cuisine de Margaret. Le trajet depuis Tribeca était assez long, mais la jeune femme était une personne attentionnée, qui adorait sa grand-mère.

— Que fais-tu aujourd'hui ? lui demanda Margaret.

— Je me suis dit que j'allais courir autour du réservoir à Central Park avant de rentrer chez moi pour travailler. Je pars à Cleveland demain pour y résoudre quelques problèmes, et jeudi je vais à Paris, où je dois faire une apparition à la conférence de présentation de nos nouveaux produits de beauté.

On veut se mettre la presse dans la poche, et je tiens à m'assurer que tout se passe bien. Je devrai y retourner dans quelques semaines pour le défilé haute couture.

Le secteur de la mode était excitant, mais Margaret savait à quel point ce milieu était exigeant et concurrentiel.

— Ça en fait, des voyages ! Ça ne t'ennuie pas d'être tout le temps sur la route ?

— J'adore ! Il se passe tant de choses dans la boîte en ce moment, comme dans toute l'industrie du luxe. On ne s'ennuie jamais. Et c'est le bon moment pour moi. Je ne pourrais pas me déplacer autant si j'étais mariée et mère de famille. À terme, les femmes qui ont des enfants ne peuvent pas tenir le rythme, ou alors leurs gamins partent en vrille, quand ce n'est pas leur couple. Ça me donne un avantage certain.

C'était une façon de voir les choses, mais Margaret se demandait si sa petite-fille se rendait compte de ce qu'elle sacrifiait pour son travail. Toujours bien habillée et très chic, elle était une parfaite ambassadrice de la marque.

— Prends garde de ne pas tout donner à ton travail. Quand tu seras vieille, tu ne pourras pas revenir là-dessus, l'avertit-elle avec douceur.

— Je sais, mamie.

Tammy lui sourit. Elle interrogea sa grand-mère sur la toile qu'elle était en train de réaliser et lui suggéra d'aller voir certaines expositions à Paris. Margaret adorait voyager, mais seule, cela ne la tentait pas, et ses amis se déplaçaient moins, désormais.

— Tu pourrais m'accompagner, un de ces quatre, lança Tammy avec un sourire plein de chaleur qui alla droit au cœur de sa grand-mère.

— Tu n'es pas obligée de me traîner, dit Margaret en servant deux autres cafés.

C'était un dimanche matin calme et ensoleillé, qui promettait une belle journée.

— Il ne s'agit pas de te traîner. La dernière fois qu'on a voyagé ensemble, tu m'as épuisée ! J'ai eu du mal à te suivre.

Deux ans auparavant, elles étaient allées à Londres pour l'ouverture en grande pompe d'une nouvelle boutique Chanel. Tammy avait posé deux jours à la fin de ce déplacement pour pouvoir visiter des musées et faire du shopping avec Margaret.

— T'es une furie dans un musée, mamie !

Ce compliment fit sourire Margaret. Ce n'était pas faux. Elle avait toujours eu beaucoup d'énergie, laquelle ne s'était pas tarie avec l'âge. Elle était presque aussi occupée et active depuis qu'elle était à la retraite qu'à l'époque où elle travaillait.

— Je viendrai peut-être avec toi un de ces jours, répondit-elle avec un regard plein d'espoir. J'ai cette idée folle de retourner en Inde, mais c'est un sacré voyage. J'avais adoré être là-bas avec ton grand-père, simplement c'était il y a quinze ans. La pauvreté était effroyable. En revanche, les couleurs, la lumière, les textiles et les gens étaient formidables.

— Si on y organise un défilé un jour, j'irai avec toi. On a fait une collection Paris-New Delhi il y a deux ans, mais je n'avais pas pu partir. À l'époque, j'étais sous l'eau à cause du lancement d'un nouveau parfum.

— Ai-je le droit de dire que tu travailles trop ?

— Non ! répondit Tammy avec un grand sourire.

— Je m'en doutais ! Tu as vu ton frère dernièrement ?

— Non, il bosse sur un nouveau jeu vidéo, je crois, et il est pris par les préparatifs du mariage.

— Ta sœur et moi, on se fait du souci pour lui. Je n'arrive pas à me l'imaginer aux côtés d'Amanda à long terme. Qu'en penses-tu ?

— Je pense que c'est à lui de choisir, répondit Tammy avec diplomatie. On ne peut pas savoir ce qui convient le mieux aux autres. Il m'a l'air heureux avec elle.

C'était une réponse typique de Tammy. Elle détestait se retrouver au milieu des potins familiaux ou juger les autres. Sa doctrine : vivre et laisser vivre.

— Que penses-tu d'elle ?

— Ce n'est pas moi qui vais me marier avec elle. Si cela ne convenait pas à Anthony, il ne l'épouserait pas. Et elle m'a l'air folle de lui.

— C'est l'organisation de la cérémonie et l'idée de se marier qui l'emballent. Il ne saurait y avoir deux individus plus différents.

— Parfois, les opposés s'attirent.

Tammy sourit. Elles parlèrent ensuite pendant un moment de la crise des réfugiés, de la violence en Europe, et de l'impact que cela avait sur l'économie française en général et sur l'industrie du luxe en particulier. Après quoi, Tammy serra sa grand-mère dans ses bras et partit faire son footing autour du réservoir de Central Park.

Après son départ, Margaret demeura songeuse. Comme chaque fois, elle n'avait rien appris sur la vie privée de sa petite-fille. Aussi douce, gentille et attentionnée soit-elle, Tammy gardait ses pensées les plus profondes pour elle, ne les partageait avec personne. Cela attristait Margaret. Il fallait que cette jeune femme se concentre sur autre chose que sur les nouveautés Chanel et les défilés haute couture. Elle travaillait pour la prestigieuse marque depuis dix ans maintenant, avec une parenthèse de deux ans pendant laquelle elle avait étudié le commerce à Wharton, ce qui avait donné par la suite une grande impulsion à sa carrière. Elle avait réalisé les objectifs impressionnants que sa mère lui avait fixés, mais cela ne suffisait pas, et Margaret se demanda si Tammy laisserait jamais entrer quiconque dans sa forteresse intérieure. Pour l'instant, rien ne semblait l'indiquer.

Tandis qu'elle courait, Tammy se demanda pourquoi elle ne se confiait jamais à sa grand-mère. De toute sa famille, c'était la personne la plus ouverte d'esprit et la moins encline à juger. Mais elle aimait garder sa vie privée pour elle. C'était bien plus simple ainsi. Les conseils ne l'intéressaient pas. Elle savait ce qu'elle voulait et avait presque tout. Le reste viendrait un jour. En attendant, elle menait une vie bien rangée qui lui convenait parfaitement.

Dimanche soir, au moment de partir, Bart embrassa Kate sur les lèvres. Ils n'avaient pas encore prévu de date pour se revoir, mais espéraient ne pas devoir attendre trop longtemps. Ce week-end avait tenu toutes ses promesses et comblé leurs attentes : un moment paisible, des repas partagés, des ébats formidables, une séance de cinéma le dimanche après-midi, main dans la main – ou dans le même bol de popcorn. C'était comme rajeunir, mais sans avoir d'enfants, ce qui était un immense soulagement pour lui, et bénéfique pour elle aussi. Il semblait à Bart que Kate avait oublié la nouvelle histoire d'amour de Claire le temps du week-end, et qu'elle n'avait pas pensé une seule fois à ses autres enfants non plus.

— Je vais essayer de revenir d'ici une semaine ou deux, promit Bart en l'embrassant une nouvelle fois.

Puis il la salua en montant dans l'ascenseur avec une vieille dame et son caniche. La voisine lui sourit en le reconnaissant, et Bart lui rendit son sourire. Il venait de passer un week-end parfait en compagnie de Kate. C'était toujours le cas. Ensemble, ils s'amusaient bien, et leurs retrouvailles étaient une oasis de paix dans leurs vies survoltées. Il suivit la femme au caniche à l'extérieur du bâtiment et s'empressa de monter dans le taxi qui l'attendait sur le bas-côté. La course folle qu'il aimait tant s'apprêtait à reprendre.

Il avait hâte de rentrer à Washington, mais il sourit en pensant à Kate tandis que la voiture démarrait. Au même moment, Kate accrochait le peignoir en soie de Bart dans sa penderie. Elle aussi souriait.

4

Lundi matin, comme tous les jours, Anthony se leva à 5 heures et partit pour le club de sport trente minutes plus tard. Il prit soin de ne pas réveiller Amanda. Il s'y rendait en courant dans l'obscurité du petit matin et y arrivait en vingt minutes. Courir était un bon échauffement avant sa séance de musculation. Cela lui vidait la tête et lui permettait de se sentir prêt à affronter le reste de la journée.

Une fois sur place, il commença par le tapis de course, puis enfourcha un vélo qu'il régla sur le programme le plus difficile, en montée. Il termina son entraînement par un tour au sauna. Il était alors presque 7 heures. Après avoir pris sa douche au club, il s'habilla pour le travail, en jean et tee-shirt. Anthony se sentait formidablement bien. Il s'arrêta au bar à jus de fruits, où il commanda un cocktail protéiné. Il adorait cette routine matinale qui le mettait au défi, l'apaisait et l'aidait à aborder le travail avec motivation. Il avait tenté de convaincre Amanda de se joindre à lui, mais elle préférait ses cours de danse classique deux fois par semaine. C'était son seul sport. La gym et les séances de musculation qu'Anthony affectionnait n'étaient pas faites pour elle.

— C'est nocif, non, de boire un truc pareil à cette heure-ci ? lança une voix rauque à côté de lui.

Sa boisson, une mixture de brocoli, de chou kale et de jus de citron vert, avait une vilaine couleur verte.

— Vous avez dû vous entraîner dur, poursuivit la femme tandis qu'Anthony se tournait pour voir qui lui parlait.

Le mot qui lui vint immédiatement à l'esprit en la regardant fut « exotique ». Il y avait une touche vaguement asiatique dans ses immenses yeux, et sa peau mate avait une chaleureuse teinte café-au-lait. Peut-être avait-elle des origines espagnoles, mexicaines ou, pourquoi pas, indiennes ? Anthony n'aurait su le définir. Elle avait un corps tellement musclé qu'elle donnait l'impression de passer sa vie au club de sport. Elle buvait un jus de carotte. Lorsqu'elle détacha sa chevelure noir de jais jusque-là retenue par un élastique, des boucles humides cascadèrent le long de son dos. Elle avait des lèvres pulpeuses et des traits remarquablement délicats. Elle lui sourit.

— Ça me permet de bien démarrer ma journée, répondit-il, à court de mots.

L'inconnue était pratiquement aussi grande que lui, et sa tenue de sport orange était complètement trempée. Ses tétons pointaient à travers le tissu, et Anthony s'efforça de ne pas regarder.

— Vous faites de la boxe ? lui demanda-t-elle en se juchant sur un tabouret à côté de lui.

Anthony secoua la tête.

— Vous devriez essayer. C'est super pour se muscler, faut juste éviter les coquards et les coups dans le ventre qui envoient au tapis. Une fois, j'ai été obligée de bosser à la maison pendant une semaine à cause d'un œil au beurre noir, alors je fais attention maintenant. Le coach de boxe est vraiment pas mal. C'est un sport qui apprend à être rapide sur ses pieds, attentif, concentré.

Anthony était fasciné par cette femme. Il avait envie de poursuivre cette discussion pour la retenir un peu plus.

— Vous travaillez dans quoi ? demanda-t-il.

— Je suis mannequin pour des marques de maillots de bain et de lingerie. Mon vrai métier, c'est actrice, mais je paie mon loyer grâce au mannequinat. Et le soir, j'étudie au Hunter College. J'essaie encore de décrocher ma licence. J'aurai sans doute 100 ans quand ça arrivera.

Elle lui sourit de nouveau, révélant une rangée de dents parfaites, d'une blancheur étincelante dans son visage mat. Anthony n'avait aucun mal à croire qu'elle gagnait sa vie en tant que mannequin de lingerie. Elle était dotée d'une plastique incroyable. Très mince – sans doute pour répondre aux exigences de son métier –, merveilleusement musclée, elle était grande, 1,80 mètre peut-être, d'après Anthony qui mesurait lui-même un bon 1,90 mètre. Fasciné, il la regarda finir son jus de carotte. Il avait pratiquement terminé sa boisson mais n'était pas décidé à la quitter.

— D'où venez-vous ? ne put-il s'empêcher de lui demander.

— San Juan. Mon père est portoricain et ma mère, à moitié chinoise. Mes parents ont divorcé, et je suis arrivée ici très jeune avec maman. J'ai grandi à Spanish Harlem, confia-t-elle avec fierté.

Elle avait dit cela comme s'il faisait bon vivre dans ce quartier, ce dont Anthony doutait. Il resta coi, se contentant de hocher la tête, et elle lui lança un « Bonne journée ! » avant de s'en aller.

Comme pétrifié, il la regarda s'éloigner, heureux qu'elle ne se retourne pas pour trouver ses yeux scotchés sur elle. Son regard était complètement aimanté par cette femme.

— Vous aussi ! lança-t-il.

Il se sentait idiot. Elle lui avait coupé le souffle, plus que son entraînement éreintant. Il partit quelques minutes plus tard et rejoignit le métro. Amanda devait être tout juste levée et en chemin vers la douche. Il songea à son corps, qui était beau mais loin de pouvoir rivaliser avec celui de la femme qu'il venait de rencontrer. L'assurance débordante qu'elle avait affichée lui plaisait aussi. Rien ne semblait pouvoir la désarçonner, quelles que soient les circonstances. Il eut beau tout faire pour ne pas penser à elle, elle l'obséda toute la journée. Sa façon d'incliner la tête, son sourire éclatant, les tétons qu'il avait devinés sous son tee-shirt couleur corail, le son de sa voix.

Le lendemain, il la chercha en vain. Deux jours plus tard, non sans culpabilité, il fit une halte au ring de boxe. Elle était là, équipée d'un casque de protection et de gants, en plein entraînement avec l'un des coachs. Elle se déplaçait gracieusement, à la vitesse de l'éclair, et projetait ses jambes fuselées en direction de son adversaire. Une fois de plus, Anthony se sentit hypnotisé. Il l'observa pendant quelques minutes. Elle regarda dans sa direction quand elle eut fini et lui sourit.

— Vous êtes venu jeter un coup d'œil ? demanda-t-elle en s'approchant.

Ses mouvements étaient fluides, sexy. Elle avait une grâce féline.

— Vous êtes douée, lui dit-il, impressionné.

— Quand j'étais gamine, j'aimais bien me bagarrer. J'ai juste affiné ma technique ici, répondit-elle en riant.

Elle le suivit jusqu'aux vélos et monta sur un appareil jouxtant celui d'Anthony. Pendant quelques minutes, concentrés sur leur effort, ils ne parlèrent pas. Anthony aimait bien être à ses côtés.

— Vous faites quoi dans la vie ? lui demanda-t-elle avec curiosité.

— Je crée des jeux vidéo.

— Vous vous éclatez ?

— J'adore. En vous regardant boxer, j'ai eu une idée pour un nouveau jeu. Un jeu de boxe pour filles.

Anthony voulait que le personnage lui ressemble, mais il n'était pas certain de pouvoir capter sa beauté au moyen d'un ordinateur. Elle semblait prête à bondir, et Anthony avait très envie de se battre avec elle. Après le sport, il s'arrêta au bar à jus en sa compagnie. Ils commandèrent leurs boissons qu'ils sirotèrent en silence, puis il la salua d'un geste de la main en se dirigeant vers le vestiaire des hommes.

— On se voit demain ? lui demanda-t-elle.

Anthony hocha la tête et la salua de nouveau avant de disparaître. Sous la douche, il se demanda ce qu'il était en train de fabriquer. Il était amoureux d'Amanda, et fiancé, mais il avait envie de revoir cette fille. Comment était-ce possible ? Que dire ? Tout ce qu'il ressentait était entièrement viscéral. Il éprouvait une attirance absolument inédite et s'avérait incapable de contrôler ses réactions physiques quand il pensait à elle, ce qui ne faisait qu'accroître son sentiment de culpabilité.

Le lendemain, il la regarda boxer à nouveau, avec l'envie de monter sur le ring avec elle, simplement pour l'étreindre et sentir ses membres puissants. Elle dégageait une élégance et une force incroyables qui attiraient Anthony comme un aimant. Pendant la séance de vélo qui suivit, il la regarda furtivement.

— Ça te dirait qu'on aille boire un verre un jour ? lui proposa-t-il, s'efforçant de parler avec décontraction.

Pendant un instant, il oublia Amanda. Elle faisait partie d'un autre monde.

— Oui, pourquoi pas ?

Et ils continuèrent à pédaler en silence. Anthony se demanda s'il fallait qu'il lui avoue être fiancé. Il n'en avait pas envie. Ils décidèrent de se retrouver le lendemain dans un bar de la Troisième Avenue. Anthony ne savait pas du tout ce qu'il était en train de faire, mais il ne pouvait pas s'arrêter là.

Elle s'appelait Alicia Gomez et, ce soir-là, Anthony ne pensa qu'à elle pendant qu'Amanda lui racontait les derniers détails relatifs à l'organisation de leur mariage. Il fut même pris d'une légère nausée quand elle lui dévoila sa dernière trouvaille, le parfait petit cadeau pour leurs convives : des cadres en forme de cœur avec leur photo, qui seraient disposés à côté de chaque assiette. Les cadres venaient de chez Tiffany et il fallait choisir une photo. La voix d'Amanda se brouilla tandis qu'Anthony était écartelé entre la culpabilité et le désir qu'Alicia éveillait en lui.

Il fut incapable de fermer l'œil une grande partie de la nuit et, le lendemain, il ne vit pas Alicia au club. Elle l'avait prévenu qu'elle devait participer à un shooting matinal. Lorsque, à 18 heures, il entra dans le bar où ils s'étaient donné rendez-vous, elle l'attendait déjà. Elle sourit dès qu'elle l'aperçut et se leva pour le saluer. Elle portait une robe noire courte et moulante, très peu de maquillage, et des chaussures à talons qui la mettaient presque à la même hauteur que lui. Il s'approcha avec une mine endolorie. Ce qu'il ressentait pour elle était une torture – c'était physique, cela le prenait aux tripes. Il ne comprenait pas ce qui lui arrivait. Comment pouvait-il aimer une femme et en désirer une autre à ce point ?

Ils s'installèrent face à face et commandèrent du vin blanc.

— Je n'arrête pas de penser à toi, lâcha-t-il.

— C'est bien. Il faut que tu commences à bosser avec un coach de boxe. Ça te détendra. Je fais du yoga deux fois par semaine.

On leur apporta leur verre et Anthony la regarda boire une gorgée. Il avait l'impression de perdre la tête. En la contemplant, il sentait sa vie se défaire, et il ne pouvait rien faire pour l'empêcher.

— Ça va, Anthony, c'est juste un verre, dit-elle d'un ton apaisant.

Il eut l'impression qu'elle pouvait lire dans ses pensées et voir l'angoisse qui y était tapie.

— T'as quelqu'un ?

Anthony hocha la tête. C'était l'occasion parfaite de lui avouer qu'il était fiancé, mais il n'y arriva pas. Il craignait qu'elle refuse de le revoir ensuite – et cela, il ne pourrait le supporter.

— Oui, se contenta-t-il de répondre.

Il ne précisa pas qu'il était empêtré jusqu'au cou dans les préparatifs de son mariage, et que cela l'ennuyait à mourir. Alicia haussa les épaules. Cette réponse ne sembla pas la perturber. Si cette relation était importante, il le lui aurait signifié.

Alicia avait 30 ans et était une femme intelligente. Elle comprenait parfaitement ce qu'Anthony lui expliquait au sujet de la conception de ses jeux vidéo. Elle posait des questions pertinentes.

Après deux verres de vin, ils prirent un taxi jusqu'à son appartement dans le sud de Manhattan, dans West Village. Ils n'échangèrent pas un mot de tout le trajet. L'esprit d'Anthony était en ébullition. Jamais il n'avait trompé Amanda. Il suivit Alicia jusque chez elle et, dès qu'ils eurent franchi le seuil, il lui ôta la robe noire qui moulait son corps incroyable. Leurs ébats furent les meilleurs de sa vie. Allongé à ses côtés après l'amour, il avait encore envie d'elle. Alicia rit, le caressa, et ils recommencèrent. Puis encore une fois sous la douche. À 22 heures, Anthony dut mobiliser toute sa volonté pour se séparer d'Alicia et rentrer chez lui. Il était à peine sorti de l'appartement qu'il eut envie de retourner en courant dans ses bras. Il avait besoin d'elle.

Amanda l'attendait chez eux. Elle s'était inquiétée et leva les yeux dès qu'il entra dans leur chambre. Assise sur le lit, elle lisait des magazines de mariage. Elle cherchait des robes pour ses demoiselles d'honneur, et la pêche s'était avérée infructueuse jusqu'à présent. Elle était tellement concentrée sur leur mariage qu'Anthony ne se souvenait même plus de quoi ils discutaient, avant. Il la regarda, et un frisson le parcourut. Alicia Gomez avait pris possession de son esprit. La désirer à ce point était une torture, il savait qu'il allait avoir des ennuis, mais rien ne pouvait l'arrêter.

— Où étais-tu ?

Amanda retourna à son magazine pour marquer la page sur laquelle elle avait peut-être trouvé la tenue idéale pour ses demoiselles d'honneur. Du velours bleu roi et un look majestueux qui iraient bien avec sa robe, sans pour autant lui voler la vedette. Amanda avait onze demoiselles d'honneur et un témoin, et son père avait promis de payer leurs tenues si le modèle choisi par sa fille était trop coûteux pour leur bourse. Certaines de ses collègues ne pouvaient se payer le genre de toilette qu'elle avait en tête.

— Une réunion qui s'est terminée tard, se justifia Anthony en lui tournant le dos.

Il ôta ses chaussures et ferma les yeux. Il lui mentait. Mais avait-il vraiment le choix ? Une heure plus tôt, il faisait l'amour à Alicia, et voilà qu'il ne pouvait pas toucher la femme qu'il allait épouser. Alicia l'avait complètement lessivé. Et s'il essayait de faire l'amour à Amanda et n'y arrivait pas ? L'idée le terrifia.

— Tu n'as pas l'air en forme. Ça va ? T'es pâlichon.

Amanda posa son magazine. Quand Anthony se retourna, elle le scruta.

— Cette réunion m'a filé mal au crâne, mais rien de grave. Je n'ai pas eu le temps de déjeuner aujourd'hui.

— Y a de la salade au frigo. Je n'ai pas dîné.

Elle ne lui proposa pas d'aller lui chercher la salade, et de toute façon cela ne lui disait rien. C'était Alicia qu'il voulait. Maintenant. Dans leur lit, à la maison. Il avait l'impression qu'il devenait fou, et que seule Alicia pouvait lui rendre la raison. Il aimait l'homme qu'il était en sa compagnie : fort, sûr de lui, comme s'ils étaient égaux, physiquement et mentalement. Il n'avait pas à faire semblant de s'intéresser à un mariage dont il se contrefichait.

Il s'était déjà douché avec Alicia mais il préféra recommencer avant de se mettre au lit avec Amanda, dans l'idée que cela le laverait de sa culpabilité.

Lorsqu'il la rejoignit, il prit un air contrit. Ils n'avaient pas fait l'amour depuis plusieurs jours. Il commença à balbutier maladroitement quelques mots, et elle parut soulagée.

— C'est rien. J'ai mes règles, de toute façon. Je suis désolée d'être aussi accaparée par le mariage, mais je veux que tout soit parfait. Ensuite, on pourra se la couler douce jusqu'en décembre.

— Hum... C'est ça, oui... Se la couler douce... Je sais que, grâce à toi, notre mariage sera fabuleux.

Il l'embrassa sur la joue, éteignit la lampe de son côté du lit et lui tourna le dos. Qu'allait-il faire, à présent ? Il ne pouvait tout de même pas jeter son avenir par la fenêtre et briser le cœur d'Amanda pour une femme qu'il connaissait à peine ! Mais laisser tomber Alicia ? Il en était incapable. Il resta allongé, les yeux fermés, tandis qu'Amanda allait dans la pièce voisine pour parler avec une amie au téléphone. Quand elle se coucha une heure plus tard, il fit semblant de dormir. Le sommeil finit par le gagner à 4 h 30, et il se réveilla une heure après pour se rendre au club. En quittant l'appartement d'Amanda, il se fit l'impression d'être un voleur, et il courut plus vite que jamais jusqu'à la salle. Alicia l'attendait.

— T'as une sale tronche ! T'es malade ?

— Non, je n'ai pas fermé l'œil de la nuit, répondit-il en lui souriant. Tu m'as manqué.

— C'est gentil, répondit-elle avec satisfaction.

Ils commencèrent sur les vélos. Anthony avait rendez-vous avec l'entraîneur de boxe à 6 h 30. Alicia assista à sa première leçon, ce qui était tellement excitant qu'Anthony en oublia sa nuit blanche et se concentra sur les instructions du coach. Il avait un jeu de jambes rapide, de bons réflexes et une aptitude naturelle pour la boxe. À la fin du cours, Alicia lui sourit pour marquer son approbation. Pendant qu'ils se partageaient un cocktail vert au bar à jus, elle lui donna quelques tuyaux.

— Tu seras bon si tu y travailles. N'aie pas peur de le frapper. Il sait se défendre. Il m'a fallu un moment avant de vraiment le cogner. Il m'a mise au tapis pas mal de fois.

— Tu devais être une terreur quand tu étais gamine, dit Anthony en lui adressant un grand sourire. Je suis bien content de ne pas t'avoir connue à cette époque.

— Je suis plus coriace aujourd'hui. Ne t'avise pas de l'oublier.

Elle se pencha vers lui et l'embrassa.

— On peut se voir ce soir ? murmura-t-il.

— Non, j'ai cours, répondit-elle d'un ton pincé. T'as pas envie de boxer avec une abrutie, quand même ? Après ce semestre, je devrai encore valider huit modules avant d'obtenir mon diplôme. J'étudie la littérature anglo-saxonne. Je pourrai toujours enseigner si jamais ma carrière de mannequin s'essouffle. Ça me permettra d'assurer mes arrières.

— Tu n'as rien d'une abrutie.

— Tous les mecs qui m'ont cherché des noises l'ont regretté, répliqua-t-elle en levant les poings.

Cette femme était un mélange incroyable d'intelligence et de courage, de cran et de détermination, sans compter qu'elle était remarquablement sensuelle et féminine. Jamais il n'avait rencontré quelqu'un comme elle. Il se demanda ce que sa mère et ses sœurs penseraient d'elle, si elles lui laisseraient sa chance. Il aurait aimé la présenter aussi à sa grand-mère, mais cela n'arriverait jamais. Il était censé passer son temps avec Amanda, pas avec une fille rencontrée au club de sport. Il ne pourrait jamais leur expliquer la situation, tout comme il ne pouvait se l'expliquer à lui-même. Il savait simplement qu'il admirait et appréciait cette femme, dont il était en train de tomber amoureux. Et qu'il allait épouser Amanda dans six mois.

Anthony avait l'impression d'être à bord d'un train express lancé à pleine vitesse, et il avait envie de sauter. Alicia ignorait qu'il était fiancé à une autre femme. En fait, elle ignorait tout d'Amanda. Il n'avait pas eu le courage de lui avouer la vérité et n'était pas certain d'y parvenir un jour. Alicia saurait alors qu'il était un escroc et un menteur. Comment pourrait-elle le respecter après cela ? Ce serait impossible – et Anthony ne lui en voudrait pas.

Au cours des semaines suivantes, tous les soirs après le travail, Anthony la retrouva chez elle. Il lui arriva même d'écourter sa journée pour la rejoindre. Lorsque Alicia avait cours, il l'attendait devant le Hunter College, et ils rentraient ensuite en métro. Ils préparaient le dîner chez elle – quand ils prenaient la peine de manger –, et Anthony rentrait tard à la maison. Pour ne pas éveiller les soupçons d'Amanda, il prétexta la création d'un nouveau jeu, très prenante, et raconta qu'une nouvelle règle imposée au bureau l'obligeait à couper son téléphone portable. Un soir, il oublia complètement qu'il devait participer à un dîner avec elle, puis il commença à prétendre qu'il devait travailler le week-end et la laissa aller seule chez ses parents à Bronxville. C'était un miracle qu'elle ne découvre pas le pot aux roses.

Pour Anthony, la vie était à présent un mélange de paradis et d'enfer. La culpabilité ne le quittait jamais, pas plus que le désir. La passion était devenue le moteur de son existence. Lorsqu'ils ne faisaient pas l'amour, Alicia et lui riaient beaucoup. Il ne se souvenait plus de la dernière fois où c'était arrivé avec Amanda. Leur mariage extravagant commençait à lui paraître absolument grotesque – pourtant, c'était aussi sa vie. Sa vraie vie, celle que tout le monde attendait de lui. Il aimait trop Alicia pour la quitter maintenant, mais s'il ne s'agissait que d'une liaison torride, un feu de paille qui finirait par s'éteindre ? Si sa vie avec Amanda était le chemin qu'il devait suivre ? Anthony n'avait jamais été aussi heureux et malheureux en même temps, jamais aussi perdu, et il ne pouvait pas en parler. Il ne pouvait se confier à personne.

Au bout d'un mois de cette liaison, Anthony avait perdu 5 kilos et semblait presque émacié. Amanda l'en félicita – elle le trouvait splendide. Décidément, cet entraînement sportif portait ses fruits, et surtout depuis qu'il avait commencé la boxe, expliqua-t-il. Anthony adorait ce sport. Il se mesurait parfois à Alicia, bien meilleure et plus rapide que lui, et capable d'envoyer un crochet droit dément. Elle aimait le clouer au sol. Cela les faisait rire comme des fous. C'était la femme la plus rapide à la corde à sauter, et aussi l'une des plus brillantes qu'il ait jamais rencontrées. Quand il était dans ses bras, pourtant, le spectre d'Amanda planait toujours. Il essayait de l'oublier, en vain. Il savait que cette situation ne pouvait durer éternellement. Tôt ou tard, il serait démasqué – sans compter que c'était mal. Il ne voulait blesser ni l'une ni l'autre, pas plus qu'il ne voulait perdre Alicia. Ce serait insupportable. Chaque matin, il se promettait de régler le problème, mais reportait systématiquement l'échéance en s'octroyant une journée de plus avec Alicia. Toutes les excuses qui lui passaient par la tête pour ne pas coucher avec Amanda étaient bonnes, il ne s'y pliait que lorsqu'il ne pouvait l'éviter. Désormais, elle lui paraissait être une personne différente. Mais c'était lui qui avait changé, pas elle. Sa fiancée était la même que toujours et, pour l'heure, elle ne l'excitait pas. Alors qu'Alicia l'embrasait complètement.

— Quelque chose te tracasse ? lui demanda celle-ci un soir.

Elle était plus observatrice qu'Amanda. Il regardait dans le vide d'un air désespéré.

— Des problèmes au boulot. Rien de grave.

Elle hocha la tête et n'insista pas. Ils n'étaient jamais allés dans l'appartement d'Anthony – lui-même n'y avait pas remis les pieds depuis des mois, depuis qu'il avait emménagé avec Amanda. Il craignait que sa fiancée n'y vienne par surprise. Il avait raconté à Alicia que son appartement était déprimant et la jeune femme avait semblé se satisfaire de cette explication. Elle le croyait parce qu'elle était convaincue qu'Anthony était le genre d'homme qui disait la vérité. Elle n'avait aucune raison d'en douter. Au début de leur relation, il lui avait confié avoir quelqu'un, mais comme il n'avait plus jamais évoqué le sujet, Alicia avait conclu que c'était de l'histoire ancienne. Il passait tout son temps avec elle, y compris les week-ends. Comment en aurait-il pour quelqu'un d'autre ? En réalité, Amanda était à Bronxville trois jours par semaine, en raison du rythme estival de *Vogue*, et Anthony ne l'y avait pas accompagnée depuis un mois.

Allongé dans le lit avec Alicia blottie tout contre lui, il se demanda combien de temps il pourrait vivre de cette façon. Il avait conscience d'une chose : il fallait qu'il clarifie la situation. Il le devait aux deux femmes. Les jours de cette liaison étaient comptés. Comment Alicia réagirait-elle ? Des larmes coulèrent sur les joues d'Anthony. Alicia dormait paisiblement dans ses bras. Il la serra fort contre lui. Si seulement il pouvait la garder auprès de lui pour toujours ! Mais s'il voulait respecter son engagement auprès d'Amanda, il lui faudrait renoncer à sa maîtresse. Quitter Alicia serait la chose la plus difficile qu'il aurait à faire de sa vie, pensa-t-il en pleurant de plus belle. Car il ne pouvait plus imaginer le reste de son existence sans elle. Pourtant, il devrait affronter cette réalité un jour. Bientôt.

Un soir de juillet, à 23 heures, alors que Kate étudiait des dépositions, le téléphone à côté de son lit sonna. Lorsqu'elle recevait des coups de fil tardifs, son cœur cessait de battre un instant. Avec trois enfants, comment ne pas craindre le pire ? Elle décrocha et répondit avec un « allô » angoissé. C'était Claire, dont la voix ne semblait présager rien de grave. Au contraire, sa fille semblait heureuse et de bonne humeur. Elle avait confié à Kate seulement deux jours auparavant que tout se passait à merveille entre elle et Reed. Ils sortaient ensemble depuis trois mois maintenant, et Claire n'en avait toujours pas parlé à sa hiérarchie. En désaccord avec le point de vue de sa mère, elle ne jugeait pas cela utile.

— Tout va bien ?

C'était la question d'ouverture traditionnelle de Kate.

— Bien sûr ! répondit Claire d'un ton enjoué. Je peux passer te voir demain après le travail ? Tu seras chez toi ?

— Oui, sûrement. Je n'ai rien de prévu. Pourquoi ?

Pourvu qu'elle ne vienne pas lui annoncer ses fiançailles ! Il ne fallait surtout pas qu'elle précipite les choses.

— J'ai juste envie de te voir.

Cela ne lui arrivait jamais, ce qui éveilla instantanément les soupçons de Kate.

— Un problème ?

Peut-être avait-elle été licenciée et venait-elle le lui annoncer en personne ? Kate espérait bien que non… mais elle n'arrivait pas à deviner de quoi il pouvait s'agir.

— Non, tout va bien.

— OK. Tu restes dîner ? Je peux prendre un truc en rentrant du travail.

— Non, ne t'embête pas. On part dans les Hamptons pour le week-end aussitôt après.

— D'accord ! À demain, alors.

Kate éprouva une sorte de trépidation. Quelque chose se tramait… Claire ne semblait pas perturbée, alors ce n'était certainement rien de grave. Sans doute avait-elle simplement besoin d'un conseil. Malgré tout, Kate eut du mal à s'endormir. Elle devrait attendre le lendemain pour en savoir plus. Elle finit par se laisser gagner par le sommeil, après avoir pensé qu'elle n'avait pas de nouvelles de son fils depuis un bon moment. Elle se promit de lui téléphoner au cours du week-end. Quand cessait-on de se faire du souci pour ses enfants ? se demanda-t-elle. À quel âge prenaient-ils réellement leur envol ? Kate l'ignorait, mais ce n'était pas encore arrivé.

Lorsqu'elle se réveilla le lendemain matin, Kate s'interrogeait toujours. Claire avait-elle en fin de compte décidé de rompre avec Reed ? Son heure était peut-être venue… Mais non, ils partaient en week-end ensemble : cette hypothèse ne tenait pas la route. Kate rangea dans sa sacoche les dépositions qu'elle avait étudiées la veille et fila sous la douche. Ce que Claire avait à lui dire attendrait jusqu'au soir. Sa journée de travail venait de commencer.

5

Claire arriva à 18 h 30. Kate venait tout juste de rentrer. Sa journée avait été longue et stressante, ponctuée d'une multitude de surprises agaçantes, de clients difficiles et d'un petit accrochage avec l'un des gros associés du cabinet. Elle avait pris un taxi en sortant du bureau afin de ne pas être en retard. Chiffonnée et fatiguée, elle enlevait ses chaussures et rangeait sa serviette quand la sonnette retentit. Le portier, qui connaissait très bien Claire, l'avait autorisée à monter sans l'annoncer.

La jeune femme était vêtue pour les Hamptons – short en jean blanc, tee-shirt rose et sandales aux pieds. Elle laissa son sac en toile Balenciaga à l'entrée.

— Comment s'est passée ta journée, maman ? demanda-t-elle avec décontraction.

— Sincèrement ? Pourrie ! Je me suis pris le bec avec tout le monde. Je vais virer un client qui me ment et qui est indéfendable. D'ailleurs, je n'ai aucune envie de le défendre. Et l'air conditionné était en panne. J'ai mariné dans un sauna toute la journée.

À midi, la température était montée à 38 °C.

— Et toi ?

Elle sourit à sa fille, ôta sa veste de tailleur qui lui donnait vraiment une allure d'avocate et jeta le vêtement sur une chaise. Claire s'assit sur le canapé en la regardant.

— Ma journée ? Tranquille.

Kate s'installa en face d'elle en essayant de deviner la suite. Qui vint sans préambule.

— J'ai un truc à te dire. Je suis enceinte.

Les mots restèrent suspendus dans l'atmosphère. Avait-elle bien entendu ? Sûrement pas. Cela n'était jamais arrivé à l'une de ses filles jusqu'à présent, ni à aucune des filles avec qui Anthony était sorti. Ce n'était pas possible. L'expression sur le visage de Claire affirmait pourtant le contraire. Pendant une minute, Kate crut manquer d'air. Elle prit une inspiration avant de parler.

— Est-ce que tu vas avorter ?

Ces mots sortirent péniblement. Elle avait son opinion sur le sujet, mais c'était évidemment la première question qui s'imposait dans ce genre de situation. Elle ne fit aucun mouvement en direction de Claire. Le choc était trop grand pour qu'elle puisse faire autre chose que rester assise là, à regarder fixement sa fille, incrédule.

— Bien sûr que non ! C'est le bébé de Reed. Nous nous aimons.

Comme si c'était tout ce qu'il y avait de plus évident et de normal, Claire ne paraissait ni terrifiée ni bouleversée – encore moins contrite. Elle semblait surtout choquée que sa mère ait posé la question de l'avortement. À l'entendre, on aurait pu croire qu'elle et Reed étaient mariés et que cette grossesse avait été méthodiquement planifiée. Pendant un instant, Kate se demanda si c'était le cas.

— Tu es enceinte de combien ? demanda Kate d'une voix rauque.

— Environ six semaines.

La fierté qu'elle perçut dans la voix de sa fille la secoua. Au moins n'était-il pas trop tard pour faire les choses de façon respectable, si telle était la voie que Claire choisissait. Ce n'était pas ce que Kate souhaitait pour elle, mais il fallait qu'elle lui pose ces questions maintenant. Elle voulait connaître ses projets.

— Maman, je vais garder le bébé, ajouta la jeune femme pour se faire comprendre clairement.

Kate eut un haut-le-cœur et sentit un frisson lui parcourir l'échine. Jamais elle n'aurait pensé vivre ce genre de situation avec l'une de ses filles. Elle avait l'impression d'être dans une mauvaise émission de télé-réalité.

— Que pense Reed de tout cela ? Il est déjà au courant ?

— Bien sûr, répondit Claire, qui semblait profondément blessée par cette question. On a fait le test ensemble. Il est aux anges.

Formidable.

— Est-ce que ça peut être un faux positif ? Les tests de grossesse que l'on fait à la maison ne sont pas toujours fiables, souligna Kate, se raccrochant au moindre espoir.

— J'ai fait une prise de sang qui a confirmé le résultat. Reed aussi se méfie des tests urinaires, et on voulait être sûrs. Aucun doute, je suis enceinte.

Dans sa bouche, c'était une victoire, et non une tragédie ou une défaite. Tandis que Claire souriait, Kate s'efforçait de ravaler ses larmes.

— Vous allez vous marier ?

Claire la regarda dans les yeux et secoua la tête.

— On en a discuté. Reed le souhaite, mais moi, je ne suis pas prête. Je l'aime de tout mon cœur, mais je trouve qu'il est trop tôt pour le mariage et tout ce que cela implique.

Cette réponse fit l'effet d'une gifle à Kate.

— Attends ! Tu ne te sens pas prête pour le mariage, mais pour un enfant, si ? Te rends-tu compte à quel point c'est fou ? Tu peux défaire un mariage si tu t'es trompée, mais un enfant… Un enfant, c'est pour toujours, pour le restant de ta vie, et si tu as un enfant avec Reed, tu seras pieds et poings liés à lui, que tu l'épouses ou non. Si tu n'es pas prête pour l'engagement que représente un mariage, comment pourrais-tu l'être pour assumer la responsabilité d'un enfant ? Explique-moi !

— Le mariage ne représente pas la même chose pour moi que pour toi, maman. Ce n'est pas le but ultime, incontournable et absolu de mon existence. Si c'est ce que toi tu recherches dans ta vie, ça se respecte. Mais moi, non. Ce que je ressens envers Reed compte bien plus pour moi et notre bébé. À mes yeux, rien d'autre n'a d'importance. Je n'ai pas besoin d'épouser Reed. Le mariage, c'est un truc passéiste, maman. Je te parle du présent, là. Plus personne ne se marie.

L'assurance de Claire agaça profondément Kate.

— Et pourtant si, certaines personnes se marient. Généralement, ça se passe dans cet ordre-là : mariage puis bébé, pas l'inverse. C'est de la folie ! Ou en tout cas, pas très convenable. Et tu as pensé à ta carrière ?

Tu travailles dans un cabinet très vieille garde conservatrice. De nos jours, ils ne peuvent pas te virer parce que tu as un enfant hors mariage. Tu risquerais de leur faire un procès. Mais ils peuvent tout à fait ne jamais te proposer de passer associée, ou pas avant fort longtemps.

— Dans ce cas, j'irai travailler ailleurs. Je ne leur appartiens pas. De nombreux cabinets d'avocats modernes ne considéreraient pas ce choix de vie comme un problème.

Kate savait que sa fille avait raison. Cependant, ses propos et ses intentions la hérissaient complètement. Elle avait transmis des valeurs traditionnelles à ses enfants, et voilà que Claire voulait se la jouer avant-gardiste et devenir mère célibataire. Kate en avait le cœur brisé. Quelle part de son éducation sa fille n'avait-elle pas assimilée ? Pourquoi rejetait-elle ce principe moral des plus basiques auquel Kate croyait profondément – et qu'elle s'attendait à voir ses enfants adopter également ?

— Donc, vous n'allez pas vous marier ? demanda-t-elle avec incrédulité.

— Voilà, répondit Claire d'un ton agressif.

Elle connaissait le point de vue de sa mère sur la question et s'en contrefichait.

— Et tu te sens prête à devenir mère à 26 ans ? Une mère célibataire ?

— J'aurai 27 ans à la naissance du bébé. Qui est prévue en mars.

— Tu as le temps de te marier maintenant et de noyer le poisson, lança Kate dans un élan désespéré. Comme ça, tu sauveras ta respectabilité.

— Je n'ai pas besoin de me marier pour ça. Reed et moi, nous nous aimons, et je ne serai pas une mère célibataire. Il sera à mes côtés. Il m'a dit qu'il m'épouserait si je change d'avis, dans quelques années. J'ai toujours répété que je ne voulais pas me marier avant mes 30 ans.

— Est-ce qu'avoir un enfant illégitime à 27 ans faisait partie de tes plans ?

Kate était furieuse. Elle reconnaissait à peine la jeune femme bravache qui se tenait devant elle, qui semblait avoir totalement oublié les convenances et les traditions soutenant son éducation.

— Ce bébé n'a rien d'illégitime, maman. Je vais avoir l'enfant de l'homme que j'aime.

— Que tu connais depuis trois mois... Il dit maintenant qu'il t'épousera quand tu le souhaiteras, mais il changera peut-être d'avis en cours de route. Je ne pense pas qu'il y ait quoi que ce soit de « cool » ou de « branché » dans le fait d'avoir un enfant hors mariage. Je trouve cela honteux et irresponsable. Si tu tombes enceinte et que tu as envie de garder l'enfant, aie au moins la décence de te marier. Je te l'offre, ce mariage.

— Je ne veux pas de mariage. J'ai tout ce que je veux : un homme que j'aime, et son bébé.

— Je n'arrive pas à croire que tu me sortes un truc pareil avec autant de désinvolture. Tu ignores complètement dans quoi tu t'engages.

— Absolument pas ! Je t'ai vue avec nous. Tu t'en es sortie toute seule. Si la situation l'impose, j'y arriverai.

— J'étais mariée à ton père quand vous êtes nés, tous.

— C'était il y a trente-trois ans. Aujourd'hui, cela n'a plus d'importance. Presque plus personne ne se marie avant d'avoir un enfant. Et je ne vais pas le cacher comme si on avait commis un crime. On est ravis. Je suis désolée que tu ne le sois pas, maman, et que tu trouves ça honteux. C'est triste pour toi. Tu vas être grand-mère. Tu devrais t'en réjouir.

— Pas dans ces circonstances ! Comment pourrais-je me réjouir ? Tu fais quelque chose qui va à l'encontre de toutes les valeurs dans lesquelles je crois, et que j'ai essayé de te transmettre. Je n'ai jamais poussé aucun de mes enfants à se marier, mais si tu comptes avoir ce bébé, je pense que tu dois épouser Reed. C'est le moins que tu puisses faire, par décence et par respect envers toi-même. Pour le bien de l'enfant, aussi.

— Nous devons à cet enfant d'être de bons parents. Tout le monde se fout qu'on soit mariés. Et d'ailleurs, si, tu nous as mis la pression pour qu'on se marie ! À ton avis, qu'est-ce que tu es en train de faire avec Anthony ? Tu l'encourages à épouser cette écervelée parce que ses parents font partie du gratin et possèdent une grande maison.

— Ce n'est pas pour cela que j'ai envie qu'il épouse Amanda. Je pense qu'elle lui donnera un ancrage et fera une épouse formidable.

— Eh bien, à mon avis, tu te trompes sur ce chapitre. Je pense qu'elle sera nulle comme épouse, ennuyeuse à mourir et un vrai boulet pour lui. Quant à moi, dans l'immédiat, je n'ai pas envie d'être une épouse. Je veux juste devenir mère.

Le téléphone de Claire vibra. Elle jeta un coup d'œil à l'écran et se leva.

— C'est Reed. Je dois partir. Il va y avoir beaucoup de circulation. On est vendredi soir.

Claire était là depuis exactement trente-cinq minutes, le temps d'annoncer qu'elle était enceinte, qu'elle voulait avoir cet enfant hors mariage et qu'elle refusait de se marier. Dans la tête de Kate, c'était Hiroshima. Elle avait l'impression que Claire lui avait jeté une bombe à la figure. Mais qu'y avait-il à ajouter ? Sa fille avait été très claire : ses projets n'étaient ouverts à aucune discussion ni négociation. Elle était venue pour les annoncer, pas pour trouver un compromis. Elle avait l'intention de n'en faire qu'à sa tête – à sa mère de s'adapter. Kate n'avait même pas le luxe de se réjouir à l'idée de devenir grand-mère. Elle avait le sentiment de vivre une tragédie.

— Je quitte mon appartement pour m'installer avec Reed. C'était déjà au programme avant qu'on sache pour le bébé. À défaut de te voir te réjouir, je me console en pensant que Reed est heureux de ce qui nous arrive, lança-t-elle d'un air empreint à la fois de colère et de déception.

— J'ai besoin de temps pour digérer toutes ces nouvelles, dit Kate d'une voix sinistre en se levant elle aussi. Si tu penses que je vais me réjouir alors que tu agis de la sorte, tu me demandes beaucoup.

— Le mariage est une tradition archaïque, maman. De nos jours, les gens pourvus d'un minimum de bon sens ne se marient pas.

— Peut-être est-ce archaïque, mais c'est ce qu'il faut faire dans ce genre de situation.

— C'est ton opinion, et je ne la partage pas.

Claire se dirigea vers la porte, talonnée par sa mère. Quand celle-ci essaya de l'enlacer, elle la repoussa.

— Ne te donne pas cette peine. Je sais très bien ce que tu penses de moi. Je suis la honte de cette famille maintenant. Tu nous aimes tous tant que nous agissons exactement comme tu le souhaites. Tant que nous suivons des études sensas, que nous trouvons un boulot extra, que nous travaillons comme des bêtes et faisons tout « comme il faut », c'est-à-dire à ta façon. Tu peux entraîner Anthony là-dedans, mais pas moi. Je suis convaincue de faire le bon choix pour moi. Désolée que tu ne sois pas du même avis.

— Tu es injuste, là ! Je ne suis pas en train de te bannir. Ce que tu m'annonces représente un choc terrible pour moi, dit Kate doucement.

— Il ne s'agit pas de toi ici, répliqua froidement Claire. Mais de moi, de Reed et de notre bébé. Si tu ne suis pas le mouvement et ne souhaites pas faire partie de l'aventure, c'est ton problème.

Kate la trouvait incroyablement méchante et immature, et chacun de ses mots la transperçait comme une épée. Elle n'arrivait pas à penser au bébé tant elle était blessée et sous le choc.

— Je t'aime. Je suis désolée que ce soit difficile pour nous deux, dit Kate d'une voix triste.

Elle avait l'impression qu'elle venait de perdre sa benjamine. Mais elle était incapable de ne pas se montrer sincère. Claire avait exposé sa vérité, et Kate était en droit d'exposer la sienne, n'en déplaise à sa fille. Celle-ci aurait aimé qu'elle s'extasie en apprenant la nouvelle et valide tous ses choix – mais ce n'était pas possible. Kate voulait au moins essayer de la raisonner. Même si elle était en colère, voire furieuse, elle aimait sa fille et ne voulait pas qu'il y ait le moindre doute à ce sujet.

— Ce n'est pas difficile pour moi. J'ai Reed. Je n'ai pas besoin de toi si tu ne veux pas faire partie du tableau.

— Tu as mal interprété mes propos. J'ai dit que je pensais qu'il fallait que tu te maries et que tu fasses les choses convenablement.

— Selon tes critères.

— Je n'ai pas dit que je ne voulais pas partager ces choses avec vous. C'est une sacrée bombe que tu viens de lancer. J'ai besoin de me poser pour réfléchir un peu à tout ça.

Alors qu'elle s'apprêtait à partir, Claire se retourna.

— Ah, au fait, Reed aimerait te rencontrer.

— Moi aussi, j'aimerais le rencontrer, répondit Kate calmement. Je te dirai quand je serai prête.

— Je t'appellerai, conclut Claire en claquant la porte derrière elle.

Kate resta plantée là à contempler la porte close. Elle fondit en larmes.

Elle pleura pendant une heure et ne ferma pas l'œil de la nuit. Elle appela Claire sur son portable pour lui dire qu'elle l'aimait, mais sa fille ne décrocha pas. Elle lui envoya un texto qui resta sans réponse. C'était le premier problème sérieux qu'elle rencontrait avec l'un de ses enfants, et il était de taille. Kate se demanda si cette blessure entre elles guérirait un jour. Elle avait connu des accrochages avec ses enfants quand ils étaient plus jeunes, à cause de fêtes auxquelles ils n'avaient pas le droit d'aller, de punitions pour des devoirs non faits – mais jamais rien d'une telle ampleur. Claire rejetait les valeurs de leur famille, faisait violemment insulte à sa mère et prenait une décision qui affecterait à jamais leur vie, ainsi que celle de l'enfant.

Pendant tout le week-end, Kate tâcha de panser ses blessures. Elle ne voulait parler à personne, et n'eut aucune nouvelle de Claire. Quand Bart l'appela de Washington, elle ne décrocha pas. Elle lui envoya un texto dans lequel elle prétendit avoir la grippe. Elle n'était pas prête à lui confier ce qu'elle venait d'apprendre. Ils passaient de bons moments ensemble, mais Kate sentait que son âme était à vif, et elle n'avait pas envie de partager ses tourments. Ses enfants et sa relation avec eux avaient toujours semblé parfaits, comparés à ceux de Bart. Celui-ci disait toujours qu'elle était une bonne mère, et voilà que sa benjamine allait avoir un enfant hors mariage. Quelle honte…

Dimanche matin, Kate alla marcher et, sans l'avoir calculé, elle se retrouva au pied de l'immeuble de sa mère. Elle l'appela depuis le rez-de-chaussée.

— Je suis désolée de débarquer comme ça, dit Kate d'une voix pleine de désarroi. Tu es debout ?

— Je lisais le journal. Quelque chose ne va pas ? s'inquiéta Margaret – cela ne ressemblait pas à Kate de venir ainsi sans prévenir.

— Rien de grave. Tout le monde va bien, s'empressa de répondre Kate.

Depuis l'accident mortel de Tom des années auparavant, elles avaient toutes deux tendance à s'inquiéter facilement. La situation était certes sérieuse, mais loin d'être tragique, malgré la détresse profonde de Kate.

— Monte ! dit Margaret, soulagée.

Kate passa devant le portier avec un sourire terne. Quand Margaret ouvrit la porte à sa fille, celle-ci avait l'air ravagé.

— Il est arrivé quelque chose à Bart ?

Ce fut tout ce qui lui vint à l'esprit – Kate ne lui aurait pas menti au sujet des enfants, tout de même ?

— Non, lui et les enfants vont bien. En tout cas, ils sont tous en vie.

Elle alla dans la cuisine et s'assit. Margaret la suivit avec une expression angoissée.

— Claire est enceinte, annonça-t-elle en regardant sa mère d'un air mélancolique. Elle compte garder le bébé et ne pas se marier. Elle trouve que le mariage n'est plus « nécessaire » de nos jours, que c'est une tradition archaïque, pour reprendre ses mots. Elle ne se sent pas prête pour le mariage, pas avant plusieurs années en tout cas, mais elle se sent prête pour un enfant. Elle et Reed seraient aux anges. Il lui a proposé de l'épouser, et elle a refusé.

Margaret s'assit en face de sa fille à la table de la cuisine. Elle scruta Kate attentivement.

— Quand l'as-tu appris ?

Elle paraissait tout aussi malheureuse que sa fille.

— Vendredi soir. Je n'arrête pas de pleurer depuis. Claire m'en veut terriblement de ne pas me réjouir de cette nouvelle. Peut-être est-ce là ma punition pour avoir placé la barre trop haut pour mes enfants, comme tu le répètes souvent. J'ignorais qu'elle avait une telle aversion pour le mariage. Elle connaît Reed Bailey depuis seulement trois mois. C'est de la folie !

— Elle t'a raconté comment c'était arrivé ? demanda Margaret d'un air pensif.

— Comme d'habitude, j'imagine, répondit Kate avec un sourire ironique.

— Non, ma question est : accident ou grossesse planifiée ?

— J'étais tellement sous le choc que je n'ai pas pensé à le lui demander. De toute façon, je doute qu'elle me confie la vérité. Ça ne m'étonnerait pas qu'ils aient pris la décision tous les deux. Je te rappelle que, dès le début, il l'a vue comme la mère de ses enfants. Je ne pensais pas qu'il était si pressé.

— Elle se laisse toujours emporter, soupira Margaret. Bon, cette fois-ci, c'est vraiment extrême.

Elle regarda Kate en plissant les yeux.

— Mais ce n'est pas la fin du monde. Ne laisse pas cette histoire te détruire.

— J'ai pourtant l'impression que c'est la catastrophe. Claire se fourvoie sérieusement.

— Selon tes critères à toi, pas les siens, fit remarquer sa mère, qui semblait avoir repris sa casquette de thérapeute.

— Elle n'est ni contrite ni pétrie de regrets. Elle s'est montrée incroyablement hostile à mon égard. Elle me déçoit tant, maman. Et je sais que ça paraît idiot, mais j'ai honte.

Kate éprouvait une multitude d'émotions différentes, et n'était fière d'aucune – ni de sa fille, pour la première fois de sa vie.

— La honte n'a rien à faire là-dedans. Tu t'en remettras. Ce qui m'intéresse, c'est de savoir si elle est prête à être la mère de cet enfant. Et si cet homme est quelqu'un sur qui elle peut compter, ou si c'est une passade pour lui. On ne le connaît pas, et elle non plus.

— Elle dit qu'il veut me rencontrer, mais j'ai besoin d'un peu de temps.

— Tu devrais le voir. Écouter ce qu'il dit. Tu es bien plus lucide que Claire.

— Si Tom était encore en vie, ça le tuerait.

— Eh bien, il n'est pas là, alors il va falloir que tu te débrouilles seule.

Margaret marqua un temps d'arrêt, puis regarda Kate.

— Les enfants sont au courant… pour toi ? Tu leur as dit ?

— Non, c'est hors sujet. Ils n'ont pas à le savoir.

— C'est loin d'être hors sujet ! Cela te concerne. Ils sont assez grands pour l'entendre, et tu leur sembleras plus humaine ensuite. C'est quelque chose qui fait partie de ton histoire. Tu devrais le partager avec eux.

— Ça changerait quoi ?

— Tu aurais dû le leur dire il y a des années.

Sa mère avait beau être catégorique, Kate n'était pas de son avis. Elle passa une heure de plus en sa compagnie avant de rentrer chez elle. Elle se sentait un peu mieux, mais à peine. Elle rappela Bart.

— Tu as vraiment une mauvaise voix. Tu dois être bien malade.

Au téléphone, ses larmes donnaient sans doute l'impression qu'elle avait vraiment la grippe. Elle avait préféré éviter FaceTime. Il lui recommanda de rester au chaud pour se rétablir rapidement. Pour l'heure, Kate n'avait pas envie de lui raconter. Mais tôt ou tard, cela se saurait. Il était impossible de cacher un enfant illégitime. Et Claire n'avait absolument pas l'intention de garder la chose secrète. Kate devrait se faire une raison. Elle se demanda quand Claire comptait en parler à Tammy et Anthony, et ce qu'ils en penseraient.

Ce soir-là, elle reçut un appel de Claire. Celle-ci ne téléphonait pas pour s'excuser des propos qu'elle avait tenus, mais parce que Reed insistait pour fixer un rendez-vous. Malgré le conflit entre mère et fille, il voulait rencontrer Kate et, au moins, lui montrer qu'il était un homme honorable et sérieux dans son intention d'épouser Claire un jour.

— Elle va tout bonnement nous obliger à nous marier, et il est hors de question que je m'engage dans cette voie uniquement pour satisfaire à ses désirs, avait dit cette dernière à Reed lorsqu'ils en avaient discuté. Je veux qu'on se marie quand on sera prêts. Pas pour elle ni pour respecter la bienséance. Toute notre vie, elle a exigé qu'on soit parfaits en tout. J'en ai ma claque. Je ne veux plus être parfaite. Je veux faire ce qui est bien pour moi. Et pour toi, avait-elle ajouté après réflexion.

— Ce serait peut-être bien pour le bébé aussi de nous marier, avait avancé Reed avec douceur.

Mais Claire avait secoué la tête à la manière d'une enfant irascible.

— Deux amies à moi ont eu des enfants hors mariage, et le ciel ne leur est pas tombé sur la tête.

Reed n'avait pas insisté. Du moment qu'il avait Claire et l'enfant, il était heureux. Les choses étaient arrivées vite, mais il l'aimait, et il voulait que la famille de Claire le sache.

Kate accepta à contrecœur de les recevoir chez elle le lendemain, après le travail. Cela ressemblait à une redite de leur entrevue du vendredi, mais cette fois Claire franchit le seuil d'un air renfrogné. Reed la suivait et, dès qu'il passa la porte, Kate eut l'impression d'un homme bon et absolument contrit.

— Je suis désolé que les choses arrivent aussi précipitamment, et qu'on vous ait jeté cela à la figure de la sorte.

Il paraissait sincère. Kate considéra ses cheveux châtains ondulés et ses yeux marron pleins de chaleur. Elle le trouva charmant, l'air légèrement plus âgé qu'il ne l'était. Avec son pantalon dockers, sa chemise blanche fraîchement repassée et ses chaussures bien cirées, il dégageait quelque chose de respectable. Il avait tout d'un gentleman et parut immédiatement sympathique à Kate.

— J'imagine très bien à quel point la nouvelle doit vous paraître déroutante. J'adorerais épouser Claire, quand elle sera prête. Je veux vous assurer que mes intentions sont honorables, et que je compte prendre soin d'elle. Je l'aime énormément.

Il sourit à Claire puis à Kate, dont les yeux s'emplirent de larmes. Il avait trouvé les mots justes. Kate était toujours sous le choc, mais Reed paraissait être un homme bien, qui aimait Claire et désirait cet enfant. Il lui confia que ses deux parents étaient morts quand il était jeune. Ils l'avaient eu tard, ils étaient très conservateurs et eux non plus n'auraient pas vu cette situation d'un très bon œil. Il avait grandi à New York, et Kate sentait qu'il avait reçu une bonne éducation. Contrairement à la Claire de ces derniers jours, Reed n'avait rien d'un rebelle. Il avait tout d'un adulte responsable.

— Merci, balbutia Kate. Je suis encore sonnée, abasourdie par le fait que Claire refuse catégoriquement de se marier. Je ne savais pas qu'elle avait des vues aussi arrêtées sur le sujet.

C'était la rébellion contre laquelle Margaret l'avait mise en garde pendant des années, réaction à son intransigeance. Mais avec un bébé en route, l'heure était à la raison et à la maturité, pas à la colère adolescente. Il était un peu tard pour ça.

— On y viendra un jour, dit Reed d'une voix apaisante.

Ils ne s'attardèrent pas. Kate proposa un verre de vin à Reed, qu'il déclina. Avant de partir, il serra Kate contre lui en la remerciant de se montrer aussi compréhensive – ce qui était loin d'être le cas. Il avait fait tout son possible pour calmer le jeu, et Kate lui en était reconnaissante. Le problème venait plus de Claire que de lui.

Après leur départ, Kate téléphona à sa mère.

— Je crois qu'elle est bien tombée. Il m'a tout l'air d'un homme respectable.

Autre chose l'avait frappée quand elle les avait vus ensemble.

— Il est très paternel avec elle. Elle n'avait que 7 ans à la mort de Tom. Reed est peut-être le père qu'elle n'a pas eu… Je crois qu'il préférerait se marier avant d'avoir ce bébé. Peut-être qu'il parviendra à la convaincre.

— Au bout du compte, peu importe qu'ils se marient ou non, du moment qu'il est un homme bon et un bon père, et qu'il ne la laisse pas tomber. Espérons qu'il restera à ses côtés. D'ailleurs, le mariage ne le garantit pas.

Toutes deux ne le savaient que trop.

— J'ai l'impression qu'il restera, dit Kate.

Elle était un peu soulagée maintenant qu'elle avait fait sa connaissance. Reed avait eu raison d'insister pour la rencontrer. Sa mère aussi avait eu raison, mais sur un autre point. Ce soir-là, Kate envoya un texto à Claire pour lui proposer de passer à l'appartement le lendemain soir – seule, cette fois. Elle lui assura que ce ne serait pas long.

Claire arriva avec un air hostile et méfiant. Elle ne comprenait pas pourquoi sa mère avait insisté, mais elle était venue.

— Si tu cherches encore à me convaincre de me marier, laisse tomber. Je pars tout de suite.

— En fait, je veux te parler d'autre chose. Ta grand-mère pense que je dois t'en faire part, même si je n'en avais pas l'intention. Mais peut-être est-il bon que tu saches que moi aussi, j'ai commis des erreurs. Je t'en prie, entre et assieds-toi.

Elles prirent place chacune sur un canapé différent, face à face. Claire était dans l'expectative, alors Kate n'y alla pas par quatre chemins.

— Moi aussi, je suis tombée enceinte par accident quand j'étais jeune. Plus jeune que toi. J'avais 19 ans, lui 20. On se fréquentait depuis quelques mois seulement. Je ne le connaissais pas bien. Je n'étais pas follement amoureuse de lui comme tu l'es de Reed. C'était une stupide erreur adolescente. J'étais en deuxième année à la Northwestern, et très naïve. J'avais été pas mal couvée pendant ma jeunesse. Il était le premier garçon avec qui je couchais. Il s'appelait Ethan Henry. Mon père a piqué une crise et a exigé qu'on se marie. Ses parents à lui étaient d'accord, et donc on s'est mariés. C'était l'été et nous étions rentrés à New York, pour les vacances. Ethan avait un boulot étudiant dans un club de plage de Long Island, où il habitait avec ses parents. Nous étions deux gamins idiots qui n'étaient prêts ni pour le mariage ni pour avoir un enfant. Nous nous sommes mariés en juin, quand il est rentré de l'université. J'étais enceinte de trois mois. Un soir d'août, nous sommes sortis à Long Island. Il a pris le volant après quelques bières, et nous avons eu un terrible accident de voiture. Il s'en est sorti indemne, alors que moi, je me suis fracturé le bassin et j'ai perdu le bébé à cinq mois de grossesse. Nous avions percuté un autre véhicule, et une petite fille de 12 ans est morte. Mon père a immédiatement fait annuler le mariage, et je crois que j'étais soulagée. On m'a appris que le bébé était un garçon. J'ai très mal vécu les choses. À la rentrée de septembre, j'étais encore très choquée. Même aujourd'hui, une part de cette histoire me paraît… floue. Plus tard, il y a eu un procès, et Ethan a purgé une peine de sept ans de prison pour homicide involontaire. Je n'ai plus jamais eu de ses nouvelles. La prison a probablement gâché sa vie. Nous ne nous sommes jamais écrit, et j'ignore ce qu'il est devenu. Je me sentais très mal chaque fois que je repensais à ce drame, à lui, au bébé, à la fillette – à tout. J'ai tout mis derrière moi et, un an plus tard, j'ai rencontré ton père. Nous nous sommes mariés dès que j'ai décroché mon diplôme. Tu connais la suite de l'histoire. Mais personne ne connaissait ce chapitre-là.

Claire l'écoutait, les yeux écarquillés.

— Tu as été mariée avant papa ?

— Pendant deux mois, à cause d'une grossesse non désirée. Tu vois, moi aussi, j'ai fait des choses stupides.

— Papa savait ?

— Bien sûr. Je lui ai tout raconté avant de l'épouser. Je n'aurais pas pu garder un tel secret.

— Pourquoi tu me racontes ça, et pourquoi ne pas nous l'avoir dit avant ?

Sa voix était plus accusatrice qu'empathique.

— Jamais je n'avais jugé nécessaire de vous en faire part. Ton père était du même avis que moi. Mais ta grand-mère estime que ce serait bien que je te montre mes faiblesses. Je ne suis pas aussi parfaite que tu peux le croire ni que je peux le laisser paraître.

— Ma situation est différente. Reed et moi, on s'aime, martela Claire.

Kate voyait cependant que cette révélation avait ébranlé sa fille.

— Est-ce que tu es en train de me suggérer d'avoir un accident de voiture pour me débarrasser du bébé ?

Comme c'était cruel ! Kate eut l'impression de recevoir un coup de poing dans l'estomac et on aurait pu le croire aussi en la voyant.

— Je te l'ai raconté car j'ai pensé que tu méritais de savoir que j'avais déjà agi bêtement, moi aussi. À en croire ta réaction, je me suis sans doute trompée.

Il avait été bien assez pénible comme cela de confesser cette histoire et de réveiller de vieux fantômes. Elle ne méritait pas un tel traitement.

— Tu vas le dire aux autres ?

— Oui, répondit Kate simplement.

Claire se dirigea pensivement vers la porte. Elle se retourna pour regarder sa mère.

— Je suis désolée, maman. Cela a dû être dur pour toi de traverser une épreuve pareille.

Pour la première fois depuis que la grossesse de Claire avait déclenché une véritable tempête, Kate sembla percevoir un signe d'humanité chez sa fille.

— Cela a été dur, en effet, répondit-elle froidement.

Elle ne pouvait s'empêcher de se demander si leur famille était en train de se désintégrer. Malgré tous les efforts qu'elle avait déployés au fil des ans pour la maintenir unie, et malgré tout l'amour qu'elle avait prodigué à ses enfants, c'était fort possible.

Après le départ de Claire, Kate appela sa mère pour lui annoncer qu'elle avait dévoilé son secret.

— Comment a-t-elle pris les choses ?

— Pas très bien, répondit Kate d'une voix fatiguée.

Elle détestait se souvenir de cet épisode de sa vie. Cela avait été une époque triste et douloureuse, qui l'avait obligée à grandir.

— Laisse-lui le temps de mûrir tout ça. Elle traverse beaucoup de choses en ce moment. Tu as lâché un gros morceau.

Margaret hésita un peu avant de poursuivre :

— Tu lui as parlé de son père ?

— Non, et je ne le ferai pas. Il y a certaines choses qu'ils n'ont pas besoin de savoir et qu'ils ne sauront jamais, répondit Kate d'une voix crispée.

— Ce ne serait que justice pour toi qu'ils l'apprennent.

— Cela n'a plus d'importance à présent. Il est mort.

— Mais toi, non. Ce sont des adultes, Kate. Il faut qu'ils sachent qui tu es et ce que tu as enduré. C'est un très lourd fardeau pour toi. Tes enfants sont trop adultes pour les secrets.

Kate remercia sa mère avant de raccrocher. Ce à quoi Margaret faisait allusion était un secret qu'elle avait l'intention de garder. Pour eux, et pour leur père.

6

Au cours du mois de juillet, Anthony crut que sa double vie allait lui faire perdre la raison. Il n'avait qu'une envie : rester avec Alicia. Mais tous les soirs, à un moment ou un autre, il devait rentrer à la maison auprès d'Amanda. Il était pris de vertiges chaque fois qu'il se trouvait face à sa fiancée. L'une des deux femmes finirait par découvrir la vérité – il était temps pour lui d'agir. Anthony voulait être honnête envers Alicia. Il l'aimait sincèrement et lui avait déjà fait assez de mal. Et pour rien au monde il ne voulait blesser Amanda.

C'était une chaude soirée, et Alicia et lui s'étaient longuement promenés au bord du fleuve pour se rafraîchir. Sur le chemin du métro, en embrassant la jeune femme, Anthony se rendit compte qu'il ne l'avait jamais autant aimée. Son intégrité finit par prendre le dessus. Il s'arrêta et la regarda. Il avait quelque chose de déchirant dans le regard, un chagrin infini qu'Alicia n'aurait su interpréter.

— J'ai quelque chose à te dire, lança-t-il dans un murmure quasi inaudible. J'aurais dû t'en parler depuis longtemps. Tu te souviens que, au début de notre relation, je t'ai confié que je fréquentais quelqu'un ?

Je n'ai pas eu le courage de te l'avouer, mais je suis toujours avec elle. J'ai essayé de trouver une solution. Je suis fou amoureux de toi, Alicia. Je ne veux pas risquer de te perdre. Mais je crois que j'ai besoin de temps pour résoudre cette situation. Je ne peux plus vivre comme ça, coucher avec toi tous les soirs. Ma vie devient complètement dingue, et je m'en veux terriblement. J'ai envie d'être avec toi, et toi seule, mais je suis censé être ailleurs. Je dois régler tout ça, Alicia. Ensuite, je pourrai revenir vers toi sans me traîner des casseroles. J'espère que tu pourras me pardonner. Je veux trouver une solution.

— Attends… On oublie les casseroles et toutes ces conneries. Avec qui tu es censé être ? Et comment ça, tu la vois toujours ? Tu veux dire tous les jours ? Tu vis avec elle ?

Anthony hocha la tête avec un air de chien battu.

— T'es marié ?

Alicia cria tellement fort qu'on l'entendit à cent mètres à la ronde. Anthony ne savait plus où se mettre.

— Non, bien sûr que non. Je ne suis pas salaud à ce point.

Anthony décida de tout lui révéler.

— Je suis censé me marier en décembre. Je n'ai jamais ressenti pour elle ce que je ressens pour toi. Te mentir a été une véritable torture. Il faut que je résolve tout ça, Alicia. Tu penseras peut-être que ça n'a pas beaucoup de valeur, mais je suis amoureux de toi. Je te jure que c'est vrai.

La grande question était : aimait-il également Amanda ? Anthony était perdu.

— Tu es fiancé à une femme que tu dois épouser en décembre, c'est-à-dire dans cinq mois ? Et tu rentres auprès d'elle tous les soirs après m'avoir fait l'amour ? Et tu ne m'as jamais dit que tu habitais avec une autre femme que tu es sur le point d'épouser ? Putain ! On est ensemble depuis près de deux mois, et tu n'as jamais cru bon de m'en informer ?

Elle lui hurlait dessus. Anthony savait qu'il le méritait.

— Je ne rentre pas auprès d'elle tous les soirs. Justement. J'ai menti à tout le monde le temps d'y voir plus clair. Il faut que je lui parle, que je remette de l'ordre là-dedans avant de revenir auprès de toi. Si tu m'acceptes toujours. Je veux faire les choses comme il faut, pour le bien de tous.

— Comme il faut ? T'es cinglé ou quoi ? Tu me mens depuis deux mois, et maintenant tu veux faire les choses comme il faut ? Ça se passe comment ? Tu nous sautes toutes les deux tous les soirs ? T'es quel genre de connard ? T'es qui, en fait ? Sale menteur ! Ne me parle pas de faire les choses « comme il faut ». Retourne auprès d'elle et ne m'appelle plus jamais !

Après quoi, Alicia lui flanqua un coup de poing d'une puissance telle qu'il bascula en arrière et faillit tomber. Elle avait les yeux hagards. Elle lui colla ensuite deux autres directs, un dans la poitrine et un autre dans le ventre. Plié en deux, Anthony la regarda. Il n'avait encore jamais pris de coup pareil dans l'estomac, et à l'évidence il aurait un coquard. Elle ne lui avait rien cassé, mais elle aurait pu.

— Alicia. Non... je suis tellement désolé. Je voulais tout te raconter. Seulement, j'étais terrifié à l'idée de te perdre.

— Tu viens de me perdre.

Alicia frottait les jointures endolories de sa main droite. Elle s'était fait mal en le frappant aussi fort, mais ne regrettait rien.

— Et ne t'avise surtout pas de revenir me voir, sinon je t'enverrai valser jusqu'à Brooklyn. M'approche pas ! lui cria-t-elle.

— Je vais avoir un œil au beurre noir, dit-il en touchant sa joue avec précaution.

— C'était le but. J'aurais pu faire bien plus de dégâts si j'avais voulu.

— C'est ton satané crochet droit. Je t'aime. Je te jure que je vais remettre de l'ordre dans cette situation.

Anthony n'en était pourtant pas certain, et Alicia le perçut.

— Va raconter ça à ta fiancée. Bonne chance, espèce d'enfoiré.

Elle tourna les talons et s'éloigna. Anthony ne vit pas les larmes qui coulaient sur ses joues. En la regardant disparaître, il ne vit que son port altier, son dos droit et son pas rapide tandis qu'elle le fuyait.

Alicia tourna au coin de la rue et s'engouffra dans le métro en pleurant. Sa main palpitait de douleur. Comment Anthony avait-il pu lui faire une chose pareille ? Elle avait cru en lui, lui avait accordé sa confiance, et il lui avait menti pendant tout ce temps-là. Le pire dans toute cette histoire était qu'elle l'aimait aussi, mais ne voulait plus jamais le revoir. Il n'avait laissé que quelques affaires chez elle – des tee-shirts, un jean, une paire de baskets qu'ils avaient achetée ensemble. Elle les jeta dans la poubelle de son immeuble avec tout ce qu'il lui avait offert : des babioles, un livre, des fleurs séchées qu'elle avait conservées, un dinosaure rose qu'il avait gagné pour elle à Coney Island. Elle ne voulait plus rien qui lui rappelle Anthony. Mais elle ne pouvait pas se débarrasser de ses souvenirs, ni omettre qu'il venait de lui briser le cœur. Malgré toute sa volonté, elle ne parviendrait pas à le haïr. Il ne lui restait plus qu'à l'oublier. Elle jeta encore les clichés qu'ils avaient pris ensemble dans un photomaton et bloqua son numéro sur son téléphone, avant de s'allonger sur son lit en sanglotant jusqu'à ce que le sommeil l'emporte.

Le temps qu'Anthony arrive chez Amanda, son œil tuméfié gonfla encore, à tel point qu'il ne pouvait plus l'ouvrir. Son ventre était douloureux et il avait la nausée. Il n'en voulait pas à Alicia de l'avoir frappé. Connaissant ses capacités, il savait qu'elle n'y avait pas mis toutes ses forces. Sinon, il serait à l'hôpital. Malheureusement, Amanda était à la maison ce soir-là. Elle avait dîné avec une copine du magazine. Anthony entra dans l'appartement en titubant et la trouva dans la cuisine, où il allait chercher des glaçons pour son œil. En le voyant, elle poussa un hurlement et se précipita vers lui pour l'aider.

— Oh mon Dieu ! Qu'est-ce qui t'est arrivé ?

Elle tira un tabouret pour qu'il puisse s'asseoir.

— Ce n'est rien. Je vais bien. J'ai été agressé dans le métro.

Oui, bien sûr. Par une fille de 50 kilos.

— Ils t'ont pris ta montre et ton argent ?

Amanda mit des glaçons dans un sachet et le lui tendit. Anthony grimaça en le posant sur son œil. Alicia ne l'avait pas loupé. C'était son cadeau d'adieu.

— Non, je les ai chassés. Ils étaient trois.

Voilà qu'il revisitait l'histoire… Il savait que, pour faire les choses bien, il fallait qu'il se montre honnête envers Amanda également. Mais il en était incapable. Avant d'annuler le mariage et de gâcher la vie de la jeune femme, il voulait voir ce qu'il ressentait à son égard quand il n'avait pas Alicia dans ses bras au quotidien. Il avait besoin de savoir si Amanda lui suffisait. Anthony était complètement désemparé. Peut-être Alicia allait-elle s'effacer de sa mémoire, et il serait heureux que cela arrive ?

— Je peux te faire couler un bain chaud ? proposa-t-elle.

— Non, je vais me doucher.

Il lui sourit, mais n'avait qu'une chose en tête : Alicia était tellement belle quand elle s'était déchaînée contre lui, blessée. Malgré la douleur, ces coups avaient presque été un soulagement. La blessure qu'il avait infligée à la jeune femme était encore bien pire.

Sous la douche, il laissa l'eau chaude pleuvoir sur lui. Il ne pouvait plus retourner au club de gym, ni dans aucun des lieux qu'il avait fréquentés avec Alicia. Pendant deux mois, ils avaient vécu toute une vie ensemble, pendant laquelle Amanda cessait d'exister. A contrario, Alicia restait dans son cœur quand il rentrait à l'appartement. Tandis qu'Amanda lui rebattait les oreilles avec les préparatifs du mariage, c'était la voix d'Alicia qu'il entendait dans sa tête, son corps qu'il désirait.

Amanda regardait la télévision dans la chambre pendant que lui pleurait sous la douche la femme à qui il avait renoncé pour elle. Il aurait dû tout raconter à Alicia depuis le début, mais alors ces deux derniers mois n'auraient jamais existé. Or ces souvenirs étaient à présent les plus précieux. Il se demanda s'il ressentirait la même chose en rompant avec Amanda.

Il entra dans la chambre, toujours groggy. Son œil prenait une vilaine teinte violacée. Il se glissa à côté d'Amanda dans les draps fraîchement repassés et resta allongé une minute, paupières closes, jusqu'à ce que sa fiancée pose la main sur son torse, avant de la déplacer doucement plus bas. Anthony ouvrit son œil valide et lui attrapa le poignet plus brutalement qu'il n'en avait eu l'intention.

— Je ne peux pas. Ils m'ont frappé à la poitrine et dans le ventre. Et mon œil me fait un mal de chien.

— Ils t'ont frappé ici aussi ? demanda-t-elle d'un air inquiet.

Il secoua la tête, mais, si Alicia y avait pensé, elle n'aurait sans doute pas épargné cet endroit-ci de son anatomie.

— Je suis désolé. Ça ira mieux demain.

Est-ce que cela irait vraiment mieux un jour ? Serait-il capable de vivre sans Alicia, avec la seule compagnie d'Amanda jusqu'à la fin des temps ?

Anthony attendit le week-end suivant pour rendre visite à sa grand-mère, qu'il n'avait pas vue depuis des semaines. Il s'en voulait de l'avoir négligée de la sorte. Il avait d'ailleurs négligé tout le monde pour être avec Alicia. Voilà une semaine qu'il n'avait plus de nouvelles. Il ne s'attendait pas à en recevoir – la jeune femme était trop fière pour s'abaisser à cela. Il n'entendrait plus jamais parler d'elle et savait que, même s'il annulait le mariage, ce ne serait pas pour vivre à ses côtés. Alicia ne le laisserait plus jamais l'approcher, et il ne lui en voulait pas. Il avait été un bel enfoiré, pour reprendre le terme qu'elle avait employé.

Son coquard spectaculaire était un peu plus présentable quand il frappa chez sa grand-mère. Impressionnant, mais rien à côté de ce que cela avait été.

— Doux Jésus ! Comment tu t'es fait ça ? lui demanda Margaret.

Il lui servit la même histoire qu'à tout le monde.

— J'ai été agressé par trois hommes dans le métro.

— Tu devrais peut-être éviter de le prendre.

— Ça va aller.

Anthony se montra moins prolixe qu'à l'accoutumée quand elle l'interrogea sur son travail et sur le mariage. Margaret le trouva un peu absent, et amaigri, ce qui n'était certainement pas imputable à l'agression. Au bout d'un moment, elle lui tapota doucement la main en le regardant dans les yeux.

— Tu vas bien, Anthony ?

Il hésita. Elle attendit sa réponse. Parfois, il se confiait à elle. Margaret se demanda s'il le ferait cette fois-ci.

— Je ne sais pas, mamie. Ces derniers temps, je suis paumé.

Il laissa tomber sa tête en avant et évita de croiser son regard. Puis il leva les yeux vers elle, et Margaret vit deux mares de chagrin.

— Paumé comment ?

Il parla plus bas, comme s'il craignait que quelqu'un d'autre l'entende, alors qu'ils n'étaient que tous les deux dans l'appartement.

— J'ai rencontré quelqu'un il y a deux mois. Une femme extraordinaire qui m'a follement attiré. Le simple fait de lui parler était excitant. Elle est très... différente d'Amanda, de ce genre de femme qu'on épouse. Je ne sais pas quoi faire.

Margaret percevait son immense détresse et, tandis qu'elle cherchait des réponses, elle eut l'étrange intuition que cette histoire avait tout à voir avec son œil tuméfié. Si c'était le cas, cette femme était en effet fort différente des fréquentations habituelles d'Anthony.

— Il ne s'agit pas de comparer deux femmes. Ne tombe pas dans ce piège. Tu risques d'être encore plus perdu. Premier point : Amanda est « le genre de femme qu'on épouse » si tu es amoureux d'elle, suffisamment pour passer les cinquante prochaines années en sa compagnie, soixante si tu as de la chance. Si tu n'es pas amoureux d'elle à ce point, peu importe quel « genre » de femme elle est. Toutes sortes de femmes se marient. Dans ce domaine, on ne peut pas raisonner comme si on rédigeait une fiche de poste. Ce qui compte, c'est l'amour que tu éprouves pour elle. Deuxième chose à prendre en considération : tu as été attiré par quelqu'un d'autre. Si tu es fou d'Amanda, les autres femmes ne devraient pas t'attirer à ce point. Sinon, pose-toi des questions, car tu risques de croiser bien des femmes séduisantes au cours de ta vie. Que tu regardes déjà ailleurs n'est pas bon signe. Donc, pour résumer : demande-toi d'abord si Amanda est la bonne personne pour toi, puisque c'est ta fiancée. Tu verras ensuite pour les autres. Réfléchis à ce que tu as avec Amanda, et assure-toi qu'il s'agit bien de ce que tu veux. Dis-moi, simple curiosité... Cette femme extraordinaire et très différente ne serait pas boxeuse professionnelle, par hasard ?

Margaret fit un mouvement de tête en direction de son œil au beurre noir, et Anthony rit. Sa grand-mère n'avait pas gobé l'histoire de l'agression – ce n'est pas au vieux singe qu'on apprend à faire la grimace. Tout le monde, même sa mère, avait marché.

— En fait, elle boxe en amatrice, catégorie poids plume. Mais elle envoie du bois, répondit Anthony en souriant.

— C'est bien ce que je pensais, dit Margaret en lui rendant son sourire. Ce doit être une femme intéressante. Sacré coup de poing, en tout cas.

— Je l'ai mérité.

La voix d'Anthony était emplie de remords. Margaret hocha la tête.

— J'ai l'impression que oui.

Elle le serra dans ses bras. Quelques minutes plus tard, il prit congé.

Sa grand-mère ne cessait de l'épater, et il savait qu'elle lui avait prodigué de précieux conseils. Comme toujours.

Ce soir-là, pour la première fois depuis un mois, Anthony fit l'amour à Amanda. Jusqu'à présent, pour éviter l'intimité, il avait inventé des excuses que la jeune femme avait bien voulu croire, et il était rentré tard tous les soirs en espérant la trouver endormie à son retour. Mais à présent, il essayait de ressentir pour elle tout ce qu'il avait ressenti pour Alicia au cours des deux mois magiques qu'ils avaient passés ensemble. Il tâcha d'imaginer faire l'amour à Amanda pendant les dix, vingt, quarante prochaines années. Cette pensée était intimidante. Amanda s'était endormie à peine leurs ébats terminés, et ronflait doucement, la bouche ouverte. Qu'éprouverait-il en la regardant à ses côtés dans vingt ans ? Vingt ans, c'était toute une vie. Plusieurs, même. Anthony avait du mal à se projeter. Et puis de quoi parleraient-ils donc après le mariage, même s'ils avaient des enfants ? Rien ne lui vint à l'esprit.

7

Outre son poste stimulant, la coquette allocation qu'elle recevait pour s'habiller et les voyages en Europe, l'une des choses que Tammy adorait dans le fait de travailler chez Chanel était de bénéficier de quatre semaines de congés par an. Elle réservait deux semaines pour découvrir des lieux qui l'intéressaient, souvent situés en Europe. Au fil des ans, elle était ainsi allée à Prague, en Croatie, avait skié à Courchevel, voyagé en Amérique du Sud et au Mexique. Elle profitait de ses déplacements professionnels pour mieux connaître l'Asie, adorait Tokyo et Hong Kong, et avait visité Kyoto et ses temples. Chaque année, en août, elle passait les deux autres semaines sur une île du Maine. Vêtue d'un jean et d'un vieux tee-shirt, elle décompressait, naviguait sur le petit canot qui était compris dans la location de la maison. Son programme estival restait le même depuis sept ans, et Stacey Adams l'accompagnait toujours. Âgée de 41 ans, Stacey était une pédiatre au rythme de vie trépidant. Toute l'année, elle avait affaire à des parents angoissés et à leurs enfants malades, tandis que Tammy baignait dans l'univers impitoyable de la mode. Ces vacances décontractées leur étaient aussi nécessaires à l'une qu'à l'autre. Elles emportaient des piles de livres et leur matériel de randonnée, et elles se parlaient à peine de la journée. Pour elles deux, pendant deux semaines, le Maine avait des allures de paradis.

Les vacances approchaient – encore une semaine –, et Tammy venait de recevoir l'invitation de sa mère au dîner familial qu'elle organisait pour son anniversaire, le lendemain de la fête du Travail. L'invitation était affichée sur son écran d'ordinateur quand Stacey entra dans la cuisine. Elle essayait d'assouplir ses nouvelles chaussures de marche. Elle vit l'invitation sur l'ordinateur de Tammy et la contempla pendant une minute.

— Laisse-moi deviner..., lança-t-elle, l'air blessée. Cette année non plus, tu ne m'y emmènes pas ? Pourquoi suis-je surprise ?

Elle tourna les talons, et Tammy éteignit son ordinateur. Elle s'en voulait d'avoir laissé cette invitation en évidence, mais quelque chose en cuisine l'avait accaparée. Elle n'aimait pas heurter la susceptibilité de Stacey. C'était quelqu'un de tellement bien, une femme si gentille – Tammy détestait lui faire de la peine. Stacey s'occupait de débarrasser les assiettes. Tammy alla la retrouver.

— Tu sais bien que je ne peux pas t'emmener dîner chez ma mère.

L'excuse et le regret se mêlaient dans sa voix.

— Pourquoi donc ? On vit ensemble depuis sept ans.

— Ils croient que nous sommes colocs.

Un peu plus d'un an auparavant, craignant d'avoir éveillé des soupçons, elle avait même raconté à sa mère que Stacey avait déménagé. De toute façon,

Kate ne venait jamais lui rendre visite dans le sud de Manhattan et elle n'avait jamais rencontré Stacey. Elle ne savait absolument pas qu'elles habitaient toujours sous le même toit, et encore moins qu'elles étaient en couple. Personne dans sa famille ne s'était jamais douté de rien. Tammy ne correspondait pas à leur vision stéréotypée des lesbiennes. Ils pensaient simplement qu'elle travaillait trop pour avoir une vie sentimentale – c'était d'ailleurs ainsi qu'elle-même justifiait son prétendu célibat. Presque toute sa vie, elle leur avait menti sur sa véritable identité. Stacey et elle étaient ensemble depuis sept ans. Elles s'étaient rencontrées lors d'un forum très discret réservé aux femmes d'affaires homosexuelles.

— C'est quand même incroyable que je ne sois toujours pas acceptée au bout de sept ans, déplora Stacey d'un ton découragé.

— Et moi, au bout de trente-deux.

Lorsqu'elle avait rencontré Stacey, Tammy s'était promis de l'annoncer à sa famille. Sauf qu'elle n'en avait jamais eu le courage. Elle trouvait plus simple de se taire que de devoir affronter leur réaction. Tammy était convaincue qu'ils ne comprendraient pas et n'accepteraient jamais cette relation.

— Tu connais le mantra de ma famille. La perfection en toute chose. Ma mère est parfaite dans tous les domaines. Mon frère et ma sœur également. Ils pensent que je le suis aussi.

— Tu es parfaite.

Stacey lui sourit.

— On ne peut pas être lesbienne et parfaite ?

— Je ne pense pas. Ma grand-mère, qui s'inquiète à l'idée que je devienne vieille fille, y survivrait sûrement, mais ma mère… je ne crois pas. Elle prendrait ça comme un échec personnel.

— J'aimerais qu'on se marie un de ces jours et qu'on ait un bébé.

Elle embrassa Tammy, qui trouvait elle aussi cette idée séduisante.

— Tu crois qu'on m'autorisera à venir à notre mariage ? la taquina Stacey.

— Jamais de la vie. On pourrait engager un acteur qui jouerait le rôle de l'époux, et toi, tu pourrais faire semblant d'être ma demoiselle d'honneur.

La situation était triste pour les deux femmes, mais Tammy ne voyait pas de changement en vue. Stacey s'était confiée à sa famille quand elle était à l'université. Ses proches adoraient Tammy, et cette affection était réciproque. C'étaient des gens sans prétention du Midwest, cultivés et accueillants. Son père était médecin généraliste dans une petite ville, et sa mère avait été infirmière. Dès l'adolescence de Stacey, ils s'étaient doutés que leur fille était lesbienne et l'avaient accepté. La famille de Tammy avait beau être composée de New-Yorkais raffinés, elle était bien moins ouverte d'esprit. La jeune femme savait qu'ils seraient choqués.

Stacey affichait plus ouvertement son identité : la plupart de ses patients savaient qu'elle était lesbienne et s'en moquaient. Elle adorait porter les chaussures pour homme très élégantes que Tammy lui rapportait de la boutique John Lobb à Paris. Elle les assortissait avec des jeans bien coupés, des chemises pour homme joliment taillées et des vestes en tweed qu'elle achetait à Londres. Tammy avait pour sa part une allure ultra-féminine et cent pour cent Chanel. En tant qu'ambassadrice de cette marque, elle se devait d'être toujours d'un chic irréprochable. Cela rendait d'autant plus relaxant le fait de passer sa vie en vieux short, tee-shirt délavé et jean déchiré lors de ses vacances dans le Maine. Les cheveux de Stacey, devenus gris prématurément, étaient coupés court, tandis que ceux de Tammy étaient longs et blonds comme ceux de sa mère.

Elles passèrent le reste de la journée à boucler leurs valises et à préparer leur voyage. Elles firent des courses dans le quartier et achetèrent une pile de livres qu'elles avaient toutes les deux envie de lire. Elles formaient un couple parfaitement harmonieux et se complétaient mutuellement. La perspective de ces deux semaines en tête à tête dans le Maine les réjouissait.

Tammy n'avait pas abandonné l'idée de révéler un jour l'existence de Stacey à sa famille, mais ne voyait pas quand le faire ni comment s'y prendre. Il fallait trouver le moment opportun et, jusqu'à présent, l'occasion ne s'était pas présentée. Avant, les deux femmes se disputaient souvent à ce propos. Aujourd'hui, Stacey n'abordait le sujet que rarement, à part lors d'occasions comme l'anniversaire de Kate, Noël ou Thanksgiving. Pendant les fêtes, elle partait voir ses proches car il était trop déprimant d'attendre à l'appartement que Tammy rentre de festivités familiales auxquelles elle n'avait pas été conviée. Elle était le sombre secret de Tammy – un secret bien gardé. Tammy ne laissait jamais rien fuiter. Elles avaient des lignes téléphoniques distinctes et se servaient de toute façon essentiellement de leur téléphone portable.

Il ne serait jamais venu à l'esprit de Kate de passer à l'improviste. Elle considérait tous les quartiers branchés du sud de Manhattan comme une tout autre ville. Il fallait une demi-heure pour s'y rendre, et elle préférait recevoir ses enfants chez elle, de temps à autre. Ou bien ils se retrouvaient dans un restaurant, ce qui dispensait tout le monde de devoir cuisiner. Kate n'était pas non plus allée chez Anthony depuis qu'il avait son appartement, mais elle imaginait qu'il y régnait certainement un sacré bazar. Pour lui, ce n'était ni plus ni moins qu'une espèce de chambre étudiante. Claire vivait quant à elle dans un minuscule studio et n'avait rien d'une fée du logis.

Tammy se déplaçait toujours dans le nord de Manhattan pour voir sa mère et sa grand-mère. La fausseté de la situation lui déplaisait énormément, mais que faire ? Voilà fort longtemps qu'elle avait choisi d'être une menteuse plutôt qu'une paria ou une marginale – destin auquel elle pensait être condamnée si elle révélait la vérité.

Lorsqu'elle était plus jeune, elle avait à plusieurs reprises failli se confier à Anthony, mais avait redouté sa réaction. Ils étaient tous très traditionnels, répondant ainsi parfaitement aux attentes de leur mère. Ils n'avaient jamais rompu avec la tradition, et personne dans la famille n'avait jamais rien fait de choquant. Tammy ne voulait pas être la première à sortir du rang. Elle aimait trop les siens pour leur briser le cœur. Parfois, elle se demandait comment son père aurait réagi à tout cela. Elle avait l'intuition que lui non plus ne l'aurait pas accepté.

— Bon, c'est vraiment pas chic pour elle, mais je crois bien que ta mère va devoir passer un anniversaire de plus sans moi.

Tammy sourit. Stacey prenait les choses tellement bien… Comment ne pas culpabiliser encore plus ?

Avant de partir dans le Maine, elle téléphona à sa mère et à sa grand-mère pour leur rappeler que le réseau était mauvais là-bas, mais qu'elle serait joignable par téléphone en cas de besoin. Il n'y avait pas de téléphone fixe dans la maison qu'elles louaient, ce qu'elles adoraient. Pas d'Internet pendant deux semaines. Pas de télévision. Elles pouvaient lire et se parler le soir, jouer aux cartes, au Scrabble. Les vacances idéales !

Tammy trouva sa mère tendue au téléphone, comme d'ailleurs depuis plusieurs semaines, mais elle en ignorait la cause. Kate n'avait pas encore partagé la nouvelle qui concernait Claire, et celle-ci préférait ne pas l'annoncer avant la fin du premier trimestre de sa grossesse, quand elle saurait que tout allait bien. Cette échéance correspondait justement à l'anniversaire de Kate, qui lui avait néanmoins demandé de ne pas aborder le sujet lors du dîner qu'elle organisait, afin de pouvoir profiter de sa soirée sans drame. D'après elle, cette nouvelle risquait de gâcher son anniversaire, ce qui ne manqua pas de contrarier à nouveau profondément Claire. Cette dernière s'apprêtait à partir pour trois semaines à Aspen avec Reed et s'en réjouissait.

Tous les étés, Kate passait deux semaines sur Shelter Island avec Bart, qui louait une maison pendant deux mois. En juillet, il proposait à ses enfants de lui rendre visite. En août, il invitait des amis. L'île était accessible en ferry. Kate jouait les hôtesses, ce qu'elle trouvait amusant. Elle aimait bien voir ses amis le temps d'un week-end, tout comme elle appréciait les moments de tête-à-tête avec Bart. Elle ne lui avait encore rien dit au sujet du bébé. Elle avait trop honte. Mais ce ne serait bientôt plus un secret pour personne, quand le ventre de Claire s'arrondirait, certainement d'ici octobre.

Kate souhaita à Tammy un bon séjour dans le Maine et lui conseilla d'être prudente. Elle trouvait dangereux qu'elle s'y rende seule. Et si un ours sortait du bois, ou que son bateau se renversait ?

— Ne t'inquiète pas, lui répondit Tammy joyeusement. Amuse-toi bien avec Bart à Shelter Island.

Kate savait pourtant que, cette année, une forme d'hypocrisie gâcherait un peu la fête. Bart ignorait complètement ce qui la tracassait, la rongeait, même. Le fait qu'elle ait trop honte pour se confier à lui en disait long sur leur relation, à laquelle l'honnêteté faisait cruellement défaut. Ils n'étaient pas assez proches l'un de l'autre pour que Kate s'ouvre à lui. Cette forme de superficialité leur convenait – c'était leur accord tacite. Néanmoins, ils passaient de bons moments ensemble, et elle se réjouissait à l'idée de s'éloigner pendant deux semaines de ses problèmes à New York.

Margaret n'allait nulle part, si ce n'est chez une amie à Southampton pendant un long week-end. À l'automne, elle rendrait visite à une autre amie à Palm Beach. Elle préférait voyager en cette saison.

Et Anthony passait à nouveau ses week-ends à Bronxville avec Amanda et ses parents. Il trouvait le chant des grillons assourdissant, et la chaleur étouffante. Les dégustations de vins et de gâteaux eurent lieu là-bas, mais Anthony avait la tête ailleurs. Amanda pleura lorsqu'il déclara que le gâteau avait un goût de dentifrice. Comment avait-il osé sortir une chose pareille ? Ce gâteau venait de la meilleure pâtisserie de New York !

Chaque lundi, Anthony se sentait soulagé de rentrer à New York et de reprendre le travail. Cela le poussait à réfléchir aux conseils de sa grand-mère. L'idée de vivre trente ou quarante ans avec Amanda lui faisait l'effet d'une longue route solitaire. Les enfants les rendraient peut-être plus heureux, comme le pensait Amanda. Anthony s'efforçait de ne pas penser à Alicia, mais plus il essayait de l'oublier, plus elle le hantait. Où était-elle ? À New York ? Pendant l'été, il n'y avait pas beaucoup de shootings pour les mannequins, et ses cours étaient suspendus jusqu'en septembre. Ensuite, elle validerait ses huit derniers modules. Il décrocha plus d'une fois son téléphone pour l'appeler, mais n'alla pas au bout. Il avait changé de club de sport après leur séparation, alors il ne tombait plus sur elle par hasard. Il passait presque tous ses week-ends à Bronxville, dans la piscine ou allongé au soleil, pendant qu'Amanda et sa mère menaient leurs rendez-vous avec le fabricant de barnums ou la personne qui les aidait à organiser le mariage, et que son beau-père jouait au golf. Ce fut l'été le plus long de sa vie.

8

Quand vint son anniversaire, au lendemain de la fête du Travail, Kate avait un peu plus le moral grâce aux deux semaines passées sur Shelter Island en compagnie de Bart. À aucun moment du séjour elle ne lui avait révélé la grossesse de Claire. Et jamais il n'avait soupçonné le chagrin qu'elle dissimulait. Kate s'était efforcée de chasser cette réalité de son esprit et y était en partie parvenue, notamment en invitant des amis à elle sur l'île, comme sa mère le lui avait suggéré. Cela lui avait donné l'occasion de passer du temps avec eux, car d'ordinaire son agenda professionnel ne lui permettait que rarement de les voir. Après leurs vacances ensemble, Bart s'était rendu à Hong Kong et Pékin pour un sous-comité sénatorial consacré aux finances.

Les relations entre Claire et sa mère étaient toujours glaciales, mais Kate fut accaparée dès son retour par une grosse affaire avec un client très important. Le dossier lui prenait tout son temps et tout son espace mental. Ce qui était une véritable bénédiction.

Tammy avait passé des vacances merveilleuses dans le Maine et se préparait pour la Fashion Week qui avait lieu deux semaines plus tard à Paris. Elle avait proposé à sa grand-mère de l'accompagner en France, mais Margaret lui avait confié adorer New York en septembre. De plus, la vieille dame se rendrait à Palm Beach à la fin du mois.

Lorsqu'ils se retrouvèrent tous au dîner d'anniversaire, ils avaient beaucoup de choses à se raconter. Kate avait commandé le repas dans un nouveau restaurant thaï. Margaret trouva Anthony encore plus amaigri, contrairement à Amanda, qui rayonnait à l'approche du mariage. La jeune femme détailla les derniers préparatifs à sa future belle-mère avant de passer à table.

Margaret était de bonne humeur et heureuse de revoir ses petits-enfants. Sans grand tact, Amanda demanda à Claire si elle n'avait pas un peu grossi pendant l'été – en soulignant tout de même que cela lui allait bien. En entendant ce commentaire, Kate et Margaret échangèrent des regards appuyés par-dessus la longue table, et cela n'échappa pas à Tammy. Claire, qui était venue seule, parut mal à l'aise pendant quelques instants. Mais elle avait passé la barre des trois mois et l'échographie réalisée le matin même lui avait appris que le bébé se portait à merveille.

Elle fit alors exactement ce que sa mère lui avait demandé de ne pas faire. Elle regarda Amanda droit dans les yeux et lui sourit.

— Eh bien, il y a une raison à ces petits kilos, lança-t-elle joyeusement. Je vais avoir un bébé !

Son annonce fut suivie d'un silence total. Pendant une minute, tous les jeunes de la famille la regardèrent avec de grands yeux éberlués.

— Tu es sérieuse ? demanda Amanda d'un air paniqué. Tu vas te marier avant nous ?

À l'évidence, Amanda risquait de fondre en larmes si la sœur d'Anthony leur volait la vedette.

— Je ne vais absolument pas me marier. Rien ne nous y oblige. On est heureux comme on est, et bientôt on aura le bébé.

À l'entendre, on aurait pu croire que Claire et Reed étaient mariés depuis des lustres et que cette grossesse arrivait après des années d'espoir – alors qu'il s'agissait en réalité d'une surprise sidérante, leur relation ne datant que de cinq mois.

— Ouah ! s'exclama Anthony, à court de mots.

Il vit le visage de sa mère se pétrifier. Tammy échangea un regard avec sa grand-mère.

— Je pensais qu'on s'était mises d'accord pour ne pas en parler ce soir, dit Kate à sa benjamine, qui fit mine de ne pas l'entendre.

— Vous êtes d'accord avec ça, le bébé, je veux dire, s'ils ne sont pas mariés ? demanda Amanda à sa future belle-mère.

Anthony lui donna un coup de pied sous la table, et elle le regarda d'un air surpris.

— Quoi ? Je ne peux pas en parler ? C'est Claire qui a abordé le sujet, se défendit-elle tandis qu'Anthony grognait.

Il voyait une tornade se diriger droit vers eux, et il détestait le conflit, surtout entre les femmes de sa famille. Cela ne se terminait jamais bien.

— Non, maman n'est pas contente, répondit Claire à la place de Kate. En fait, elle est furieuse contre moi. Elle trouve cela choquant.

— Mes parents seraient du même avis, lança ingénument Amanda tandis qu'Anthony fermait les yeux. Mon père me tuerait. Et ma mère pleurerait sûrement pendant une année entière.

— Reed et moi ne pensons pas que le mariage soit nécessaire, dit Claire avec une pointe de tension dans la voix.

— Il veut t'épouser ? s'acharna Amanda malgré les regards noirs que lui jetait son fiancé. S'il veut le faire, à ta place, moi, je l'épouserais. Pourquoi t'exposer à la médisance des autres ?

Silence de plomb autour de la table.

— Il veut m'épouser, mais moi, je n'ai pas envie. Je ne veux pas me marier « parce qu'il le faut ». Et on se fout bien de ce que diront les gens.

Kate, qui avait l'air au bord de la syncope, repoussa son assiette. Tammy la regardait d'un air navré. Sa mère était bouleversée et profondément choquée par cette grossesse. Tammy en voulait terriblement à sa sœur d'avoir abordé le sujet ce soir, pendant ce dîner d'anniversaire. Elle comprenait mieux le stress qu'elle avait décelé récemment chez sa mère, et qui l'avait tant questionnée.

— Je suis désolée, maman, dit-elle doucement à Kate, qui posa sur elle des yeux emplis de larmes.

— Merci. Je ne me rendais pas compte que ta sœur était à ce point libérale et moderne, répondit-elle tout bas.

Elle n'ajouta pas : « Et rebelle. » Mais le pensa.

— Bientôt, son ventre va s'arrondir, et ça se saura.

— On l'a annoncé à quelques amis, et on commencera à le dire à tout le monde d'ici quelques semaines, quand on connaîtra le sexe du bébé, lança joyeusement Claire.

— Comment ils réagissent, dans ton cabinet d'avocats ? lui demanda Tammy, mûre et pragmatique, qui faisait tout pour préserver son travail. Beaucoup d'entreprises ne verraient pas ça d'un bon œil.

— Ils ne sont pas encore au courant. Mais Reed est l'un de leurs plus gros clients. Ils n'ont pas vraiment intérêt à trop mal réagir, j'imagine !

Elle avait l'air bien sûre d'elle-même ! Comprenant que la nouvelle était accueillie froidement par son frère et sa sœur, Claire adoptait avec eux le même ton agressif qu'avec sa mère.

— Je ne sais pas trop si je dois te féliciter ou compatir avec maman, dit Tammy tout bas.

— Pourquoi tu ne l'épouses pas ? demanda Anthony, l'air complètement abasourdi. Tu veux prouver quoi, en ne te mariant pas ? Que t'es cool ? On s'en fout, non ? Pourquoi ne pas tout simplement aller à la mairie pour officialiser les choses ?

Anthony aurait d'ailleurs préféré qu'Amanda et lui choisissent cette voie plutôt que de se prêter au cirque qu'elle et ses parents étaient en train d'organiser.

— Reed aussi est contre le mariage ?

— Il s'en fiche, répondit Claire, visiblement agacée par la question de son frère.

— Je crois que, en fait, il préférerait se marier, intervint leur mère. Il a proposé à Claire de l'épouser, et elle a refusé.

Kate affichait le même air dévasté qu'en toutes les occasions où le sujet revenait sur le tapis.

— Je crois qu'une grande part de tout ça est l'expression d'une rébellion adolescente à retardement, ajouta-t-elle en regardant sa benjamine.

— C'est vache de dire ça ! s'insurgea Claire.

— C'est vache d'agir ainsi, et de priver un bébé de parents unis par le mariage.

Cela sonnait le glas de cette fête d'anniversaire et Kate finit de les estomaquer en leur racontant l'histoire de son premier mariage. Après son récit, un ange passa pour la deuxième fois ce soir-là. Tammy, choquée d'en savoir si peu sur sa mère, fut la première à s'exprimer.

— Pourquoi tu ne nous en as jamais parlé ?

— Je ne jugeais pas cela nécessaire. Cela remonte à avant votre naissance. Mais peut-être faut-il que vous sachiez que même les parents commettent des erreurs, parfois monumentales. C'est ce qu'estime votre grand-mère, qui m'a encouragée à vous révéler cette bien triste histoire.

— Tu ne sais vraiment pas ce que ce type est devenu après sa sortie de prison ? Tu n'avais aucun moyen de le découvrir ? demanda Anthony, visiblement bouleversé.

Cette soirée était décidément bien éprouvante.

— J'imagine que si, mais nous nous connaissions à peine, ce qui paraît étrange puisque j'ai été son épouse et que nous avons failli avoir un enfant. À sa sortie de prison, sept ans plus tard, j'étais mariée à ton père, et deux d'entre vous étaient déjà nés. Je n'avais pas vraiment envie de reprendre contact. Je voulais essayer d'oublier tout ça. Un bébé et un enfant étaient morts, et un mariage s'était terminé. Je ne voulais pas revisiter cette période, et j'étais heureuse avec ton père.

Elle tourna la tête vers Margaret, qui lui adressait un regard inflexible. Kate soupira en posant les yeux sur ses enfants assis autour de la table. Amanda était manifestement choquée par cet aveu.

— Je crois qu'on peut oublier mon anniversaire. Mais puisque Claire nous a embarqués dans une nuit de confessions, il y a autre chose que je devrais vous confier, d'après votre grand-mère. Et elle a raison. L'autre histoire que je m'apprête à partager avec vous n'est pas vraiment une erreur de ma part, mais j'imagine que vous avez le droit de savoir. Si votre père était en vie, vous l'auriez appris de toute façon. J'ai protégé sa mémoire pendant dix-neuf ans, mais lui aussi était humain. Environ un an avant sa mort, il est tombé amoureux de quelqu'un d'autre. Je ne l'ai jamais connue. On m'a dit néanmoins que c'était une femme très bien. Il l'a rencontrée à Washington – elle travaillait dans son bureau au Congrès – et il est tombé amoureux d'elle. Il a demandé le divorce peu de temps avant le crash de son hélicoptère. Il souhaitait l'épouser, et je pense qu'il l'aurait fait. Votre père vous aimait tous énormément. Pourtant, il était décidé à mettre un terme à notre mariage, et je ne l'aurais pas arrêté puisque c'était son désir. On ne peut pas garder quelqu'un en otage, même quand on aime cette personne. Alors j'ai accepté de divorcer.

Le silence qui s'ensuivit était assourdissant. Des larmes coulaient sur les joues d'Anthony. Il fit le tour de la table, enlaça sa mère et pleura sans prononcer un mot. C'était la fin des illusions qu'il avait nourries au sujet de son père – la raison précise pour laquelle Kate ne leur avait jamais raconté cet épisode. Elle espérait que Margaret avait eu raison de l'encourager à leur révéler ce projet de divorce.

— Pourquoi tu ne nous l'as jamais dit ? demanda Tammy.

Kate posa sur elle un regard empreint de tristesse.

Elle avait perdu Tom à deux reprises. La première fois lorsqu'il lui avait demandé le divorce. La seconde, quelques semaines plus tard, lors du crash. Les deux fois, elle avait été dévastée. Finalement, les bons souvenirs avaient pris le pas sur les mauvais. Cependant, le fait de savoir qu'il aurait divorcé d'elle s'il avait vécu projetait une ombre sur les sentiments qu'elle éprouvait à son égard.

— Je ne voulais pas que cela ternisse l'image que vous aviez de votre père. Il me l'a signifié avec une grande délicatesse, mais il voulait en finir avec notre relation. Après sa mort, tout cela n'avait plus d'importance. Vous n'aviez pas besoin de le savoir, et puis vous étiez jeunes. Je ne voyais pas pourquoi il aurait fallu vous le dire. Mais votre grand-mère a toujours cru qu'il fallait que vous le sachiez, une fois devenus adultes. J'espère qu'elle ne s'est pas trompée.

Anthony avait repris sa place. Il paraissait anéanti.

— C'était un père extraordinaire, ce divorce n'y aurait rien changé. Et il a été un mari formidable pendant quatorze ans. Parfois, on n'a pas le droit à plus.

— Mais tu l'as toujours dépeint comme un héros, fit remarquer Tammy.

Claire restait muette. Elle ne se rappelait pas très nettement son père, contrairement à Tammy, qui avait 13 ans à sa mort, et pour qui un divorce aurait été une tragédie – que la nouvelle épouse de son père soit sympathique ou non.

— C'était un héros. Pour son pays, pour vous tous, et pour moi pendant très longtemps. Mais il était humain. Les gens changent d'avis, tombent amoureux, puis en désamour. De bonnes et de mauvaises choses leur arrivent, ils commettent des erreurs et, parfois, ils blessent les gens qu'ils aiment. Pour autant, cela ne fait pas d'eux des monstres. Cela les rend réels. Ton père continue de me manquer et je l'aime toujours, même si nous nous apprêtions à divorcer quand il est mort. Je me souviens encore des bons moments, et il y en a eu beaucoup. De plus, il m'a donné vous trois. Je lui en serai à jamais reconnaissante.

— Après tout ce que maman a traversé, tu trouves ça malin d'avoir un bébé hors mariage ? C'est vraiment nécessaire ? demanda rageusement Anthony à sa sœur.

Sa grand-mère vola à la rescousse de Claire.

— Chacun a le droit de faire des choix, Anthony, quoi qu'en pensent les autres. Peut-être qu'un jour tu prendras toi aussi des décisions que nous n'approuverons pas. Je ne suis pas d'accord avec Claire, mais elle a le droit d'agir selon ses convictions.

— Ses convictions, tu parles ! Elle veut juste emmerder maman ! Voilà ce qui se passe. Elle n'a plus 15 ans, bon sang ! Pourquoi elle ne peut pas se marier et avoir un bébé ensuite, comme tout le monde ?

— Elle n'en a pas envie. Ce n'est pas un crime, simplement un choix. Elle ne cherche à blesser personne. Elle croit en sa décision, que cela nous plaise ou non. Et c'est ce que cette histoire de séparation nous dit, me semble-t-il. Demander le divorce n'a pas dû être une chose aisée pour votre père, mais il croyait en ce choix. Cela ne fait pas de lui une mauvaise personne ni un mauvais père. Cela fait de lui un être humain.

— Ç'aurait été vraiment salaud de sa part d'infliger ça à maman, s'indigna Anthony.

À la mort de son père, il avait 10 ans, et un divorce aurait également eu un impact considérable sur lui.

— Tu as raison, répondit Margaret. Mais c'est le genre de risques que l'on prend lorsqu'on aime quelqu'un. Toutes les histoires n'ont pas une fin heureuse, on ne peut pas prévoir comment les choses se termineront. Parfois, dans la vie, il y a de mauvaises surprises.

Claire remercia sa grand-mère d'avoir pris sa défense.

— Eh bien, tu nous as donné du grain à moudre, dit Tammy à sa mère. Je ne sais pas encore trop quoi en conclure… sinon peut-être qu'il faut être honnêtes les uns avec les autres, et aussi envers nous-mêmes. Rien ne t'obligeait à couvrir papa pendant toutes ces années. Tu ne lui devais pas une chose pareille. Et si tout cela servait à ce que nous nous pardonnions mutuellement nos différences et nos erreurs ?

Elle regarda sa sœur cadette en prononçant ces mots.

— Je pense aussi que, Reed et toi, vous devriez vous marier. Mais si tu en décides autrement, tu auras mon soutien. Il ne s'agit pas simplement de faire plaisir à maman, même si je n'arrive pas à comprendre comment tu as pu grandir sous le même toit que nous et devenir aussi peu conformiste.

— Peut-être que c'est justement parce que j'ai grandi avec vous tous, déclara Claire.

Manifestement, son nouveau rôle de rebelle lui plaisait. Jamais elle ne s'était montrée aussi récalcitrante ni aussi directe.

— Dans cette famille, on est tellement parfaits tout le temps ! Les meilleures écoles, les meilleurs boulots, les meilleurs parents... Une part de tout ça s'avère complètement bidon. Maman s'est retrouvée enceinte sans le vouloir à 19 ans, papa l'a certainement trompée, il est tombé amoureux d'une autre. Je n'ai pas envie d'entrer dans le moule familial sous prétexte que c'est ce qu'on attend de moi. Plutôt me suicider que de me marier en grande pompe comme Anthony et Amanda. Reed et moi, on a juste envie de vivre ensemble, d'avoir notre bébé et d'être heureux. La moitié des gens qui se marient finissent de toute façon par divorcer, alors à quoi bon s'embêter ? Maman et papa auraient divorcé si cet hélicoptère ne s'était pas écrasé.

Claire se tourna ensuite vers sa mère.

— C'est pour cette raison que tu n'as jamais souhaité te remarier ? J'ai toujours cru que c'était parce que tu étais encore follement amoureuse de papa.

— C'est en partie pour cette raison. Il m'a fallu un bon moment pour me remettre de sa mort. La fac de droit m'a aidée à aller de l'avant, mais je n'ai plus jamais voulu avoir à vivre la perte de quelqu'un, que ce soit par le divorce ou la mort. Cela m'effraie d'aimer autant.

— Tu épouserais Bart ? demanda Anthony.

Il s'était toujours posé la question – il appréciait le compagnon de sa mère.

— Je ne pense pas. J'ai beaucoup d'affection pour lui et nous passons de bons moments ensemble, mais je ne l'aime pas suffisamment. Il faut beaucoup aimer une personne pour vouloir passer le restant de ses jours avec elle. J'aimais votre père à ce point-là, mais pas Bart. Je n'ai jamais rencontré quelqu'un avec qui j'aie eu envie de tenter une nouvelle fois l'aventure. Le jeu ne m'a jamais semblé en valoir la chandelle.

— Pas encore, lança Tammy avec un sourire. Tu es assez jeune pour rencontrer quelqu'un que tu aimes vraiment.

— Oh, j'espère bien que non ! s'empressa de répondre Kate, provoquant l'hilarité générale. Aimer quelqu'un à ce point-là, c'est beaucoup trop d'ennuis. Je vous laisse ça ! Je n'ai pas envie de recommencer.

Anthony l'écoutait d'une oreille attentive. Amanda paraissait pour sa part vexée de la pique de Claire sur leur mariage en grande pompe. Si c'était ce que sa future belle-sœur pensait, elle était bien contente de ne pas lui avoir proposé d'être demoiselle d'honneur, surtout maintenant, avec cette grossesse hors mariage qui ne manquerait pas de choquer ses parents. Amanda avait estimé ne pas être assez proche de Claire et de Tammy pour leur proposer d'être ses demoiselles d'honneur. Elle préférait tout de même Tammy, car Claire se montrait ouvertement vache et antipathique.

— Bon, pour un anniversaire, c'était plutôt raté, constata Kate avec regret. Mais nous avons passé un moment très fort tous ensemble, ce soir.

Manifestement, votre grand-mère avait raison. Il fallait que ces choses soient dites. Vous êtes adultes maintenant, et les secrets n'ont jamais fait de bien à personne. La vérité est toujours à privilégier, du moment qu'on la dévoile avec douceur, sans s'en servir pour heurter les autres. J'aurais préféré ne pas vous faire cette révélation sur votre père, mais j'aimerais que vous reteniez une chose de cette histoire : la vie nous réserve bien des surprises, et les mariages aussi. Je suis désolée si vous avez tous l'impression que je vous mets une pression d'enfer depuis l'enfance pour que vous soyez parfaits. Croyez-moi, je suis moi-même loin de la perfection. Je ne veux que le meilleur pour chacun de vous. Au bout du compte, mon vœu le plus cher est que vous soyez heureux. Claire, si tes choix te rendent heureuse, alors je crois que nous allons tous devoir nous y habituer.

— J'ai peur, aussi, confessa Claire. Un bébé est une responsabilité énorme, et j'espère être à la hauteur. Reed est merveilleux avec moi. J'ai beaucoup de chance.

— En effet, dit Kate en lui souriant.

Reed n'avait pas été convié ce soir, mais Kate avait l'intention de se rattraper prochainement, car il était le père de son premier petit-enfant et le compagnon de sa fille. Elle avait l'intuition qu'il était un homme bien, avec des valeurs solides. Dans d'autres circonstances, elle l'aurait certainement apprécié immédiatement.

— Quelqu'un d'autre à des confessions à faire ? lança-t-elle pour détendre l'atmosphère en regardant tout le monde autour de la table.

À la fin du repas, quand ils se levèrent tous, Anthony prit Claire dans ses bras en lui disant qu'elle était vraiment une sale gosse, mais qu'il l'aimait malgré tout. Tammy la serra contre elle aussi, et les trois enfants étreignirent ensuite leur mère. Ils éprouvaient à son égard une nouvelle forme de respect.

Il était pratiquement minuit quand tous prirent congé. Anthony et Amanda raccompagnèrent Margaret en taxi, puis ils rentrèrent chez eux dans le plus grand silence.

— Ce que ta sœur a sorti au sujet de notre mariage était vraiment odieux, lâcha finalement la jeune femme.

Anthony ne réagit pas pendant quelques secondes, puis lui répondit par un simple hochement de tête.

— Elle devrait se marier. Avoir un enfant illégitime, je trouve ça choquant.

Anthony se tourna alors vers elle.

— Tu as entendu ce qu'a dit ma grand-mère : les gens ont le droit de faire des choix. Même des erreurs.

— Là, c'est une erreur de taille !

Amanda se demanda même en son for intérieur si ses parents n'allaient pas lui demander d'exclure Claire du mariage.

Anthony la suivit dans l'appartement et, quand elle actionna les lumières, il la regarda et sut ce qu'il avait à faire. Il ignorait si Alicia lui reparlerait un jour, mais cela n'y changeait rien. Il avait fini par trouver la réponse qu'il cherchait quand sa mère avait confié qu'elle n'épouserait pas Bart faute de l'aimer assez. Anthony appréciait certaines choses chez Amanda, et ils avaient passé de bons moments ensemble pendant un temps, mais cela ne suffisait pas pour l'épouser et passer le restant de ses jours à ses côtés. Il avait compris que l'existence dont elle rêvait l'ennuyait à mourir – il ne voulait même pas d'un grand mariage.

Il resta planté devant Amanda, la regardant fixement. Elle sentait qu'il se passait quelque chose mais ne savait pas quoi.

— J'ai quelque chose à te dire, et ce n'est pas facile. Je ne peux pas t'épouser, Amanda. Je pensais pouvoir, mais non. Ça ne marche pas. J'aurais dû m'en rendre compte avant... Mieux vaut tout de même que ce soit maintenant plutôt qu'après notre mariage. Je t'aime, mais pas au point de vouloir passer le reste de ma vie avec toi. À présent, je le sais. Je suis vraiment désolé.

Sa voix était forte, calme, et emplie de regrets. Néanmoins, Anthony était sûr de lui.

La bouche d'Amanda s'ouvrit et se referma à plusieurs reprises sans qu'aucun son n'en sorte.

— T'es sérieux ? T'es dingue ? Tu sais ce que mon père a déjà dépensé pour ce mariage ?

— Je n'y peux rien. Je ne peux pas me marier. Ce n'est pas bien, ni pour toi ni pour moi.

À présent, il en avait la certitude absolue.

— Tu veux que je me calme un peu sur le mariage ? On pourrait avoir moins de demoiselles d'honneur ! Mon père n'a pas encore payé leurs robes.

Sauf qu'Anthony ne souhaitait pas éliminer les demoiselles d'honneur, mais la mariée.

— Le problème n'est pas cette fête de mariage. Le problème, c'est le reste de notre existence. Je ne suis pas taillé pour traîner à Bronxville avec toi, ni pour m'installer là-bas, ni pour vivre la vie que tu veux. Je ne suis pas prêt à avoir des enfants, et toi, tu en veux tout de suite. Tu veux la même chose que tes parents, et ce n'est pas moi, tout ça. Je veux travailler, jouer, voyager, rire, m'amuser, être libre.

Et être avec une femme qui est tellement folle de moi qu'elle me laisse un coquard quand je bouleverse sa vie, pensa-t-il. Il voulait être avec Alicia et ignorait si cela arriverait un jour. Son unique certitude était qu'il ne voulait pas vivre avec Amanda, de même que sa mère ne voulait pas épouser Bart.

— Tu es déboussolé par les révélations que ta mère a faites au sujet de ton père. C'est ridicule, Anthony. Nous nous aimons.

Elle semblait désespérée, et Anthony se sentit navré pour elle. Annuler le mariage et annoncer la nouvelle à ses parents allait être un cauchemar. Pourtant, il le fallait. Il ne pouvait pas se marier, malgré tout l'argent que le père d'Amanda avait dépensé pour organiser cette fête.

— Nous nous aimons, c'est vrai, mais pas assez pour nous marier.

Il la regarda tristement pendant quelques instants, lui tourna le dos et se dirigea vers la sortie.

— Où vas-tu ?

— Je rentre chez moi, répondit-il devant la porte. Je m'en vais. Je ne peux plus rester ici. Ce n'est pas bien.

— Tu ne peux pas dormir ici au moins cette nuit ?

— Non, désolé. Je passerai récupérer mes affaires cette semaine, quand tu seras au travail.

Amanda resta muette. Des larmes coulaient sur ses joues. Anthony s'en voulait terriblement. Il savait que s'il essayait de la consoler, il se laisserait de nouveau piéger et finirait peut-être même par l'épouser, par pitié ou poussé par le remords. Il devait s'en aller. Amanda ôta la bague de fiançailles qui avait appartenu à Kate, dont la monture avait été adaptée à sa taille. Elle fit deux pas vers lui et déposa l'alliance au creux de sa main. Anthony la rangea dans la poche de sa veste, ouvrit la porte et sortit.

Il referma doucement derrière lui et rentra chez lui en taxi. Son appartement paraissait vide, poussiéreux et froid, et il était seul, mais lorsqu'il s'allongea dans son lit et contempla le plafond, Anthony sut qu'il avait pris la bonne décision. Il se sentait libre et son soulagement était immense.

Quand Tammy rentra à la maison, Stacey dormait depuis peu. La veille, elle était restée au chevet d'un patient malade, un enfant de 6 ans souffrant d'une crise d'appendicite carabinée, et elle venait tout juste de sombrer dans le sommeil lorsque Tammy s'installa sur leur lit avec un grand sourire.

— J'ai une super nouvelle, annonça Tammy.

Stacey ouvrit un œil.

— Ta mère vient à la Marche des fiertés avec nous cette année ?

Elles-mêmes n'avaient jamais participé à l'événement, alors l'image fit rire Tammy.

— Mieux encore. Ma petite sœur nous a donné un passe.

— Un passe pour quoi ? Arrête les énigmes, je dors à moitié.

— Claire va avoir un bébé avec son mec et refuse de se marier. Elle clame qu'elle en a ras le bol d'être parfaite. Elle va donc avoir ce bébé hors mariage. Ma mère a piqué une crise. En revanche, ma grand-mère a soutenu que tout le monde avait le droit de faire des choix, que cela plaise aux autres ou non. Bref, dans quelques jours, j'irai voir ma mère et je lui parlerai de nous. Je renonce au titre de Miss Parfaite, à la couronne et tout le toutim. Ma mère nous a aussi avoué qu'elle était tombée enceinte d'un autre homme à l'adolescence. Elle a même été mariée avec lui. Et papa était sur le point de la quitter pour une autre femme quand il est mort. Il s'avère que nous ne sommes finalement pas si parfaits que ça. On est aussi perturbés que tout le monde, et donc toi et moi, on va enfin pouvoir sortir du placard !

— Tu penses que ta mère pourra encaisser le choc ?

Stacey, désormais parfaitement réveillée, s'assit sur le lit.

— Je pense que oui. L'histoire de ma sœur l'a tellement contrariée qu'elle relativisera.

— Ça m'étonnerait. Je ne sais pas trop où se place l'homosexualité par rapport à une grossesse hors mariage sur son échelle de valeurs, mais il se peut que ce soit pire. Ton frère ne pourrait pas sortir un peu du rang, lui aussi ?

— Figure-toi que j'ai l'impression que quelque chose se trame de son côté. Il a l'air malheureux. Bon, en tout cas, prépare-toi à rencontrer ma famille de barjots.

Elle embrassa Stacey, qui rayonnait. Quelle nouvelle réjouissante ! Au bout de sept ans, le moment était enfin venu de dire la vérité.

Elles gloussaient comme deux écolières quand Tammy se coucha et lui raconta plus en détail les retrouvailles familiales. Cela avait été une soirée vraiment extraordinaire, et Tammy était certaine que sa mère n'oublierait jamais cet anniversaire.

9

Le lendemain de l'anniversaire de Kate, à midi, sa secrétaire vint lui annoncer que son fils l'attendait à la réception. C'était une surprise. Elle avait prévu de travailler pendant sa pause déjeuner, et Anthony ne venait jamais la voir au travail. Elle sortit de son bureau pour l'accueillir. Vêtu d'une chemise impeccable, d'une veste et d'un jean, il avait l'air sérieux et d'humeur sombre. Jamais il ne s'habillait ainsi pour le travail – il s'était apprêté pour lui rendre visite au cabinet.

À voir son air grave, Kate sut immédiatement qu'il s'était passé quelque chose. Elle l'embrassa et l'invita à la suivre dans son bureau en vue de l'interroger. Mais elle n'eut pas à le faire. Il lâcha tout avant même de s'asseoir sur la chaise en face d'elle.

— J'ai rompu avec Amanda hier soir après le dîner, avoua-t-il d'une voix angoissée.

Anthony s'attendait à ce que Kate soit bouleversée, mais elle comprit à l'expression sur son visage qu'il était sûr de sa décision.

— Vous vous êtes disputés ?

Il secoua la tête en s'asseyant au bord de la chaise.

— Ta réponse à ma question au sujet de Bart… c'est exactement ce que je ressens. Je n'aime pas assez Amanda pour l'épouser.

— Tu en es certain ?

— À cent pour cent.

Kate soupira et le regarda avec compassion. Elle se doutait qu'il n'avait pas dû être aisé pour son fils de lui avouer cette rupture. Elle espérait qu'il s'était montré prévenant envers Amanda – autant que possible en tout cas.

— Eh bien, c'est ta sœur et ta grand-mère qui vont être contentes. Toutes deux trouvaient qu'elle n'était pas faite pour toi.

— Tammy ? s'étonna Anthony.

— Non, Claire.

— Ce n'est pas comme si elle pouvait donner des leçons en matière de jugement. Elle est en train de bousiller sa vie. Elle devrait se mêler de ses affaires et épouser ce type.

— Elle s'affirme ! tenta de relativiser Kate avec lassitude.

— Et elle agit connement. On dirait une enfant gâtée qui cherche à prouver quelque chose et à provoquer sa mère.

— Oh, nous, les mères, on a l'habitude de ce genre de comportement. Comment tu te sens ? Triste ?

— Un peu. Essentiellement pour Amanda, en fait. Moi, j'éprouve surtout du soulagement. Avec ce mariage et les week-ends avec ses parents à Bronxville, j'ai dû me glisser dans la peau de quelqu'un d'autre. Je pense que si je l'avais épousée, j'aurais fini par me suicider ou devenir alcoolique.

Kate hocha la tête. À présent, elle s'en rendait compte. Amanda n'était pas assez brillante pour lui. Margaret et Claire avaient eu raison. Elle n'essaya pas de le convaincre de changer d'avis – c'était peine perdue. Elle remarqua qu'il gigotait sur sa chaise, comme si sa confession ne s'arrêtait pas là.

— Il y a plus ?

Anthony hocha nerveusement la tête. Il voulait tout lui dire.

— J'ai rencontré quelqu'un il y a trois mois. Je suis tombé fou amoureux d'elle, ce qui a été le premier indice qu'Amanda n'était pas la bonne. Je suis sans nouvelles depuis un mois, et elle s'est juré de ne plus jamais me revoir, parce que je lui ai caché que j'étais fiancé. Au bout de deux mois de relation, j'ai fini par le lui avouer. J'avais besoin de temps avec Amanda pour faire le point sur mes sentiments. Cette femme ne veut probablement plus jamais entendre parler de moi, mais dans l'hypothèse peu probable où elle me pardonnerait et me reparlerait, sache que je l'aime. J'en suis sûr maintenant. Elle est intelligente et pleine de fougue, et je n'ai pas intérêt à déconner à nouveau avec elle. Quand je lui ai parlé d'Amanda, elle m'a cogné.

Sa mère parut choquée. La violence domestique n'était en aucun cas un moyen de communication valable.

— Elle a un nom ? Un travail ? Une famille ?

Anthony hocha la tête.

— Alicia Gomez. Elle a 30 ans, et elle a repris ses études au Hunter College. Elle gagne sa vie en faisant du mannequinat pour des marques de lingerie, mais rêve de devenir actrice. Elle est certainement douée pour ce métier. Elle est née à San Juan, à Porto Rico, et a grandi dans le quartier de Spanish Harlem. Elle est trois quarts portoricaine et un quart chinoise.

Anthony lui avait livré toute l'histoire sur un plateau d'argent. Il avait l'impression que sa mère venait de voir un fantôme au-dessus de sa tête.

— Tu es sérieux ?

— Oui. Elle a une volonté et un mental hors du commun, et elle possède un esprit affûté.

— Il faut au moins ça pour te mettre le grappin dessus ! Où vous êtes-vous rencontrés, si ce n'est pas indiscret ?

— À la salle de sport.

— Et tu l'aimes ? Ou bien tu la désires ? Mon petit doigt me dit qu'elle doit être belle, avec ce métissage.

— Oui, elle est belle. Et, pour répondre à ton autre question, je l'aime et je la désire. À vrai dire, maman, je pense qu'elle te plairait. Si tu parviens à mettre de côté tes a priori.

— Tu me vois comme quelqu'un de snob et de raciste…

— Non, mais je sais ce qui te plaisait chez Amanda. Le rang social et la respectabilité de sa famille. Alicia est à l'opposé. Elle a dû se battre pour tout ce qu'elle a, et elle est très indépendante. J'ai essayé de lui envoyer un texto ce matin, mais elle a bloqué mon numéro. Elle ne m'adressera peut-être plus jamais la parole, déplora-t-il.

— Eh bien, tu me tiendras au courant.

Kate n'avait pas exprimé la moindre objection. Anthony n'en revenait pas.

— Ta grand-mère a raison. Vous avez tous le droit de faire des choix, qu'ils me plaisent ou non.

— Oui, enfin, Claire a quand même un comportement idiot et immature.

— Non, cela vaut pour Claire également, dit Kate qui partageait pourtant le point de vue de son fils. Ses choix ne me plaisent pas, mais ils lui appartiennent. À nous de composer avec. En revanche, son conjoint me paraît très bien. C'est déjà ça. Alors on verra bien avec cette Mlle Gomez, si elle te pardonne. Tu t'es très mal comporté avec elle.

Anthony hocha la tête. Il se sentait comme un mauvais élève dans le bureau de la directrice.

— C'est vrai. Elle a toutes les raisons de m'en vouloir.

— Mais pas de te taper dessus. Je n'approuve pas cette violence.

Kate se leva, contourna son bureau et embrassa son fils.

— J'étais sincère, hier soir. Tout ce que je veux, c'est que vous soyez tous heureux, et à l'abri des problèmes. Je vais devoir abandonner mes idées reçues sur ce qui est bien pour vous. Je croyais qu'Amanda serait une bonne épouse, mais visiblement elle n'est pas pour toi.

— Vraiment pas pour moi, maman.

À ce moment-là, il se souvint de la bague. Il la sortit de sa poche et la lui tendit.

— Je suis désolé d'avoir abîmé ta bague pour qu'elle aille à Amanda.

— Ce n'est rien. Je voulais te la donner de toute façon, pour ton mariage. Ton père aurait voulu qu'elle te revienne.

Elle l'accompagna jusqu'à la porte de son bureau et le serra à nouveau dans ses bras.

— Tiens-moi au courant. Et cette fois-ci, esquive. Ne la laisse pas te frapper, lança-t-elle avec un sourire.

Anthony lui rendit son sourire et s'en alla. Kate regagna son bureau. Une minute plus tard, sa secrétaire entra.

— On aurait du Tylenol, de l'Advil, de l'aspirine, de l'héroïne ou autre ? J'ai un mal de crâne épouvantable.

Son calme de façade cachait une vague de stress débordante.

— J'ai de l'Advil dans mon sac. Je vous apporte ça.

Kate la remercia, s'assit à son bureau et rangea la bague de fiançailles dans son sac.

Mariage annulé, enfant illégitime – il fallait suivre, avec ses enfants ! Ils étaient finalement loin d'être parfaits. Kate essaya de se représenter la modèle pour marques de lingerie d'Anthony. Accepterait-elle de le revoir ? À en croire son fils, la partie était loin d'être gagnée.

Sa secrétaire lui apporta une tasse de thé et de l'Advil. Kate prit deux comprimés. Elle ne pouvait qu'imaginer la colère profonde des parents d'Amanda, qui étaient peut-être déjà au courant. Mais annuler un mariage trois mois avant le jour J restait raisonnable. Et si Anthony ne l'aimait pas assez pour l'épouser, le débat était clos. Dieu merci, il n'était pas allé jusqu'au bout. Et puis, tel qu'on le lui avait décrit, ce mariage promettait d'être un sacré cirque, pensa-t-elle pour se consoler. Kate espérait simplement que les choses s'arrangeraient pour son fils, et que cette mystérieuse jeune femme ne le décevrait pas. En tout cas, sa famille vivait une période... intéressante. Une mannequin pour de la lingerie, ou même une actrice, ce n'était pas ce dont elle rêvait pour son fils. Mais la jeune fille de bonne famille n'avait pas marché, alors allez savoir ! Kate était impatiente de découvrir le prochain chapitre de leur saga. Plus que jamais, leur vie avait des allures de mauvais film.

Une heure plus tard, elle reçut un e-mail du père d'Amanda. Consterné, il déplorait qu'Anthony ait rompu les fiançailles et annulé le mariage. Amanda et sa femme partaient à Paris pour quelques semaines, écrivait-il. Ce serait une épreuve difficile pour sa fille. Il eut l'élégance de ne pas mentionner le coût de cette annulation. Enfin, puisqu'ils n'étaient pas destinés à se marier, mieux valait pour Anthony comme pour Amanda que les choses soient terminées.

Sa secrétaire passa une tête dans son bureau pour lui rappeler son rendez-vous avec les avocats de la partie adverse en vue du gros procès qui se préparait. Kate avait complètement oublié.

— Merci. Il me faudra peut-être un autre Advil.

Elle répondit à des appels et à des e-mails, mangea la moitié d'un sandwich et, à 14 heures, elle était prête pour le fameux rendez-vous, auquel elle emmena Ed Buckman, l'un de ses collaborateurs. Deux heures durant, les avocats de la partie plaignante déroulèrent une diatribe injurieuse pétrie de mauvaise foi, n'hésitant pas à recourir aux menaces. À la fin de l'entretien, Kate avait envie de tuer quelqu'un. Elle n'aurait su dire lequel des avocats était le plus antipathique, car tous deux affichaient une arrogance crasse. Ils cherchaient à obtenir un accord en leur faveur, sachant très bien qu'ils perdraient devant la cour. Ils travaillaient dans l'un des plus puissants cabinets d'avocats de New York et se croyaient invincibles. Kate se retint de leur grogner dessus quand ils quittèrent la salle, mais dès qu'ils furent hors de portée de voix elle dit à Ed ce qu'elle pensait d'eux. Il partageait son point de vue.

— Je connais Jack Hirsch depuis vingt ans, et c'est un connard fini au tribunal. Le nouveau, son associé, Scott White, est une véritable machine de guerre. Ils ne lâcheront pas l'affaire, même s'ils n'ont rien contre nous. Leur client est encore plus borné qu'eux et ment comme un arracheur de dents.

— On est encore plus coriaces, répondit Kate avec résolution. Leur accusation ne tient pas la route et ils le savent. Je ne leur céderai même pas un centime.

— C'est génial de travailler avec toi, Kate, dit Ed avec un sourire avant de regagner son bureau.

Il adorait se battre, et Kate était un modèle de pugnacité. Elle était une tueuse au tribunal et une négociatrice hors pair. Elle avait la réputation de ne pas ménager les témoins au cours de ses auditions.

Lorsque Tammy appela en fin de journée, le mal de crâne de Kate s'était intensifié.

— Ça te dit de déjeuner avec moi demain ?

Kate consulta son emploi du temps et vit qu'elle était disponible.

— Avec plaisir.

— Ton anniversaire, hier soir, c'était quelque chose !

— Ton frère a rompu avec Amanda aujourd'hui et il a annulé le mariage.

— J'ai senti qu'il allait se passer quelque chose quand ils sont partis.

Kate ne parla pas de l'autre femme. De toute façon, cette relation ne donnerait peut-être jamais rien. Les sujets de préoccupation étaient si nombreux en ce moment dans sa vie professionnelle et personnelle qu'elle n'avait pas eu le temps d'être contrariée par cette histoire. Afin de ne pas sombrer dans la déprime, elle préférait ne pas trop y penser. Il fallait qu'elle garde la tête sur les épaules pour son travail, ainsi que pour Claire.

Elle convint avec Tammy d'un lieu et d'une heure pour leur rendez-vous du lendemain et, après avoir relu une dernière fois les documents relatifs au nouveau dossier qu'on lui avait confié, Kate quitta son bureau à 19 h 30. Malgré l'entretien houleux avec les deux avocats de la partie adverse, les choses se présentaient bien. Kate était disposée à monter au créneau et n'accepterait pas de conclure un accord facilement. Elle était convaincue de gagner en cas de procès – ce qui n'arriverait pas avant un an ou deux. Mais aller au tribunal coûterait cher à son client. La partie venait à peine de commencer.

Voilà les pensées qui occupaient son esprit dans le taxi qui la ramenait chez elle quand sa mère lui téléphona.

— Tu tiens le coup ?

— Je pense. Anthony a rompu avec Amanda aujourd'hui, dit-elle avec lassitude.

— Je sais. Il m'a appelée. Il m'a parlé d'une autre femme il y a deux mois. J'ai trouvé que c'était mauvais signe pour le mariage.

— Tu avais raison au sujet d'Amanda. Il s'ennuyait ferme avec elle.

— Tu en sais plus sur l'autre femme ? lui demanda Margaret.

— Seulement qu'elle a grandi dans le quartier de Spanish Harlem, qu'elle est mannequin pour des marques de lingerie et lui a fait un œil au beurre noir. Elle ne lui adresse plus la parole, ce qui est à mon sens la bonne nouvelle du jour. Je ne suis même pas contrariée. Ma famille se désagrège, maman. Tu avais raison là-dessus aussi. D'un coup, ils partent en vrille. Pour l'instant, Tammy résiste. Je déjeune avec elle demain.

— Eh bien, avec elle, il n'y aura pas de mauvaise surprise. Tu peux en être sûre, affirma Margaret. C'est la plus solide de tes enfants. Elle l'a toujours été. Le syndrome de l'aînée. Elle veille sur le reste de la fratrie.

— C'est la seule à avoir gardé la raison. J'ai l'impression qu'Anthony et Claire sont en train de perdre la tête, dit Kate.

— Tâche de ne pas te laisser trop ébranler par tout cela. Ils finiront par retomber sur leurs pieds.

— Je l'espère. En ce moment, j'ai l'impression que le monde marche sur la tête.

— Tes enfants sont les mêmes qu'avant. Ils font juste des choix que tu n'approuves pas.

— Bel euphémisme ! Un bébé hors mariage et une mannequin pour de la lingerie ? C'est quoi, la suite ? Quand mon téléphone sonne, je n'ose plus décrocher.

— Essaie de te reposer. Tu as l'air épuisée.

— Je le suis. Je t'appellerai demain, promit Kate avant de raccrocher.

Anthony avait essayé de contacter Alicia tout au long de la journée. Elle lui avait bloqué l'accès à son téléphone et à sa boîte mail. Il ne savait pas par quel autre moyen la joindre pour lui annoncer qu'il avait rompu ses fiançailles avec Amanda. Il avait envoyé un texto à cette dernière plus tôt dans la journée pour prendre de ses nouvelles. Elle lui avait appris qu'elle allait à Paris avec sa mère, et il en avait été soulagé. Il ne voulait pas que cette rupture la détruise – il ne voulait pas l'épouser, c'est tout. Ce mariage l'aurait conduit à sa perte. Il en était certain désormais.

Il essaya de joindre Alicia sur Skype, en vain. Même chose sur FaceTime et WhatsApp. Pour elle, Anthony était mort. Désespéré, il alla jusqu'à son immeuble après le travail, vérifia que son nom se trouvait toujours bien sur la sonnette et s'assit sur le perron pour l'attendre. À 20 heures, toujours aucun signe de la jeune femme. Il n'y avait pas la moindre lumière chez elle. Il se demanda si elle était sortie avec un autre homme. Il la vit alors, en jean et chaussures plates, munie de son sac rempli de manuels universitaires. Lorsqu'elle l'aperçut, elle s'arrêta net, à trois cents mètres de lui.

— Quoi, tu me suis, maintenant ? Dégage de mes marches ou j'appelle les flics !

Sa voix était sévère et emplie de colère. C'était la voix de la fille qui se battait dans la rue à l'adolescence.

Elle lui avait juré de lui flanquer une belle raclée s'il s'avisait de s'approcher d'elle à nouveau, et ce n'était certainement pas une menace en l'air.

— Je voulais juste te dire que c'était fini. J'ai mis un terme à tout ça. J'ai rompu nos fiançailles. Si ça peut changer la donne pour toi...

— Non. Je m'en fous. T'es qu'un connard. Tu m'as menti.

— Je sais. J'ai été bête et lâche, et j'ai mal agi. J'avais trop peur de vous perdre.

— Eh bien, tu m'as perdue, moi ! Maintenant, tire-toi et fous-moi la paix, sinon je demande une injonction d'éloignement.

— Ou alors tu me fais un autre coquard ?

Anthony avait envie de l'enlacer, mais il tenait à sa vie.

— Je peux, si tu veux.

— Est-ce qu'on peut parler encore un peu ? Je voulais juste que tu saches à quel point je suis désolé. Je suis sincère.

— Voilà, c'est dit. Maintenant, dégage !

Alicia arborait son visage de bagarreuse et le regardait avec dégoût.

— Alicia, je t'en prie...

— Non ! Tu penses que je te laisserais recommencer ? Pourquoi je te ferais confiance ?

— Parce que je suis un homme honnête qui a commis une erreur vraiment stupide et que je t'aime.

— C'est la pire excuse bidon que j'aie jamais entendue. Tu es pathétique et, en plus, tu mens.

— Je ne te mens pas, là !

— Bravo ! Qu'est-ce que tu attends de moi ?

— Que tu me donnes une deuxième chance.

Anthony savait qu'il paraissait complètement pathétique. Il était malgré tout sincère.

— Je ne suis pas idiote, Anthony. Pourquoi ferais-je une chose pareille ?

— Peut-être parce que tu m'aimais aussi ?

— Je t'aimais, oui. C'est du passé. Je ne donne pas de seconde chance. T'as tout fait foirer.

— Et tu y gagnes quoi ? Le prix de la nana la plus inflexible de l'année ? Tu peux défoncer tout le monde ? Super ! Et si tu essayais d'analyser cette histoire avec des yeux humains ?

— Ah, parce que toi, tu t'es comporté comme un humain ? Tu as été dégueulasse avec moi.

— Oui, c'est vrai. Les choses ont très mal commencé, mais je suis libre, maintenant. On pourrait repartir sur de bonnes bases, si tu me laisses ma chance.

— Si tu me mentais à nouveau, je serais obligée de te tuer. Et tu n'en vaux pas la peine.

— Tu as quelqu'un d'autre ?

Cette idée lui donnait la nausée.

— Ça ne te regarde pas.

Alicia avait pleuré à cause de lui pendant plus d'un mois, mais plutôt mourir que de lui avouer. Cela lui plaisait bien de le voir planté au pied de son immeuble, implorant son pardon et lui demandant une nouvelle chance. Qu'elle ne lui accorderait pas. Elle se respectait trop pour cela, et elle redoutait qu'il la blesse à nouveau. Personne ne lui avait jamais fait autant de mal. Jamais elle n'avait aimé un homme comme elle l'avait aimé, lui. Elle avait baissé sa garde, et il l'avait démolie. Il était hors de question de lui donner l'occasion de recommencer.

— On peut aller boire un café quelque part ?

— Non. Laisse-moi passer, j'ai du boulot pour la fac.

Anthony ne supportait plus de se quereller avec Alicia, qui était en passe de l'emporter. En trois grandes enjambées, il la rejoignit, l'attira dans ses bras et la serra contre lui. Elle essaya de lui donner un coup de poing, mais cette fois-ci il ne se laissa pas faire. Il avait anticipé le coup. Il ne lui fit aucun mal et n'essaya même pas de l'embrasser, se contentant de l'étreindre aussi délicatement mais fermement que possible.

— Je suis amoureux de toi. J'ai pensé à toi chaque instant depuis que tu m'as quitté.

— Moi aussi, j'étais amoureuse. Tu m'as brisé le cœur. Je ne te donnerai pas une nouvelle occasion de le faire, dit-elle en essayant de se dégager.

— Je ne recommencerai pas, c'est promis.

— Je ne te crois pas et je te déteste, répliqua-t-elle.

Mais elle n'avait plus le cœur de se battre. Anthony le perçut et l'embrassa, doucement au début, puis avec passion quand elle répondit à son baiser. Ils s'accrochèrent l'un à l'autre comme deux êtres qui se noient. Anthony sentait son cœur tambouriner contre le sien comme un oiseau en cage, et le simple fait d'avoir Alicia dans ses bras lui arracha un gémissement. Il avait pensé à elle un million de fois depuis leur séparation. Ses livres étaient tombés par terre et jonchaient le trottoir, alors il les ramassa et les lui tendit. Alicia le regardait, des larmes plein les yeux. Elle monta les marches de son perron et il la suivit. Elle ne protesta pas.

Une fois devant chez elle, elle tourna la clé dans la serrure d'une main tremblante et, à l'instant où ils franchirent le seuil, Anthony referma la porte en la poussant du pied. Alicia était dans ses bras et ils se déshabillaient mutuellement. Elle s'arrêta pour le regarder longuement, avec sévérité.

— Si tu me mens ne serait-ce qu'une seule fois, je disparaîtrai si vite que tu ne comprendras pas ce qui t'arrive.

Il hocha la tête. Quand ils arrivèrent devant son lit, ils étaient tous les deux nus, et leurs ébats furent encore plus passionnés que dans les souvenirs d'Anthony – peut-être même meilleurs, parce qu'ils s'étaient beaucoup manqué. Cela dura des heures. Quelle délicieuse agonie que d'aimer cette femme ! Être avec elle était l'aboutissement de tous ses rêves. Quand ils se reposèrent finalement, allongés côte à côte et exsangues entre les draps emmêlés, Alicia lui sourit. Anthony eut l'impression qu'il était mort et venait d'entrer au paradis.

— Je t'aime, Alicia. Merci… merci…

— Je t'aime aussi, dit-elle doucement. Tu ne serais pas là sinon.

Ils discutèrent longtemps. Et puis Anthony la désira à nouveau, et ils firent l'amour jusqu'au lever du jour. Ce fut la nuit la plus longue et la plus heureuse de la vie du jeune homme. Et de celle d'Alicia aussi.

10

Kate et Tammy s'étaient donné rendez-vous dans l'un des restaurants situés à deux pas de son bureau. Claire aimait bien le restaurant français assez chic, tandis que Tammy lui préférait l'italien plus simple qui proposait des pâtes et de bonnes salades. Tammy était déjà assise depuis une dizaine de minutes quand Kate arriva, essoufflée.

— Désolée d'être en retard. Je suis complètement débordée en ce moment. Les gens rentrent de vacances détendus et heureux, et ils veulent tous se faire des procès.

— Bon, moi, je ne veux faire de procès à personne, dit Tammy en souriant à sa mère.

Ses vacances dans le Maine avec Stacey lui avaient laissé un hâle qui lui donnait bonne mine. Elles avaient fait de la voile, du kayak, du canoë, et beaucoup de marche. C'était le contrepoint parfait à leurs vies trépidantes. Tammy devait bientôt partir pour Paris, pour la Fashion Week et le défilé prêt-à-porter Chanel.

— Merci de prendre le temps de déjeuner avec moi. On n'est pas près d'oublier le dîner de l'autre soir. Dommage que tout cela se soit passé pendant ton anniversaire.

— J'aurais dû m'en douter. L'occasion était trop tentante pour Claire. Tu penses quoi de sa nouvelle ?

Tammy réfléchit.

— C'est vraiment dommage qu'elle s'entête. Elle ne fait pas les choses dans le bon ordre. Tout le monde serait heureux pour elle si elle se mariait. Mais là, on est tous choqués. Je ne comprends pas pourquoi elle s'oppose aussi farouchement au mariage.

— Moi non plus. Je crois que Reed préférerait se marier. Les filles de l'âge de Claire ont toutes l'air de faire des bébés sans passer par la case mariage. Je ne vois pas ce qu'elles cherchent à prouver.

— Comment va Anthony depuis la grosse rupture ?

— Je ne lui ai pas parlé aujourd'hui, mais il était sûr de sa décision hier quand il est venu me le dire au bureau. Je suis déçue pour lui, mais il ne doit pas épouser Amanda s'il ne l'aime pas.

— Ça fait un moment qu'il est anxieux et malheureux. Amanda n'a pas dû le remarquer. Elle était trop occupée à planifier le mariage.

— C'est peut-être ce qui a fait fuir ton frère. Apparemment, il a aussi rencontré quelqu'un d'autre, il y a quelque temps. Ça l'a complètement déboussolé. Bon, et toi ?

Kate regarda sa fille aînée avec sérieux.

— Comment tu te sens après toutes les révélations de l'autre soir ?

Tammy hocha la tête.

— D'une certaine façon, c'est très libérateur de se rendre compte que les choses n'étaient pas parfaites entre toi et papa non plus. C'est peut-être le fait que tu nous en aies parlé qui a donné le courage à Anthony de rompre avec Amanda et d'annuler le mariage. Pour moi aussi, ça a été libérateur.

Tammy s'engageait sur une pente glissante et espérait qu'elle trouverait les mots justes.

— C'est d'ailleurs pour cette raison que je voulais déjeuner avec toi aujourd'hui.

— Comment ça, libérateur ? s'enquit Kate, perplexe.

On leur apporta leurs pâtes. Tammy ne toucha pas à son plat. Elle était trop nerveuse pour manger.

— Il y a quelque chose dont je souhaite te parler depuis longtemps. J'aurais dû le faire il y a des années.

Sa mère la scruta d'un air déconcerté.

— Maman, je suis gay, déclara-t-elle sans baisser le ton.

Elle ne voulait plus que cela soit un secret.

— Tu veux dire que tu es… heureuse ?

Tammy faillit éclater de rire.

— On n'emploie plus trop ce terme pour dire qu'on est heureux, tu sais, ajouta Kate.

— Non, gay au sens d'homosexuelle. Je suis lesbienne, maman.

Si elle avait sorti une arme pour tirer sur sa mère, celle-ci n'aurait pas semblé plus choquée.

— Tu plaisantes ? C'est une blague ?

Tammy commençait à croire qu'elle avait commis une terrible erreur en se confiant à sa mère, mais il était trop tard pour faire machine arrière. Elle n'avait plus le choix, elle devait continuer à ramer, car la cascade était juste devant, et il était impossible de s'arrêter.

— Je ne plaisante absolument pas. Je ne voulais pas te contrarier en te le révélant, alors je t'ai menti. Je vis avec une femme depuis sept ans.

— Une femme qui est ton amante ? demanda Kate.

On aurait dit qu'elle allait s'évanouir. L'idée que Tammy était lesbienne lui semblait tellement absurde que Kate donnait l'impression de ne pas comprendre ses propos.

— Oui, on peut le formuler comme ça.

— Tu l'as toujours été ?

— J'ai compris vers 15 ou 16 ans, mais il ne s'est rien passé avant la fac. Au lycée, j'avais peur que quelqu'un te le dise, je savais que cela te chamboulerait. Comment tu te sens, là ?

Tammy craignait que ce soit la révélation de trop et que sa mère fasse une crise cardiaque. Kate ne semblait pas en colère, plutôt abasourdie.

— Je crois que je vais bien. Pourquoi ne jamais m'en avoir parlé ? demanda-t-elle d'un ton blessé.

— J'avais peur de te décevoir. Je voulais le faire quand j'étais à la fac, mais je n'en ai jamais eu le cran. Et puis j'ai commencé à travailler et c'était plus simple de ne rien dire. Quand je n'avais pas le choix, je mentais. Mais je ne veux plus mentir à ce sujet. L'autre soir, lorsque tu nous as parlé de toi et de papa, j'ai compris qu'il était temps que je sois honnête. Je partage ma vie avec une femme formidable. Elle mérite de te connaître, et d'être présente lorsque nous nous réunissons. Cela a été très douloureux pour elle que je la cache pendant toutes ces années.

Kate hocha la tête en s'efforçant de se montrer bienveillante. Elle essayait de rembobiner le film de la vie de Tammy pour trouver des indices qu'elle aurait ratés.

— Tu es déjà sortie avec des hommes ?

Kate ne se souvenait d'aucun petit ami, mais il y avait toujours eu une bonne raison à cela. Elle pensait que Tammy n'était encore jamais tombée amoureuse et qu'elle n'était pas spécialement précoce.

— Non. Je n'en ai jamais eu envie. Certaines femmes s'en rendent compte plus tard que moi. Beaucoup se marient et ont des enfants. Les hommes ne m'attirent pas.

Tammy formulait les choses avec une telle simplicité que Kate n'avait aucun argument à lui opposer. Elle semblait triste plutôt qu'en colère ou déçue. C'était comme si elle voyait sa fille pour la première fois – ou qu'elle venait d'apprendre que celle-ci souffrait d'une terrible maladie. Tammy détestait la pitié qu'elle décelait dans son regard.

— Tu veux des enfants ?

— Peut-être. Je n'ai jamais été sûre. Cela plairait à Stacey, ma conjointe, mais elle a l'habitude d'en avoir autour d'elle. Elle est pédiatre. Moi, je n'ai jamais vraiment été en contact avec des enfants, alors ils me font un peu peur. Et c'est une responsabilité immense. Je ne suis pas encore prête pour ça.

— C'est la coloc que tu as eue il y a des années de cela ?

Tammy hocha la tête.

— Je t'ai raconté qu'elle avait emménagé ailleurs, mais c'était faux. J'en ai vraiment assez de te mentir, maman. Je sais que je te balance un sacré scoop, surtout en ce moment, avec Claire et tout ce qu'elle vit, plus Anthony, mais je veux être honnête envers toi. Depuis très longtemps.

— Tu devrais pouvoir l'être. Je suis ta mère. Je me demande bien ce que je fabriquais et où j'avais la tête pour ne jamais avoir envisagé cette possibilité. Quand tu étais au lycée, je pensais que tu étais timide. À la fac, que tu étais discrète sur ta vie. Et depuis, je me dis que tu es trop accaparée par ton boulot pour consacrer du temps à l'amour. Comment ai-je pu passer à côté d'un truc pareil ?

Elle tendit le bras et toucha la main de Tammy.

— Je suis vraiment désolée. Je t'assure. Pourras-tu me pardonner un jour ? J'ai été aveugle, complètement à côté de la plaque pendant toute ta vie.

Mère et fille se donnèrent la main.

— Il faut dire que je suis une très bonne menteuse.

Tammy sourit. Leurs pâtes étaient désormais froides. Ni l'une ni l'autre n'y avait touché, et elles commencèrent à piocher dans leur salade. Mais Kate n'avait pas faim. Elle était trop secouée par l'aveu de Tammy. Sa fille aînée était lesbienne. Mises bout à bout, toutes les confessions de ses enfants avaient de quoi la submerger. Elle avait l'impression que les murs s'effondraient autour d'elle. Elle se sentait comme Alice dans le terrier du lapin blanc.

— Si vous décidez d'avoir un bébé, comment vous ferez ? Vous adopterez ?

— C'est une possibilité, mais un don de sperme serait plus probable. L'une de nous deux porterait l'enfant, sans doute moi vu que Stacey a neuf ans de plus. Elle aurait peut-être plus de mal que moi à tomber enceinte.

Les deux femmes en avaient déjà parlé, et la question continuait à angoisser Tammy, qui ne se sentait pas encore parée pour la maternité.

— Je ne le ferai pas sans me marier d'abord, pas comme Claire. Puisque la loi le permet, c'est une possibilité, mais je ne suis pas pressée.

— Visiblement, aucun de mes enfants n'a hâte de se marier, ironisa Kate. Merci de t'être confiée à moi. Cela me donne matière à réflexion. Et j'aimerais faire la connaissance de Stacey.

— Elle veut te rencontrer depuis sept ans.

Tammy était impressionnée – sa mère se montrait vraiment à la hauteur. Il n'était pas facile pour elle d'encaisser cette annonce, mais elle essayait, et c'était la seule chose qui comptait. C'était un début.

— Elle est comment ?

— Intelligente, drôle, patiente, gentille, et c'est un médecin formidable. Elle travaille beaucoup. Sa famille est originaire de l'Ohio et nous a très bien acceptées toutes les deux.

— Tu les connais ?

— Je les ai vus à quelques occasions. Son père est médecin. Je crois que ça a été dur pour eux au début, mais ils sont au courant de l'orientation de Stacey depuis longtemps. Sa mère prétend qu'elle l'a su quand Stacey était enfant : elle voulait tout le temps jouer avec les camions de ses frères. Ce sont des gens ordinaires, et ils n'en font pas toute une histoire. Stacey en a parlé à ses frères avant d'aborder le sujet avec ses parents. Elle est l'aînée, alors on attendait beaucoup d'elle.

— Il n'y avait pas plus « petite fille » que toi, quand tu étais gamine, fit remarquer Kate, les yeux emplis de larmes. Aujourd'hui encore, tu cultives la féminité.

Claire était plus sexy que son aînée, mais bien moins coquette. Tammy était à la mode et chic.

Après le déjeuner, Tammy serra sa mère dans ses bras et la remercia de se montrer aussi compréhensive. Dans le taxi qui la ramenait au bureau, elle appela Stacey pour lui dire que cela s'était bien passé. Sa mère s'était montrée formidable, même si elle avait d'abord été choquée. Tammy avait promis d'organiser une rencontre prochainement, lorsque sa mère aurait eu l'occasion de digérer la nouvelle. Ces derniers temps, Kate n'avait pas été épargnée par la réalité.

Quand Kate arriva au bureau, elle paraissait abasourdie. Elle passa sans même le remarquer devant sa secrétaire, qui vint la voir quelques minutes plus tard.

— Un Advil ?

— Non, à vrai dire, je pense qu'une semaine à l'hôpital psychiatrique me ferait le plus grand bien.

Tout son univers se désagrégeait. Elle ne pouvait s'empêcher de se demander quel genre de mère elle avait été. Comment avait-elle pu se croire une très bonne mère ? Elle avait raté tous les indices et tous les signaux lui indiquant qui ses enfants étaient vraiment et ce qu'ils voulaient réellement. Elle n'avait pas su identifier leurs besoins. Après le départ de sa secrétaire, Kate composa le numéro de sa mère. Margaret était occupée à peindre, mais elle décrocha malgré tout lorsqu'elle vit le numéro de Kate s'afficher.

— Je peux passer après le travail ? demanda celle-ci de but en blanc.

— Un problème ?

— Y a que ça, en ce moment, non ?

— Ça va ?

— Je crois. J'ai le choix ?

— Viens quand tu veux.

— Je vais essayer de ne pas finir trop tard.

Kate sonna chez Margaret à 18 heures, ce qui était tôt pour elle. De toute façon, elle n'arrivait pas à se concentrer sur ses dossiers, elle avait trop de choses en tête. Et le dernier sujet en date n'était pas des moindres.

En entrant, elle embrassa distraitement sa mère.

— Je te sers un verre de vin ?

— Tu n'aurais pas quelque chose de plus fort ? De la vodka, par exemple ?

Margaret sortit une bouteille du congélateur, versa un trait de vodka sur des glaçons et tendit le verre à sa fille.

— Que s'est-il passé aujourd'hui ?

Kate s'assit dans la cuisine, but une gorgée de la boisson corsée et regarda sa mère.

— Tammy est lesbienne.

— Ouah ! s'exclama Margaret qui avait l'air époustouflée. Je suis complètement passée à côté. Cela ne m'a jamais traversé l'esprit. Tu parles d'une psy !

— Elle nous ment depuis des années. Cela fait sept ans qu'elle vit avec une femme. Une pédiatre.

— Que lui as-tu dit ?

— Que veux-tu que je lui dise ? Elle est comme ça. Elles vont peut-être se marier et avoir un bébé, mais Tammy réfléchit encore. Elle a toujours été plus prudente que Claire et Anthony, et elle a besoin de plus de temps pour se décider. Mais moi, une question me taraude : j'étais où, pendant que ça se passait ? J'étais tellement occupée à chercher les meilleures écoles pour eux, à les aider à faire leurs devoirs pour qu'ils puissent étudier un jour à l'université et à maintenir tant bien que mal la tête hors de l'eau que tout le reste m'a échappé. J'ai le sentiment que ma famille, que je croyais solide, avec mes enfants prétendument parfaits, était en réalité un château de cartes, et qu'elle se retrouve maintenant à plat sur le sol comme des bâtonnets de Mikado. Leur vie part à vau-l'eau, et la mienne également.

— C'est le sentiment que tu as en ce moment. Ils sont tous en train de vivre une sorte de transition, mais ils ont de solides fondations. Grâce à toi, Kate. Ils reconstruiront tout et ressortiront encore plus forts de ce qu'ils traversent. Ce sont les mêmes enfants qu'avant, ils ont juste fait des choix très différents de ceux auxquels tu t'attendais. Mais ces choix leur reviennent à eux, pas à toi. Et rien n'a changé chez Tammy. Elle aime simplement les femmes plutôt que les hommes. Ses valeurs restent les mêmes. Elle a toujours été la plus solide de tes enfants, et elle le demeure.

— Pourquoi n'ai-je rien remarqué ? répéta Kate en buvant une autre gorgée. Ça t'ennuie si je me soûle ?

— Eh bien oui, en fait, ça m'ennuie ! Je suis toujours ta mère. Après celui-ci, je ne te sers plus. Enfin… tu ne l'as pas volé, ce verre. J'aimerais rencontrer la compagne de Tammy. Je suis sûre que c'est une femme intéressante, dit doucement Margaret.

— J'en suis sûre également. Et intelligente, en plus. Elle a étudié la médecine à Harvard.

Tammy avait étudié à Brown. Elles formaient un couple de femmes brillantes.

— C'est marrant comme tout arrive en même temps, tu ne trouves pas ? Tous les trois, dit Kate, songeuse.

— Ainsi va la vie ! De bonnes choses, de mauvaises choses... Elles arrivent par grappes, comme le raisin. Tes enfants vont retomber sur leurs pieds. Il semblerait que ce soit déjà le cas pour Tammy. Claire doit encore grandir. Quant à Anthony, il lui faut décider ce qu'il veut, et pas se contenter d'agir en fonction de ce qu'il pense que toi, tu veux pour lui. À mon avis, c'est ce qui s'est passé avec Amanda. Tu l'as trouvée parfaite pour lui, et il t'a crue.

— Eh bien, à présent, il suit sa propre route. La fille dont il a parlé ne saurait être plus différente d'Amanda. J'aimerais la rencontrer aussi, si elle accepte de se remettre en couple avec lui. Anthony n'était pas très optimiste à ce sujet.

— Elle m'a tout l'air d'être une sacrée bonne femme. C'est peut-être ce qu'il veut, ou ce dont il a besoin. Amanda était trop fade. Elle ne le stimulait pas assez.

— Qu'est-ce que j'en sais ? dit Kate après avoir terminé son verre.

Sa mère l'avait servie chichement en alcool, noyant la vodka dans les glaçons.

— Je ne sais même plus vraiment ce que je veux moi-même. Ou ce dont j'ai besoin, ajouta-t-elle en écho aux propos de sa mère.

— Tu as besoin de sommeil et de moins t'inquiéter pour tes enfants. Tes soucis ne les empêchent pas de n'en faire qu'à leur tête de toute façon. Aie confiance, ils sont capables de se débrouiller tout seuls.

— Pour l'instant, on en est loin.

— Je ne suis pas d'accord. Anthony s'est sorti d'un mariage qui s'annonçait désastreux, Tammy t'a confié la vérité sur elle-même, et Claire s'est trouvé un bon garçon, même si elle n'agit pas selon nos préceptes. Ce n'est pas un mauvais début. Cela aurait pu être bien pire.

— Ah bon ?

Kate se sentait un peu ivre, même après un seul verre. Elle n'avait pratiquement rien mangé à cause de l'annonce époustouflante de Tammy. Elle se leva et serra sa mère dans ses bras.

— Il vaudrait mieux que je rentre. Merci de m'aider à garder la raison. Pour couronner le tout, je suis sur une grosse affaire. La partie adverse me rend dingue. Quelle plaie, ces avocats plaignants ! Ceux-là vont nous tuer à force de chercher la petite bête.

— Cela t'occupera l'esprit. Tu en as besoin, en ce moment, fit remarquer Margaret avec sagesse. Sinon, tes enfants vont te rendre encore plus folle ! conclut-elle en souriant.

Kate prit sa sacoche et embrassa sa mère avant de partir. Elle rentra en taxi. Dès qu'elle arriva chez elle, elle s'allongea sur son lit et contempla le plafond. Elle n'avait pas bougé quand le portier sonna à l'interphone, cinq minutes plus tard. Il y avait une livraison pour elle. Elle alla ouvrir la porte et un livreur lui remit un énorme bouquet. De qui cela pouvait-il venir ? Bart lui avait déjà envoyé des fleurs pour son anniversaire un peu plus tôt dans la semaine. Il lui offrait toujours des roses rouges. Là, il s'agissait d'une composition spectaculaire aux tonalités pastel. Elle posa les fleurs sur la console de l'entrée, donna un pourboire au livreur et attendit qu'il soit parti pour ouvrir la carte.

Merci ! Nous avons hâte de te voir.

Nous t'embrassons,
Tammy et Stacey

Kate garda les yeux rivés sur la carte un bon moment, puis elle sourit. Peut-être que, après tout, la fin du monde n'était pas pour tout de suite. Les fleurs étaient magnifiques, et Tammy n'avait pas changé. Elle était tout aussi élégante, bienveillante et attentionnée que toujours. Une fille aimante. Kate souriait encore quand elle se rallongea. Elle s'endormit profondément avant même de s'être changée pour la nuit.

11

Dès que Tammy eut annoncé son homosexualité à sa mère, Stacey fut consumée par une angoisse : Kate allait-elle l'apprécier ? Elle était convaincue que non. Ses cheveux étaient trop courts et trop gris, ses vêtements trop masculins. Elle n'avait pas porté de chaussures à talons depuis la cérémonie de remise des diplômes au lycée, quand elle avait 18 ans, mais peut-être s'en achèterait-elle. Elle se regarda dans le miroir, considéra le contenu de son armoire avec désespoir et décida d'emprunter une robe à Tammy. Mais une fois la robe enfilée, elle eut l'impression de s'être travestie ou déguisée pour Halloween. Elle éclata en sanglots.

Tammy commençait à devenir folle à force d'entendre la kyrielle de questions et les craintes de Stacey. Elle pensa que la seule manière de couper court aux angoisses de sa compagne était d'organiser une rencontre le plus rapidement possible. Elle téléphona à sa mère pour lui proposer de boire un verre toutes les trois, dans les prochains jours. Stacey ne survivrait probablement pas à un repas sans faire un malaise. Stacey, son roc, d'ordinaire si calme, sûre d'elle et sensée, s'effondrait, comme si sa vie entière était suspendue à cette rencontre avec Kate.

— Bien sûr, répondit cette dernière, étonnée que l'invitation arrive si vite.

Elle savait à quel point Tammy était occupée, accaparée par d'incessantes réunions chez Chanel et clouée derrière son bureau jusqu'à des heures indues.

— Au fait, merci pour le bouquet ! Je n'ai jamais rien vu d'aussi beau. J'irai chez ton fleuriste, maintenant.

— Je suis ravie que les fleurs te plaisent, répondit Tammy d'une voix satisfaite. C'était une idée de Stacey. Elle m'en a offert aussi, après la discussion que j'ai eue avec toi. Elle attend ce moment depuis sept ans et va complètement craquer si elle ne te rencontre pas bientôt. Je veux abréger ses souffrances et éviter qu'elle se programme un lifting ou des injections de Botox et s'achète une toute nouvelle garde-robe. Elle me rend dingue ! Elle a peur que tu ne la trouves pas assez bien pour moi. Elle est bien plus intelligente que moi, et c'est une personne formidable.

— Toi aussi, tu es formidable, dit sa mère avec tendresse.

— J'espère vraiment que tu l'aimeras bien, maman. C'est important pour nous deux.

Kate perçut dans la voix de sa fille tout l'amour qu'elle portait à la femme qui partageait son existence. Elle avait attendu seize ans pour parler, dont sept à lui cacher sa compagne. À présent, elle voulait que Kate lui donne sa bénédiction. Cela avait été une longue attente pour les deux jeunes femmes.

— Vous êtes libres demain vers 17 heures ? proposa Kate.

Le lendemain était un samedi.

— C'est parfait. Le samedi, Stacey reçoit ses patients jusqu'à 16 heures. Cela nous laissera le temps de repasser à la maison pour qu'elle se change, et pour monter dans le nord de Manhattan.

— Je suis impatiente. Dis-lui de ne pas s'inquiéter. Je suis de votre côté, maintenant que tu m'en as parlé.

Toutes les deux se demandèrent si les errements de Claire et d'Anthony leur avaient simplifié la tâche. Tammy n'avait rien fait de spectaculaire. Elle s'était contentée de dire la vérité – laquelle était certes détonante. Son frère et sa sœur avaient procédé à des changements de vie radicaux, opéré un virage complet dans leur existence. Alors qu'elle continuait de suivre calmement et raisonnablement son chemin familier. Et Stacey était une femme intelligente et avisée. Tammy était convaincue que sa mère le percevrait à l'instant où elle la rencontrerait.

Dès qu'elle eut vent du rendez-vous de samedi, Stacey commença à paniquer.

— Oh mon Dieu, non… déjà ? On devrait peut-être attendre. Je devrais peut-être prendre un Xanax avant d'aller là-bas ? Ou boire un verre.

— Super idée ! Elle va t'adorer si tu débarques avec la moitié d'un cerveau ou bourrée… Contente-toi d'être toi-même. Je lui ai dit à quel point tu étais formidable. Elle sait que je t'aime. Tout ce que tu as à faire, c'est la rencontrer. Ensuite, on pourra se détendre.

— Comme quoi, il faut toujours se méfier quand on souhaite quelque chose… Ça fait sept ans que j'attends ce moment et maintenant l'idée de cette rencontre me paraît désastreuse. Si elle me déteste, qu'est-ce qui se passera ?

— Je te quitterai pour quelqu'un qui sera plus à son goût. Ou peut-être que je virerai ma cuti ?

Stacey éclata de rire.

— D'accord, d'accord. Est-ce que je devrais essayer de porter l'une de tes robes ?

— Seulement si t'as envie qu'elle ait un fou rire en nous voyant franchir le seuil de son appartement. Je ne sais pas comment tu t'y prends, mais sur toi, une robe Chanel peut sembler ridicule. Enfile un jean, ce sera certainement ce que ma mère portera. Je ne compte pas me mettre sur mon trente-et-un.

— Elle te connaît, tu n'as rien à prouver, répliqua tristement Stacey.

— Toi non plus. Tu as déjà tout ce qu'il faut pour l'impressionner, et ce n'est pas ton ennemie.

— Tu ne comprends pas. C'est comme rencontrer sa future belle-mère, mais en carrément pire. Elle pourrait croire que je suis lesbienne, plaisanta Stacey qui, grâce aux encouragements de Tammy, commençait à se détendre.

— Ça n'arrivera pas. Elle ne s'est jamais rendu compte de rien avec moi. Pourquoi penserait-elle une chose pareille de toi ? T'es pas homo, au moins ?

Tammy riait, et Stacey sourit malgré elle.

— Bien sûr que non, je suis cent pour cent hétéro. D'où tu sors un truc pareil ?

— C'est juste une rumeur que j'ai entendue. Un truc en rapport avec tes chaussures.

— Tu crois qu'elle va me trouver bizarre parce que je porte des chaussures pour homme ?

Stacey regarda ses pieds, puis Tammy.

— Je vais dire un truc qui va te détendre. Elle sait que t'es lesbienne, alors tu peux même te déguiser en GI Joe, si ça te tente.

— Un patient de 5 ans m'a demandé l'autre jour si c'étaient les chaussures de mon papa.

Elle sourit et Tammy éclata de rire.

— Futé, le petit. Pour un enfant de 5 ans, il a un radar sacrément puissant. Je me demande comment va mon frère. Je suis sans nouvelles depuis le dîner d'anniversaire de ma mère. Je lui ai envoyé des textos aujourd'hui pour lui dire que j'espérais qu'il allait bien. Pas de réponse.

— Il se cache probablement quelque part.

— Ma mère m'a dit qu'il avait rencontré quelqu'un il y a quelque temps. C'est ce qui l'a poussé à s'interroger sur son mariage. Je me demande s'il est avec elle.

— Ce serait du rapide, mais on ne sait jamais. C'est peut-être ce qui lui a donné le courage de rompre avec sa fiancée.

— Il a besoin de temps pour comprendre ce qui s'est passé, dit Tammy pensivement. Réfléchir à pourquoi il est resté si longtemps avec la mauvaise personne.

— Malheureusement, ça arrive.

Avant de rencontrer Tammy, Stacey avait vécu pendant dix ans avec une sociopathe. Elle était médecin comme elle, et complètement folle. Stacey avait fait la connaissance de Tammy six mois après leur rupture.

— Certaines relations paraissent tellement idéales sur le papier qu'on se convainc de rester. C'est ce qui s'est passé avec Mercedes. Deux médecins : la perfection. Sauf que l'une de nous deux était cinglée.

— Ce n'est pas le cas d'Amanda. Mais elle et mon frère n'ont rien en commun. Ma grand-mère et ma sœur avaient raison sur ce point-là. Ma mère s'est laissé séduire par le côté princesse d'Amanda. Elle a cru que la vie mondaine ferait du bien à Anthony, le civiliserait. Mon frère est un type adorable, mais c'est un geek et un artiste dans l'âme. J'espère que sa prochaine copine lui correspondra. Il le mérite. Et au moins, je n'ai plus à me prendre la tête sur la tenue que je porterai à leur mariage. Tiens, on aurait pu mettre des smokings assortis. On en a un magnifique cette saison, chez Chanel.

Tammy se mit à rire.

— Je n'aurais pas été invitée.

— Désormais, tu le seras, répondit Tammy avec douceur. Je ne sortirai plus sans toi. Terminé.

Sa compagne sembla touchée.

— Pour les défilés et autres événements liés à la mode, par contre, tu peux oublier. Ce serait trop pour moi, plaisanta Stacey en roulant des yeux.

Tammy éclata de rire. Une toute nouvelle ère commençait pour elles.

Stacey dut répondre à une urgence au cabinet le lendemain. Un enfant de 1 an, tombé de sa table à langer, avait besoin de points de suture. Cela ne lui laissa pas le temps de se changer vraiment en rentrant à la maison. Elle se contenta de troquer ses baskets de course contre des mocassins et d'enfiler une chemise propre. Elles foncèrent ensuite vers le nord de Manhattan. En les attendant, Kate balaya du regard son appartement. Tammy l'avait prévenue par texto qu'elles auraient une dizaine de minutes de retard.

Kate essaya de deviner à quoi ressemblerait Stacey. Elle avait l'impression qu'elle était sur le point de rencontrer sa belle-fille sept ans après le mariage, devant le fait accompli. Tout dans cette situation était nouveau pour elle. Kate redressa encore une fois la pile de livres sur la table basse. Le bouquet, toujours magnifique, était sur une table en face de la fenêtre. Kate avait changé de tenue à trois reprises, pour finalement opter pour un jean blanc et une chemise rose. Elle ne voulait pas paraître trop apprêtée.

Les filles avaient quinze minutes de retard quand elles sonnèrent. Kate sursauta et se précipita pour leur ouvrir. Elle n'eut pas le temps d'apercevoir Stacey car sa fille la serra tout de suite contre elle. Puis elle découvrit une grande femme mince et timide, aux traits délicats et aux yeux d'un bleu profond. Ses cheveux, gris, étaient coupés à la garçonne. Elle portait une chemise blanche et un jean.

Tammy fit les présentations et, sans hésiter, Kate s'approcha de Stacey et la prit dans ses bras. La jeune femme ne put retenir ses larmes. L'instant suivant, tout le monde s'embrassait et pleurait. Kate avait l'impression qu'elle venait d'adopter un enfant.

— J'ai tellement attendu de vous rencontrer, confia Stacey d'une voix étouffée.

— Moi aussi, c'est juste que je l'ignorais, répondit Kate d'une voix empreinte d'émotion.

Elle ne s'attendait pas à une personne si simple, si humaine et chaleureuse, mais connaissant Tammy cela n'aurait pas dû l'étonner.

— La vache, vous êtes vraiment des petites natures ! Du cran, bon sang ! plaisanta Stacey tandis que Tammy distribuait des mouchoirs en papier.

Elles éclatèrent toutes de rire.

— Je vous sers un verre ? proposa Kate en se demandant si elle aurait dû prévoir quelque chose à grignoter.

Mais avec toutes ces émotions, personne n'avait faim.

— De l'eau, ce serait parfait. Je suis de garde ce week-end. Désolée pour le retard, j'ai dû recoudre un tout petit enfant.

Kate l'imaginait aisément dans ce rôle, dans lequel elle devait être très à l'aise. Son regard débordait de compassion et, avec ses petites rides d'expression au coin des yeux, elle dégageait beaucoup de douceur.

Elles s'installèrent dans le salon. Kate apporta des albums de photos où l'on voyait Tammy enfant. Quelle joie pour Stacey de découvrir ces images ! Certaines étaient franchement rigolotes. Sur la plupart des clichés, Tammy avait l'air angélique. Elle tenait toujours sa poupée préférée.

— Tu étais une vraie petite fille, fit remarquer Stacey avec un regard affectueux. Moi, gamine, je ressemblais à Denis la Malice. Pendant deux bonnes années, j'ai trimballé partout une boîte à outils. J'ai démonté la télé de mes parents et bien failli m'électrocuter. À 14 ans, j'ai volé la voiture de mon père pour aller de Cincinnati à Colombus. Je fichais la trouille à mes petits frères. J'ai aussi mis le feu à un tampon à récurer que j'avais enfoncé dans une prise pour créer une étincelle et allumer une cigarette dans ma chambre, quand j'avais 15 ans. Je crois que personne n'a été étonné de ce que je suis devenue. En revanche, c'était une surprise que je n'atterrisse pas en prison.

La jeune femme avait connu son lot de chagrins. L'un des frères de Stacey était gay et avait succombé au sida. C'était ce qui l'avait décidée à étudier la médecine. Pendant un an, elle avait travaillé dans une clinique de Médecins sans frontières qui soignait les malades du sida en Afrique. Elle raconta brièvement cet épisode de sa vie. Kate était très impressionnée. Stacey était une femme hors du commun, et le lien qui l'unissait à Tammy était évident.

Le temps défila à toute allure tandis qu'elles bavardaient et, à 19 heures, Stacey reçut un message de la permanence téléphonique. Un garçon de 11 ans avec une fracture au bras l'attendait aux urgences. Elle regarda Tammy et sa mère d'un air désolé.

— Je dois aller au travail, mais c'était vraiment fabuleux.

Elle se tourna ensuite vers Kate.

— Vous viendriez dîner chez nous un de ces quatre ? Je cuisine très mal, mais j'achète de super pizzas, spaghettis, boulettes de viande ou sushis.

Kate n'était pas allée chez Tammy depuis une éternité et, à présent, elle en éprouvait de la culpabilité.

— Avec grand plaisir !

Elle lui sourit chaleureusement et serra les deux filles dans ses bras, sans verser de larmes cette fois-ci.

— Merci pour tout. Pour ça... Pour Tammy, dit doucement Stacey.

— Merci à toi, Stacey.

Kate eut soudain le sentiment d'avoir beaucoup de chance. Le tableau était bien moins sombre qu'elle avait pu le croire seulement quelques jours auparavant.

— Tu devrais présenter Stacey à ta grand-mère, dit-elle encore à Tammy.

— C'est prévu. Mais Stacey souhaitait d'abord te rencontrer.

Elles s'embrassèrent à nouveau, et Kate les raccompagna jusqu'à l'ascenseur. Quand elle revint dans son appartement, elle songea au moment qu'elles avaient partagé. Stacey était un ajout formidable à la vie de Tammy, et à celle de Kate à présent. Un tout nouveau chapitre venait de s'ouvrir.

Elle pensait encore à Tammy et Stacey ce soir-là lorsque Bart lui téléphona. Il venait à New York le mardi pour assister à une réunion et voulait savoir si Kate était disponible. Elle avait été tellement débordée dernièrement qu'ils ne s'étaient pas parlé depuis son anniversaire, plusieurs jours auparavant. Il s'était passé beaucoup de choses entre-temps.

— Quoi de neuf ? Tu ne m'appelles plus, lui reprocha-t-il gentiment.

Les textos de Kate étaient brefs et sibyllins, à l'instar des messages cachés à l'intérieur des petits biscuits que l'on servait parfois dans les restaurants chinois. Elle non plus n'avait pas suivi les derniers épisodes de la vie de Bart.

— Je ne me suis pas ennuyée.

Kate ne lui avait toujours pas parlé de la grossesse de Claire ni de la débâcle occasionnée par l'événement, et elle était gênée à l'idée de lui révéler l'homosexualité de Tammy. Cette information aussi lui semblait trop privée, en quelque sorte. En revanche, elle était disposée à évoquer le mariage de son fils – de toute façon, Bart finirait par l'apprendre. Généralement, elle ne lui montrait que les belles choses, notamment lorsqu'il s'agissait de ses trois enfants. Pourtant, le couple que formaient Stacey et Tammy était on ne peut plus stable. Leur relation était adulte et mûre, aussi solide que n'importe quel mariage. Mais d'aucuns le considéreraient comme peu orthodoxe, et ce serait certainement le cas de Bart.

— Dommage pour les fiançailles d'Anthony, compatit Bart. Il n'est pas trop secoué ?

— Je ne pense pas. Amanda a exagéré pour le mariage, je crois que c'est ce qui l'a refroidi. Il n'est pas prêt.

— Peut-être qu'ils se rabibocheront plus tard, avança-t-il dans un élan d'optimisme.

— J'en doute.

Bart était surpris qu'elle prenne les choses avec autant de philosophie, mais il ne pouvait pas savoir qu'il s'était passé tellement de choses dans la vie de Kate ces deux derniers mois que l'annulation du mariage d'Anthony était le cadet de ses soucis.

— Alors, à quoi ressemble ton carnet de bal, ce mardi ?

— J'ai une réunion en fin de journée au bureau, mais je devrais être rentrée aux alentours de 20 ou 21 heures.

Kate rechignait à inventer une excuse pour l'éviter, mais, à sa grande surprise, l'idée de le voir ne l'enthousiasmait pas. Généralement, elle se réjouissait de leurs retrouvailles. Là, elle n'était tout bonnement pas d'humeur et n'avait pas envie de faire bonne figure.

— Parfait ! Je ne serai pas disponible avant non plus. Le lendemain matin, je dois partir à 6 heures pour une réunion à Washington. J'ai pensé que ce serait sympa de passer la nuit ensemble.

En fait, même si le décor et les circonstances restaient élégants, Bart ne lui proposait ni plus ni moins qu'une partie de jambes en l'air. D'ordinaire, Kate n'y voyait aucun inconvénient. Cette fois-ci, en raccrochant, elle prit conscience que cela ne lui convenait pas. Il aurait été agréable d'avoir quelqu'un à qui parler vraiment, une personne qui partagerait ses problèmes et ses centres d'intérêt. Bart n'avait jamais considéré ses enfants comme une priorité, et il n'avait d'ailleurs jamais tenté de prétendre le contraire. Kate constata avec amertume que la seule personne à qui elle avait pu se confier dernièrement était sa mère – à son âge, cela lui paraissait un peu étrange.

Margaret avait toujours été sa meilleure amie, et encore plus depuis la mort de Tom, mais le manque de présence masculine dans sa vie commençait à lui peser. Bart ne pouvait pallier ce manque puisque tous les deux s'étaient efforcés d'entretenir une relation superficielle. Elle se demandait à présent s'ils n'avaient pas poussé la légèreté à l'extrême, au point que leur relation s'était détachée de la réalité. Cette réalité que Kate venait de prendre en pleine figure. Des enfants rebelles dont les décisions peu avisées ou risquées la tracassaient, une fille hostile qui s'apprêtait à avoir un bébé hors mariage, la découverte de l'homosexualité de Tammy... Comment parler de ces choses-là à un inconnu, un amant occasionnel ?

Bart habitait dans une autre ville, tous deux étaient très occupés, et Kate n'avait même plus la certitude que leur relation était exclusive. Elle ne savait pas du tout ce qu'il faisait quand il n'était pas avec elle, ni avec qui il sortait, et cela ne lui convenait plus. Ils avaient passé l'âge pour une relation reposant exclusivement sur le sexe, agrémentée à l'occasion d'un bon dîner. Elle ne voulait pas s'en plaindre auprès de Bart mais, depuis leurs vacances à Shelter Island, Kate avait compris qu'il faisait partie du deuxième cercle, pas du premier. Tant que ses enfants avaient semblé parfaits, cela lui avait suffi. Mais plus maintenant. Aucune vie n'était aussi parfaite qu'elle le semblait.

Le dimanche, sur une idée de Stacey, les deux jeunes femmes invitèrent Margaret au Carlyle pour un brunch. Après ce déjeuner, la vieille dame confia à sa fille qu'elle trouvait la compagne de Tammy charmante et impressionnante. Kate partageait pleinement ce point de vue.

Elle passa une grande partie de la journée à étudier ses dossiers en vue de la semaine à venir, qui s'annonçait corsée au bureau. Ces deux prochains mois, avec la préparation de procès imminents, elle serait débordée. Il n'y aurait plus de place dans sa vie pour les loisirs – uniquement pour le travail. Parfois, c'était ainsi, et cela arrivait par vagues.

Anthony téléphona pour prendre de ses nouvelles.

— J'ai bien cru que tu t'étais enfui et que tu avais rejoint un cirque, plaisanta sa mère.

Anthony avait disparu de la circulation depuis plusieurs jours et Kate l'avait imaginé courant derrière sa boxeuse amatrice, la mannequin pour lingerie au redoutable crochet droit.

— Loupé ! Je mettais les choses au clair avec Alicia.

Sa voix ne laissait aucune place au doute : il était heureux. Comme il ne l'avait pas été depuis des mois.

— Elle t'a pardonné ?

— Presque. J'y travaille. La confiance, ce n'est pas encore ça, mais je la comprends. Je vais devoir lui prouver que je ne suis pas une planche pourrie.

— Cela me paraît raisonnable.

Alicia ne voulait pas qu'on la malmène, et elle avait raison. Il en allait de même pour Kate, depuis Tom. Voilà pourquoi elle gardait les relations sérieuses à distance et pensait pouvoir s'en passer. Mais Anthony et cette fille étaient bien plus jeunes et avaient la vie devant eux, avec tout ce que cela impliquait – mariage, enfants, chagrins, divorces, bons et mauvais moments, joies et déceptions amères.

— Vais-je la rencontrer ?

— Oui, mais c'est encore trop tôt.

— Tu as eu des nouvelles d'Amanda ?

— On a échangé quelques textos. Ça a l'air d'aller. Elle est arrivée à Paris avec sa mère. C'est peut-être un soulagement pour elle aussi. Ce mariage avait fini par devenir pesant. Si je me marie un jour, je ferai ça à la mairie et ce sera tout. Je n'ai ni besoin ni envie de tout ce tralala et de cette esbroufe. Son père s'apprêtait à dépenser un million !

— Au moins.

— C'est de la folie ! Si j'avais une somme pareille à dépenser, je m'en servirais pour monter ma boîte.

— Je crois que cela plaisait bien à Amanda, et son père voulait lui faire plaisir.

— Sûrement, répondit-il d'un ton perplexe. Je voulais juste te dire que j'étais vivant.

— À la bonne heure ! s'exclama-t-elle.

Quelques instants plus tard, ils raccrochèrent, et Kate se remit au travail. Elle n'avait pas eu beaucoup de nouvelles de Claire non plus, dernièrement. Sa fille lui battait froid. Si Kate se faisait une raison, elle trouvait néanmoins regrettable de ne pouvoir l'accompagner davantage dans sa grossesse. Mais Claire ne l'y autorisait pas. Elle essayait encore de prouver quelque chose, et Kate ne voulait pas entrer dans son jeu. Elle n'en avait pas le temps, d'ailleurs. Pour lui prouver son amour, elle avait envoyé à sa fille une demi-douzaine d'ouvrages sur la grossesse et n'avait même pas eu un « merci » en retour.

Le lundi au bureau fut aussi stressant et chargé que Kate le prévoyait. Le mardi, ce fut pire encore. Elle eut un nouvel entretien avec les deux avocats de la partie adverse sur la grosse affaire du moment. Elle les voyait bien trop à son goût. Ils essayaient de l'avoir à l'usure, et elle développait une aversion profonde à l'égard de Scott White, qu'elle trouvait arrogant, trop sûr de lui pour être honnête. Il se permettait des commentaires parfaitement désobligeants au sujet de son client, parfois en présence de celui-ci. Elle n'appréciait pas particulièrement ce client non plus, mais se devait de faire preuve de professionnalisme.

Kate remarqua que White la regardait beaucoup dans le but de la désarçonner. Elle avait une envie irrépressible de lui ordonner d'arrêter son cinéma et de bien se tenir. Il pensait être un dieu du droit. Il était plus jeune que Kate de quelques années. Grand, brun et séduisant, il n'était pas sans lui rappeler Tom. Elle demeurait pourtant insensible à son charme – franchement, elle trouvait surtout Scott White pénible. Jusqu'à présent, la plupart de leurs rendez-vous avaient été une perte de temps. Leur stratégie ne fonctionnait pas. Elle accentuait juste l'agacement de Kate, la poussant à camper sur ses positions. Or une demi-douzaine d'autres gros dossiers l'attendaient sur son bureau. Elle n'avait pas que cela à faire !

Elle était plongée dans la lecture des documents relatifs au litige quand Bart arriva chez elle le mardi soir. Faute de temps, elle ne s'était pas apprêtée pour lui. Elle était accaparée par son travail, n'était rentrée à l'appartement que depuis une demi-heure et n'avait pas eu une minute pour s'occuper du dîner.

Au début de leur relation, elle aurait profité de cette petite demi-heure pour se préparer, se coiffer et paraître décontractée pour l'accueillir. Mais en ce moment, elle croulait sous le travail. Son amant était manifestement prêt à se détendre, alors qu'elle avait des heures de travail en souffrance dans sa serviette.

— Tu n'as pas l'air de chômer, lança joyeusement Bart en voyant les dossiers étalés sur son bureau.

À défaut de pouvoir lui préparer un martini car elle était à court de gin, elle lui servit un verre de whisky Johnny Walker Blue Label avec des glaçons.

— En ce moment, c'est la folie au boulot, lui confia-t-elle en s'installant à côté de lui sur le canapé. Et ce sera pareil le mois prochain. Comme je déteste ces procédures abusives !

— Moi aussi. Il faut changer les lois qui permettent ça dans notre pays. Avec ces avocats qui ne sont payés qu'en cas de victoire, n'importe qui peut faire un procès à qui bon lui semble sans rien débourser. Les plaignants n'ont même pas à s'acquitter de frais de justice ! On devrait les obliger à en payer.

— Je suis bien d'accord. Fais quelque chose pour que ça change, sénateur, le taquina-t-elle.

— J'ai moi-même pas mal de pain sur la planche en ce moment.

Il étendit ses jambes devant lui.

— Prête à prendre ta nuit de congé ? murmura-t-il en se penchant vers elle pour l'embrasser.

Eh bien non, elle n'était pas prête. Elle ne s'était pas encore débarrassée de la tension de sa journée de travail. Cependant, elle ne voulait pas le dire à Bart. Une fois celui-ci endormi, elle pourrait sortir du lit pour reprendre ses dossiers. Elle n'avait pas vraiment le choix. Contrairement à son amant, elle n'était absolument pas d'humeur badine. C'était le problème des liaisons amoureuses entre gens pressés – parfois, on n'avait pas la tête au sexe. Or, si Kate voulait cultiver ce genre de relation, il fallait vivre dans l'instant et prendre les choses comme elles venaient. Bref, accepter d'être toujours disponible, comme une geisha.

— Les enfants vont bien ? demanda-t-il tandis qu'elle lui servait un autre verre.

Elle essaya de regarder sa montre discrètement mais Bart la surprit.

— À merveille, répondit-elle mécaniquement.

C'était loin d'être la vérité, mais elle savait qu'il posait cette question par politesse, pas parce qu'il s'intéressait sincèrement à la réponse. Kate pressentait qu'il désapprouverait la relation entre Tammy et Stacey. Il était très conservateur sur certains sujets, catholique de surcroît, et opposé au mariage entre personnes du même sexe. Kate aussi avait été contre, mais elle avait changé d'avis du jour au lendemain.

— Quoi de neuf ?

— Boulot, boulot, boulot.

Elle lui sourit. Il l'embrassa de nouveau et, une demi-heure plus tard, elle le suivit dans sa chambre. Pour la première fois depuis qu'ils étaient ensemble, Kate eut la vague impression d'être une prostituée. Dans la vraie vie, s'ils avaient habité ensemble ou avaient eu une relation sérieuse, elle lui aurait dit qu'elle avait trop de travail pour penser au sexe. Mais il n'avait que neuf heures à passer en sa compagnie, alors comment se montrer difficile ?

Elle prit une douche rapide, enfila un peignoir en satin rose sans rien en dessous et le rejoignit au lit. Elle savait comment Bart s'attendait à conclure la soirée. C'était pour cela qu'il restait avec elle. Il rangeait des préservatifs dans la table de nuit de Kate, ce qui lui faisait toujours se demander s'il couchait avec d'autres personnes. Ce n'était pas son cas à elle. Il était son seul partenaire depuis six ans, et ils avaient toujours passé ensemble de très bons moments au lit. Leur vie sexuelle n'était pas extraordinaire, mais tous deux la trouvaient satisfaisante.

Quand Kate se glissa sous les draps, Bart tira sur la ceinture de son peignoir en satin et lui ôta le vêtement qui se retrouva par terre. Tandis qu'il l'embrassait, ses mains caressaient sa peau soyeuse. Kate se laissa lentement convaincre que ce n'était pas une si mauvaise idée, finalement. Ce soir-là, leurs ébats furent rapides. Bart avait bu avant de venir. Cela n'avait pas affecté sa performance mais, quelques secondes après s'être détaché d'elle, il ronflait. Kate le regarda dormir. Bart était bel homme, mais elle avait l'impression d'être allongée près d'un inconnu – un client. Ils avaient discuté pendant une demi-heure, fait l'amour dix minutes, et à 6 heures le lendemain il prendrait un avion pour rentrer à Washington. Leur interaction avait duré en tout et pour tout quarante minutes. Kate se demanda combien les prostituées demandaient pour ce genre de prestation, ou si elles imposaient un tarif minimal lorsque le client restait toute la nuit. Elle n'avait jamais pensé à leur couple en ces termes, mais les choses avaient changé. Quelque chose manquait dans leur relation. La petite étincelle, sans doute. Peut-être ressentait-il la même chose.

Maintenant qu'il dormait, Kate se glissa hors du lit. Elle ramassa son peignoir par terre et alla dans le salon afin de lire ses dossiers. Elle retourna se coucher à minuit.

Le lendemain matin, Bart se leva à 5 heures, en la réveillant. Pendant qu'il se douchait et se rasait, elle lui prépara un café et une tartine. Elle savait qu'il prendrait son petit déjeuner dans l'avion. Il voyageait dans le même jet que les participants à sa réunion de la veille, qui avaient logé à l'hôtel. Avant, ce genre de situation lui plaisait bien, mais plus maintenant. Elle ne savait pas trop pourquoi, si c'était lui ou elle, ou simplement le temps qui les avait rattrapés. Et elle avait tant de dossiers à traiter…

— Un problème ? demanda-t-il en sirotant son café. J'ai l'impression qu'il manque quelque chose. Hier soir, on était tous les deux fatigués.

Elle hocha la tête.

— On est usés ?

— Je n'en sais rien. J'ai beaucoup de boulot en ce moment.

Et des problèmes familiaux à la pelle.

— Vois-tu, les relations comme la nôtre ont une durée de vie limitée, dit Bart posément. Nous avons peut-être atteint notre date de péremption. C'est mon impression. Six ans, c'est pas mal, si on doit en rester là.

Bart ne paraissait ni attristé ni ému. Il voulait juste savoir – après tout, il fallait qu'il organise son temps libre.

— Eh bien… peut-être que nous sommes arrivés à notre date de péremption.

Elle fut surprise de s'entendre prononcer ces mots. Pourtant, elle avait conscience que quelque chose avait changé dans leur intimité. Il n'avait jamais été question d'amour, mais pendant un temps ils avaient partagé une affection réelle. Pendant l'été, à Shelter Island, Kate avait déjà perçu un changement, qu'elle avait tâché d'ignorer en le mettant sur le compte de la contrariété suscitée par Claire. Les choses ne s'étaient pourtant pas arrangées. Bien au contraire, les tensions inhérentes à leurs vies trépidantes s'en étaient mêlées. En ce moment, il n'y avait rien de confortable dans leur relation, juste quelque chose de mécanique et d'un peu froid, et ce n'était pas ce que Kate souhaitait. Elle ne voulait pas uniquement coucher avec quelqu'un. Elle voulait se sentir aimée, même à son âge et dans sa situation. À 55 ans, elle voulait continuer à croire que « sexe » pouvait rimer avec « tendresse ». Et Bart ne semblait pas en avoir pour elle. Il la respectait, appréciait sa compagnie et son corps. Cela s'arrêtait là. Il n'en était jamais allé autrement, mais ils avaient connu des moments plus chaleureux, plus amusants. Dernièrement, tandis que sa famille se désagrégeait, Kate avait davantage éprouvé le besoin d'un soutien affectif. Bart ne le savait même pas, et elle n'avait pas envie de le formuler.

— Je pense qu'on est arrivés au bout, Kate, conclut-il en terminant son café.

Il n'avait pas eu le temps de manger sa tartine.

— Ça va me manquer, de ne plus passer de temps en ta compagnie. Mais vu qu'on en est là et que je déteste faire traîner les choses en longueur, on devrait se quitter tant qu'on s'apprécie encore.

Kate hocha la tête pour marquer son assentiment. Elle était néanmoins abasourdie par la rapidité avec laquelle Bart était disposé à tirer un trait sur ces six années passées ensemble. Il était prêt à la jeter à la poubelle comme un préservatif usagé. Et le fait qu'elle n'essaie pas de l'en dissuader l'étonna tout autant.

Deux minutes plus tard, il se tenait devant la porte, muni de son sac. Il lui sourit et l'embrassa.

— Merci, Kate.

Ces mots étaient censés englober six années de sexe, de week-ends, de soirées, de conversations et de vacances.

— Tu es une femme formidable. Restons en contact. C'était fabuleux.

Il lui fit un signe de la main, un sourire, et il monta dans l'ascenseur. Ainsi disparut Bart Mackenzie. Kate ne savait pas trop ce qu'elle ressentait – de la tristesse, ou rien du tout. Leur histoire s'était achevée en quelques minutes. Aux premiers signes de l'automne, Bart avait baissé le rideau et était passé à autre chose. Cela révélait à quel point elle comptait peu à ses yeux. Cependant, elle non plus ne l'avait jamais vraiment laissé entrer dans sa vie. Leur relation n'était pas censée aller plus loin. Kate avait eu une liaison avec un beau sénateur qui habitait dans une autre ville. Leur histoire manquait depuis toujours de substance. Elle referma la porte derrière lui et retourna à son bureau. Elle avait devant elle deux heures pour travailler.

Aurait-elle un jour des nouvelles de Bart ? Probablement pas, conclut-elle. S'ils se rencontraient par hasard, ils se montreraient cordiaux l'un envers l'autre. Elle avait vu de nombreuses ex-conquêtes de Bart agir de la sorte avec lui, et voilà qu'elle avait rejoint les rangs des femmes avec lesquelles il avait couché, à une époque. Bart lui avait enseigné une chose : si un jour elle couchait avec un autre homme, ce qui n'avait rien d'une certitude à son âge, elle voulait que ce soit quelqu'un qu'elle aime et qui l'aime. Avec un homme qu'elle n'aimait pas, même dans le cas d'un arrangement confortable comme avec Bart, cela la dévalorisait. Il était amusant de constater que, quel que soit son âge, l'amour avait toujours son importance à la fin. C'était la seule chose importante, en réalité. Tout le reste n'était que poudre aux yeux.

12

Les mois de septembre et d'octobre furent aussi chargés et difficiles que Kate l'avait prévu, parfois même plus. Procès à préparer, auditions à mener, documents relatifs à des litiges à étudier, témoins sur lesquels enquêter, nouvelles affaires, affaires en cours, conférences, réunions, associés à consulter... Le travail s'abattait telle une averse de grêle. Elle adorait ça, mais n'avait de temps pour rien d'autre. Elle travaillait même le week-end. Cela ne lui laissait pas le loisir de penser à Bart Mackenzie et, au bout de quelques semaines, elle se rendit compte qu'elle le vivait très bien. Il n'avait pas téléphoné, et Kate était convaincue que cela n'arriverait pas. Elle faisait désormais partie de ses archives. Elle avait à peine le temps de parler à ses enfants, mais tous semblaient bien se porter.

Tammy lui avait confié que, depuis que Stacey avait été présentée à une partie de la famille, leur relation s'était encore approfondie. La grossesse de Claire avançait et, en octobre, son ventre commença à s'arrondir. Kate mettait un point d'honneur à l'appeler régulièrement pour manifester son intérêt, mais sa fille continuait à se comporter froidement, en enfant gâtée. Anthony donnait très peu de nouvelles mais, lors de leurs rares échanges téléphoniques, il paraissait heureux. Margaret partit pour trois semaines à Palm Beach avec une amie de longue date, allégeant la culpabilité de Kate qui n'avait pas de temps à lui consacrer. Elle savait néanmoins que sa mère comprenait.

Chaque instant de sa journée était voué au travail. En octobre vinrent les auditions dans le cadre de l'affaire dont s'occupait Scott White, qui l'agaçait plus que jamais et y prenait un malin plaisir. Il ne cessait d'interrompre ses questions en émettant des objections et, lorsque c'était à lui de s'exprimer et qu'elle le cuisinait à son tour, il essayait systématiquement de se défiler. Étant paresseux et plus tout jeune, Jack Hirsch laissait volontiers Scott mener la danse, au grand agacement de Kate. Elle n'avait aucun mal à prendre l'ascendant sur Hirsch, tandis que Scott utilisait parfois les mêmes ficelles qu'elle. C'était comme jouer aux échecs contre un adversaire du même niveau. Kate mettait toujours un point d'honneur à être bien habillée pour les auditions, afin d'intimider les gens qu'elle interrogeait. Parfois, ce subterfuge fonctionnait. Elle portait des talons de quinze centimètres et des tailleurs Chanel qu'elle achetait avec la remise dont bénéficiait Tammy. Jack Hirsch était en surpoids et ses costumes avaient connu des jours meilleurs, mais Scott White aurait aisément pu se retrouver en couverture du magazine *GQ*. Kate ne le supportait plus et avait hâte que les auditions se terminent. Elle savait qu'un bras de fer suivrait, en vue d'obtenir un accord. Puis il y aurait d'autres auditions pour d'autres affaires et Kate prévoyait de travailler comme une esclave jusqu'à Noël. Elle avait beau être rodée, au bout d'un moment, ce rythme devenait éreintant, et la fatigue commençait à lui peser. Épuisée, elle espérait boucler plusieurs dossiers avant la fin de l'année.

Le dernier jour des auditions était le 1er novembre, et Scott lui adressa une petite révérence à la fin. La séance se termina à 18 heures. Une bonne chose de faite ! Kate espérait ne plus avoir affaire à Scott White avant les discussions en vue d'un accord. Elle était certaine qu'ils la laisseraient mariner un peu avant de la recontacter. Elle adressa un signe de tête à Scott et Jack, sortit de la salle de réunion et retourna dans son bureau.

Kate quitta les lieux à 18 h 30, munie de sa sacoche pleine de dossiers. Quand elle arriva dans le hall, elle s'aperçut qu'il avait neigé tout l'après-midi. Elle ne l'avait pas remarqué. Elle ne portait pas de bottes, car le bulletin météo n'avait pas annoncé de neige avant le week-end. Elle gardait bien une paire de baskets de course dans son bureau, mais remonter la fatiguait par avance. Elle n'avait qu'à traverser la rue devant l'immeuble et héler un taxi qui allait dans la bonne direction. Elle pouvait le faire en talons, et elle décida de braver les éléments.

Quand elle passa la porte à tambour, Kate s'aperçut que les températures avaient drastiquement chuté. Les rues étaient couvertes d'une couche de glace saupoudrée de neige et de sel pour prévenir les chutes. Lorsqu'elle traversa au feu, elle eut l'impression de marcher sur une patinoire. Comme elle guettait un taxi, en approchant du trottoir, elle ne vit pas la plaque de verglas noire. Elle glissa et s'effondra sur les genoux. Ses chaussures, sa sacoche et son sac à main s'envolèrent. La douleur dans ses genoux était atroce, et elle ne pouvait pas se relever. Elle ignorait où étaient passées ses chaussures, et elle espérait que personne ne lui déroberait son sac. Elle sentit alors des bras puissants la soulever pour la remettre debout, juste à côté de ses escarpins. Elle ravala ses larmes et s'efforça de reprendre son souffle tout en les enfilant, et s'aperçut alors que son sauveur n'était autre que Scott White, son ennemi juré. Elle baissa les yeux et se rendit compte que ses genoux, ses tibias et les paumes de ses mains saignaient. Le bitume et le verglas avaient déchiré sa peau, et le sel sur lequel elle avait atterri s'était logé dans les entailles.

— Ça va ? s'inquiéta Scott sans la lâcher.

Il avait passé un bras musclé autour de sa taille, tandis que l'autre lui soutenait le coude.

— Ça va, répondit-elle d'une voix chevrotante.

Il voyait parfaitement que ce n'était pas vrai. Il la serrait fort et sentait qu'elle tremblait.

— Je ne vais pas vous laisser comme ça, dit-il d'un ton ferme et rassurant. Vous voulez retourner au bureau ?

Kate secoua la tête en essayant de ne pas pleurer. Des badauds s'étaient attroupés autour d'elle. Elle avait atterri de façon spectaculaire, à quatre pattes. Quelqu'un lui tendit son sac à main tandis qu'un autre déposait sa sacoche à côté d'elle. Ses genoux lui faisaient affreusement mal mais, puisqu'elle tenait debout, elle pensait n'avoir rien de cassé. Quoique, sans l'aide de Scott, peut-être serait-elle tombée une nouvelle fois ou se serait-elle évanouie.

— Il faut vous emmener quelque part pour nettoyer tout ça. Si je vous soutiens, pensez-vous pouvoir aller jusqu'au coin de la rue ? Il y a un petit hôtel où je retrouve mes clients avant nos auditions avec vous.

— Oui... Vraiment... Ça va... C'est tellement idiot... Merci...

Certes, elle avait eu envie de l'étrangler tout l'après-midi, et pendant chacune des auditions des derniers mois. Mais il l'avait sauvée et se comportait avec une galanterie remarquable.

Ils avancèrent cahin-caha sur le verglas perfide. Kate tenait d'une main ensanglantée sa sacoche et son sac à main. Elle faillit glisser de nouveau, mais Scott l'agrippait fermement et, heureusement, le minuscule hôtel qu'elle n'avait jamais remarqué se trouvait juste à l'angle. Devant l'entrée de l'établissement, un petit passage avait été déneigé et salé. Les jambes de Kate flageolaient encore quand Scott la guida dans le hall et l'installa dans un fauteuil en cuir capitonné. Tous deux examinèrent les dégâts. Le sang recouvrait ses paumes, ainsi que ses jambes, des genoux jusqu'aux pieds. Son manteau en cachemire beige était parsemé de taches écarlates.

— Je crois que c'est moins grave que ça n'en a l'air, dit Kate, gênée.

— Je l'espère. On a l'impression que vous venez d'échapper à une tentative d'assassinat.

— Je ne savais pas qu'il avait neigé et que la chaussée était verglacée.

— Ces chaussures vous vont à merveille. Ça valait presque le coup.

Scott lui sourit.

— Bon, ne bougez pas, on va arranger ça en un clin d'œil.

Il se comportait comme s'ils étaient des amis de longue date et non de redoutables adversaires. Kate lui devait une fière chandelle. Elle serait encore étalée en pleine rue s'il n'avait pas été là pour lui porter secours. Il disparut pendant cinq minutes. Les clients de l'hôtel la regardaient d'un air compatissant, et un employé de la réception vint lui demander si elle avait besoin d'un médecin ou d'une ambulance. Elle lui assura qu'elle allait très bien, que son ami l'aidait. À ce moment-là, Scott revint muni d'un rouleau de bandage, de compresses imbibées d'eau chaude et d'un flacon d'antiseptique qu'il avait empruntés dans la pharmacie d'urgence du personnel.

— On dirait que vous allez aider une femme à accoucher, plaisanta-t-elle.

Elle reprenait peu à peu ses esprits.

— J'espère bien que non, quoique je pourrais, en cas de besoin. J'ai été secouriste dans la marine avant mes études de droit.

À l'aide des compresses humides, Scott nettoya rapidement et délicatement le sang sur sa peau. Les collants extra-fins de Kate avaient été littéralement réduits en lambeaux. Il appliqua de la lotion antiseptique sur ses plaies et banda avec dextérité ses mains et ses genoux salement écorchés. C'était de là que provenait le sang. Les pansements étaient propres et bien faits. Une fois les soins terminés, Kate se leva en titubant, reconnaissante. Scott alla jeter les compresses dans les toilettes des hommes.

— Vous pouvez marcher ? demanda-t-il en revenant. Vous étiez très pâle quand nous sommes arrivés.

— J'ai les jambes qui flageolent un peu mais ça va. Scott, vraiment, merci.

— Je n'ai pas l'impression que vous vous êtes cassé quelque chose, mais il faudra peut-être qu'on nettoie vraiment vos plaies. Certaines sont pleines de sel. Je n'ai pas voulu y toucher sans gants.

Elle le remercia à nouveau.

— C'était une sacrée chute. Comment vont les genoux ?

— J'ai très mal, répondit-elle avec une expression penaude. Je me sens vraiment idiote.

— Il ne faut pas. Cela peut arriver à tout le monde. Je peux vous ramener chez vous ?

Il voulait lui rendre service, mais il y avait aussi une pointe d'espoir dans sa voix.

— Mettez-moi dans un taxi, ça ira.

— Je vais demander au portier de vous en trouver un. Il neige encore.

C'était la première grosse chute de neige de la saison. Dix minutes plus tard, le taxi était là et Scott passait un bras autour de la taille de Kate pour l'accompagner à l'extérieur. Il portait sa sacoche et l'aida à monter doucement dans le taxi.

— Je ne sais comment vous remercier, dit-elle en lui souriant.

— Je suis navré de cet accident, mais ravi d'avoir eu l'occasion de vous parler. Je déteste toutes ces postures guerrières. Il devrait exister un temps mort pour les avocats. Pour pouvoir papoter un peu. De toute façon, tout ça se résume à de l'esbroufe, du cinéma. J'ai envie de vous parler depuis le début de cette affaire.

Cela n'aurait pas été très réglementaire, alors il s'était abstenu. Il avait désormais l'excuse parfaite.

— Si vous avez besoin qu'on change vos pansements, appelez-moi. Je me déplace à domicile.

Kate se mit à rire. Elle était surprise qu'il se montre aussi amical, et qu'il soit si facile de discuter avec lui. Elle l'avait catalogué comme une ordure arrogante à forte tendance narcissique, mais elle le voyait différemment à présent.

— Sérieusement, j'espère que tout ira bien et que vous ne souffrirez pas le martyre demain.

— Généralement, je suis plus solide que ça, dit-elle d'un air gêné.

— Je vous ai trouvée très courageuse.

Scott fit un pas en arrière et la salua d'un geste. Le taxi démarra et s'engagea prudemment dans les rues verglacées. Kate ferma les yeux et se laissa aller contre la banquette. Elle avait un peu mal au cœur, mais se sentait beaucoup mieux que lorsqu'elle était à genoux sur le trottoir. Elle pensait toujours à Scott White et à la gentillesse qu'il avait manifestée à son égard.

Elle fut encore plus étonnée de recevoir un coup de fil de lui le lendemain matin. C'était samedi, et elle boitillait à travers l'appartement. Ses genoux et ses mains lui faisaient toujours très mal.

— J'appelle pour prendre des nouvelles de ma patiente, lança-t-il joyeusement. Avez-vous besoin de nouveaux bandages ? D'une amputation ? De pansements Mickey ?

Kate ne put s'empêcher de rire.

— Je vais bien. Mes blessures me font un mal de chien, mais ça va. Je vais prendre un bain chaud et laver mes plaies. Je suis allée directement au lit hier soir. J'étais toujours un peu secouée en rentrant à la maison.

— J'imagine. C'était une vilaine chute. Vous avez de la chance de ne pas vous être fracturé le bras ou le poignet. Au moins, nous avons pu nous parler comme de vrais êtres humains. Vous êtes une noble adversaire, madame l'avocate.

Et une belle femme, se dit-il en son for intérieur. Il l'admirait depuis l'instant où il avait posé les yeux sur elle pour la première fois.

— Accepteriez-vous de boire un verre avec moi un de ces jours ?

Il n'y allait pas par quatre chemins. Kate hésita. Elle se sentait comme en dette envers lui, et il était bien plus sympathique qu'elle ne l'aurait cru. Cependant, il demeurait l'avocat de la partie adverse dans un dossier dont elle avait la responsabilité.

— Cela ne me paraît pas une bonne idée dans l'immédiat. Il ne faut surtout pas que nos clients respectifs nous accusent de conflit d'intérêts. Pourquoi ne pas attendre que le dossier soit bouclé ?

Kate s'efforçait de présenter les choses avec naturel.

— Je vous obligerai à respecter votre engagement, répondit-il très sérieusement. J'espère que l'affaire sera bientôt terminée. Notre client est un beau fumier. Au moins, le vôtre est vaguement plus respectable. Je déteste ce genre de dossier. Quelle perte de temps pour tout le monde ! Il n'est question ici que d'ego, de cupidité, de vengeance et de frime. Ça gâche nos talents collectifs.

Et, du talent, Scott trouvait que Kate en avait à revendre.

— Je sais. Je continue à espérer que votre client laissera tomber, mais je vois bien que cela n'arrivera pas, soupira-t-elle.

— Vous avez raison. Remettons ça à plus tard. Et rangez-moi ces chaussures jusqu'au printemps prochain, ou en tout cas évitez de les porter à l'extérieur.

— Croyez-moi, je ne les mettrai plus. À partir de maintenant, je ne porterai plus que des bottes à crampons. On se voit au tribunal, Scott.

— Vous n'avez besoin de rien ? Dehors, c'est le bazar. Il vaudrait mieux éviter de sortir et de risquer la chute.

Sa sincérité toucha Kate.

— Non, merci, j'ai tout ce qu'il me faut. J'ai assez de nourriture chez moi pour tenir tout le week-end.

— Appelez-moi en cas de besoin.

Il lui donna son numéro de téléphone.

— Les pansements Mickey sont assez mignons. J'en ai des Cendrillon aussi, ajouta-t-il.

Scott était décidément drôle, et tellement différent de l'avocat sarcastique et dédaigneux qui l'avait rendue folle pendant les auditions. Comme quoi, on ne connaissait vraiment les gens qu'en les côtoyant dans un contexte privé.

— Vous me montrerez ces pansements Cendrillon lors de notre prochaine réunion.

L'idée les amusa tous les deux.

— Nos clients vont adorer. Surtout le mien. Il mange des enfants au petit déjeuner. À bientôt !

Après avoir raccroché, Kate sourit encore pendant quelques instants. C'était agréable de parler à un homme, même à l'occasion d'un banal échange comme celui-ci. Bart et elle s'étaient séparés depuis un bon mois et c'était mieux ainsi – il avait eu raison. Leur relation appartenait au passé, mais il lui manquait parfois – l'attention masculine lui manquait. Cependant, elle n'envisageait pas un instant de sortir avec Scott White. Il était l'avocat de la partie adverse dans une affaire en cours, et plus jeune qu'elle. Mais il avait été un bon sauveteur, et cela avait contribué à résorber légèrement l'animosité et la tension qui entouraient ce dossier. Scott était humain, après tout, même si Kate ne doutait pas qu'il ferait un adversaire féroce et agaçant lorsqu'ils se reverraient en présence de leurs clients respectifs. C'était son style. Kate n'était pas particulièrement amicale non plus lorsqu'elle était dans son rôle d'avocate. Comme l'avait souligné Scott, tout cela n'était qu'une histoire de posture.

Kate resta au lit une grande partie du week-end. Il lui vint à l'esprit qu'elle n'avait pratiquement pas vu ses enfants ces deux derniers mois, et elle eut l'idée d'organiser un dîner pour les réunir autour d'elle. Aucun ne serait présent pour Thanksgiving : Reed emmenait Claire aux îles Turquoises pour prendre le soleil, Tammy avait promis d'aller rendre visite à la famille de Stacey dans l'Ohio, et Anthony irait à San Juan avec Alicia pour faire la connaissance de son père et d'autres membres de sa famille. Kate n'avait toujours pas rencontré la jeune femme. Un petit dîner dans les deux semaines à venir leur permettrait de se retrouver et donnerait justement à Kate l'occasion de connaître Alicia.

Elle leur envoya à chacun un texto pour leur demander leurs disponibilités et, à la fin du week-end, ils s'étaient mis d'accord sur une date. Elle servirait des sushis et des plats mexicains, car tout le monde adorait ça. Ils seraient huit – ses enfants, leur moitié, Kate et Margaret. L'idée était réjouissante et lui permettait de ne pas trop penser à ses mains et à ses genoux affreusement endoloris.

Claire lui téléphona peu après avoir reçu le SMS. Elle voulait savoir ce qui se cachait derrière ce dîner.

— Tu as d'autres confessions à nous faire ? demanda-t-elle d'une voix crispée.

— Pas du tout. Ce n'est qu'un dîner, puisque vous serez tous partis pour Thanksgiving.

La réponse rassura Claire. Reed viendrait aussi.

Anthony lui téléphona tard ce soir-là, lui aussi angoissé à l'idée du dîner.

— Tu organises ce repas pour que tout le monde rencontre Alicia ?

— C'est une raison annexe plutôt sympathique et nous voulons tous la rencontrer, mais le seul but de ce repas est de passer un bon moment tous ensemble.

— Ah ! Comment elle doit s'habiller ? Ça la stresse un peu.

— Comme bon lui semble ! Qu'elle vienne en jean, par exemple. C'est juste un dîner de famille, Anthony. Rien de plus.

Cela sembla rassurer son fils qui mit bientôt fin à l'échange.

Kate avait hâte de les avoir autour d'elle. Elle était curieuse de voir comment prendrait la sauce, avec trois nouveaux conjoints dans le groupe. Sa famille changeait. Margaret était elle aussi curieuse. Elles n'avaient plus que dix jours à attendre.

13

Le jour du dîner avec ses enfants, Kate acheta des fleurs, les disposa dans tout l'appartement et s'amusa à créer elle-même des arrangements. Elle mit une nappe brodée sur la table, des serviettes aux couleurs vives et des assiettes rouges qu'elle utilisait de temps à autre. Cela paraissait festif, et elle posa une dinde en chocolat à côté de chaque assiette, comme lorsque les enfants étaient petits. Elle avait du champagne pour ceux qui le souhaitaient, et du bon vin français pour accompagner le repas. Bref, ce dîner avait des allures de fête. Tammy et Stacey arrivèrent en premier et trouvèrent la table ravissante.

— Je serais incapable de marier aussi bien des éléments. On a l'impression que c'est une décoratrice professionnelle qui a préparé cette table, fit remarquer Stacey d'un ton admiratif.

Les bougies étaient également assorties au décor. Tammy avait l'habitude que sa mère dresse de belles tables lorsqu'elle recevait du monde, même simplement la famille quand elle en avait le temps. Mais tout cela était nouveau pour sa compagne.

— Tammy aussi est douée pour ce genre de choses, dit Kate en leur souriant. Et toi, tu sais soigner un enfant malade. On ne peut pas être bon partout. Chacun ses compétences !

Kate était heureuse de revoir Stacey. Elle avait bien réfléchi au plan de table et disposé des petites cartes pour placer chacun en pariant sur les affinités qu'elle pouvait deviner. Elle n'avait pas lésiné : ils auraient un fabuleux gâteau pour le dessert, ainsi qu'une énorme boîte de chocolats.

Arrivèrent ensuite Reed et Claire, dont le ventre s'était bien arrondi. Enceinte de cinq mois, elle sentait le bébé bouger. Claire posa la main de Tammy sur son ventre plusieurs fois pour que sa sœur sente l'enfant donner des coups, mais n'invita pas Kate à le faire.

À un moment où cette dernière se trouvait dans la cuisine, Margaret toucha un mot à Claire de la froideur qu'elle manifestait à l'égard de sa mère.

— Ce n'est pas juste de te comporter ainsi. Elle veut ce qu'il y a de meilleur pour toi. Elle avait le droit d'être contrariée par ta nouvelle.

— Et moi, j'ai le droit d'être contrariée par son attitude et le jugement qu'elle porte sur moi, répliqua sèchement Claire.

— Mais rien ne t'oblige à la malmener. Depuis juillet, tu t'es montrée très malpolie envers elle. Pourquoi cherches-tu à la blesser ?

— Sa colère contre le bébé m'a blessée, tout comme son insistance pour qu'on se marie. Elle a honte que je sois enceinte. Elle n'est pas heureuse pour nous.

— Ta mère finira par s'y faire ! Mais pas si tu continues à te montrer méchante. Tôt ou tard, elle cessera d'essayer, et tu n'auras plus que tes yeux pour pleurer.

Margaret connaissait bien sa fille. Elle savait que Kate ne se laisserait pas maltraiter à l'infini et sentait que sa limite était proche. Claire se garda de tout nouveau commentaire, mais elle ne montra aucun signe de radoucissement. Dès que sa mère approchait, elle devenait glaciale. Son comportement mettait Reed mal à l'aise, et il redoublait de jovialité pour compenser. Quand ils s'assirent tous les deux sur le canapé, il lui murmura :

— Pourquoi tu te comportes toujours comme une enfant gâtée avec ta mère ? Elle est tout à fait charmante avec nous. Tu n'as pas à la punir.

— De quel côté es-tu ? s'emporta Claire.

— Du côté des adultes, répondit-il avec fermeté. Pourquoi ne pas te joindre à nous ? C'est une équipe qui gagne.

L'attitude puérile de Claire le décevait, mais sinon il aimait tout chez elle. Il était plus amoureux que jamais, et l'approche de la naissance ne faisait qu'exacerber ses sentiments. Leur enfant, un garçon, pour la plus grande joie de Reed, serait là dans quatre petits mois. Claire avait déjà commencé à décorer sa chambre. Stacey vint s'asseoir à côté d'elle et lui demanda quand était prévu l'accouchement et si tout se passait bien. Sa gentillesse toucha Claire. Stacey lui plut immédiatement, même si l'homosexualité de sa sœur lui avait causé un choc. Ce soir-là, elle rencontrait Stacey pour la première fois. Elles bavardèrent tandis que Tammy et Reed parlaient boutique.

Anthony et Alicia arrivèrent les derniers, avec une demi-heure de retard. La nourriture mexicaine patientait dans le four et les sushis au frigo, alors Kate ne s'inquiétait pas pour le dîner.

— Elle s'est changée six fois, murmura Anthony à Tammy quand il lui fit la bise.

Sa sœur aînée ne put s'empêcher de glousser. Elle lui présenta Stacey, et la discussion s'orienta aussitôt sur les jeux vidéo. La pédiatre avoua avoir été accro, à la fac – quand elle commençait à jouer, elle était incapable de s'arrêter. Elle connaissait plusieurs des jeux conçus par Anthony et les adorait.

Celui-ci fut immédiatement happé par l'effervescence familiale et, après avoir présenté Alicia, il l'oublia momentanément pour taquiner ses sœurs, et bavarder avec Reed et Stacey. Pendant ce temps-là, Alicia se tint timidement en marge du groupe. Kate s'en aperçut et décida de s'approcher. La jeune femme avait opté pour une jupe blanc crème et un pull de la même couleur qui s'accordaient à merveille avec sa peau café-au-lait.

— Tous mes enfants viennent de changer de partenaire, lui confia chaleureusement Kate. Alors vous n'êtes pas la seule petite nouvelle ! Ne restez pas dans votre coin. J'ai rencontré Stacey il y a deux mois, et Reed cet été. J'ai beaucoup entendu parler de vous.

Elle sourit et se mit à parler plus bas.

— Je suis ravie que les choses se soient finalement arrangées. Anthony est fou de vous.

Alicia s'éclaira en entendant ces mots, et elle se sentit rassurée de voir que Kate et Tammy portaient elles aussi des jupes : elle avait fait le bon choix. C'est en jetant un coup d'œil à celle de Kate qu'elle remarqua ses blessures.

— Oh mon Dieu ! Que vous est-il arrivé ?

Ses jambes étaient toujours parcourues de noir et de bleu, depuis les genoux jusqu'aux chevilles, de grosses croûtes s'étaient formées sur ses genoux et ses paumes.

— J'ai glissé sur une plaque de verglas quand il a neigé il y a deux semaines. Je me suis sentie tellement idiote ! Je portais des talons de quinze centimètres...

Aucun de ses enfants n'avait encore remarqué ses plaies, mais tous s'inquiétèrent à la suite d'Alicia. Stacey parut horrifiée.

— Pourquoi ne m'avez-vous pas appelée ? Avez-vous vu un médecin ?

— Non, je ne me suis rien cassé. J'ai juste des bleus et des égratignures. C'est l'avocat de la partie adverse dans une affaire que je suis qui s'est chargé des pansements. Il a été secouriste dans la marine.

— Tu as dû avoir mal, maman ! s'écria Tammy, compatissante.

Claire resta muette, sans doute pour prouver qu'elle était toujours fâchée. Elle commençait à agacer sérieusement Anthony, qui lui demanda d'arrêter son cirque et de faire preuve de gentillesse à l'égard de leur mère. Il était ravi de voir celle-ci parler avec Alicia, auparavant terrifiée à l'idée de la rencontrer. Margaret ne tarda pas à se joindre à elles pour bavarder. Quand vint le moment de se mettre à table, Alicia était comme un poisson dans l'eau et discutait avec tout le monde. Au cours du dîner, elle décrivit avec beaucoup d'humour l'endroit où elle avait étudié et parla du Hunter College, où elle terminait son dernier semestre. Ils furent tous impressionnés par sa détermination à obtenir son diplôme, même à 30 ans. C'était de toute évidence une femme intelligente, un modèle de persévérance et de courage.

— Où as-tu étudié ? demanda-t-elle à Stacey, qui parut immédiatement gênée.

— Ne lui pose pas cette question, intervint Tammy. Chaque fois que quelqu'un lui demande, j'ai l'impression d'être stupide. Elle a étudié à Harvard et obtenu son diplôme avec la mention très bien. C'est une espèce d'extraterrestre.

— La vache ! Vraiment ?

Stacey hocha la tête. Alicia paraissait franchement éblouie, mais la pédiatre, modeste, ne se vantait jamais de son parcours exceptionnel. Kate souriait en observant les interactions autour de la table, heureuse que tout le monde s'entende aussi bien. La nourriture était délicieuse, le vin coulait à flots et la discussion se fit de plus en plus animée au fil de la soirée.

— Joli groupe, murmura Kate à sa mère, qui prenait part aux festivités de bon cœur.

— Je t'avais dit que la famille ne s'était pas désagrégée. C'était juste une impression passagère. Ta famille a changé, voilà tout.

— Admets qu'elle n'est pas très orthodoxe, cette famille.

— C'est justement ça, une vraie famille. Aucune famille n'est « normale », de nos jours. Ça n'existe pas, même dans les dessins animés de Walt Disney.

Kate tapota l'épaule de Margaret et tendit à Anthony une nouvelle bouteille de vin à ouvrir. Alicia paraissait à l'aise parmi eux. Elle avait une plastique incroyable, et Tammy lui demanda comment elle entretenait son corps. Elle expliqua qu'elle pratiquait le kick-boxing et avait converti Anthony à ce sport. Elle avait pris des cours en club quand elle était enfant.

— J'étais capable de mettre une raclée à n'importe quel garçon du quartier. Ce qui pouvait s'avérer utile, là où j'habitais.

Anthony fit alors circuler son téléphone pour leur montrer une vidéo où on la voyait boxer. La tablée fut très impressionnée par sa performance. Ils étaient tous différents, avaient des origines variées, étaient dotés de divers talents, mais ils s'accordaient bien. La déception venait de Claire, qui n'ouvrit pas beaucoup la bouche, sauf pour parler de sa grossesse. Son ventre rond l'avait rendue nombriliste.

— Tu n'as pas d'autres sujets de conversation ? se plaignit son frère au bout d'un moment. Tu n'es pas la première femme sur terre à avoir un enfant. Comment ça se passe, au travail ?

— Très bien, répondit-elle d'un air renfrogné. J'attends avec impatience mon congé maternité. Je vais m'arrêter pendant trois mois.

— Fascinant ! se moqua Anthony en roulant des yeux.

Kate espérait que ce retour dans le giron familial obligerait Claire à redescendre sur terre. Reed la chouchoutait trop. Il buvait ses paroles et la traitait comme si elle était en sucre. Il passait son temps à lui toucher le ventre pour sentir les coups de pied que donnait le bébé.

Stacey lui demanda si elle comptait s'inscrire à des cours Lamaze pour se préparer à un accouchement sans douleur. Claire rétorqua que cela lui paraissait ennuyeux et que, de toute façon, cet enseignement ne lui serait d'aucun secours puisqu'elle avait l'intention de demander la péridurale. Stacey insista – ces techniques lui seraient certainement d'une aide précieuse le moment venu. Mais Claire ne prit pas la suggestion au sérieux.

Tammy interrogea Alicia sur son métier de mannequin. La jeune femme expliqua que cela lui permettait de payer son loyer, mais qu'elle rêvait de devenir actrice. Ses efforts n'avaient pas encore porté leurs fruits, mais cela n'entamait en rien sa détermination.

— C'est aussi un génie de l'informatique, fanfaronna Anthony. Elle comprend tous mes jeux.

— Je suis contente que quelqu'un les comprenne ! plaisanta Tammy.

— Moi aussi, je les comprends ! pépia Stacey. Ils sont géniaux, ces jeux. J'en ai des tas.

Les discussions et taquineries allèrent bon train pendant des heures. Ils firent un sort au gâteau et, bientôt, Kate se retrouva à court de vin. Ils passèrent alors au champagne. Après le dîner, Anthony et Reed préparèrent des shots de tequila, et Alicia se joignit à eux.

Margaret s'était discrètement éclipsée un peu plus tôt dans la soirée pour rentrer chez elle. Au bout d'un moment, Kate disparut dans la cuisine pour nettoyer et laisser les jeunes entre eux. Ils se montraient des vidéos et des photos sur Instagram. Ils parlaient tous le même langage. Claire finit par se décoincer et arrêta de parler de son bébé. Kate était aux anges. Ses enfants étaient en couple avec des gens qui s'entendaient bien entre eux et semblaient parfaitement épanouis. Tous formaient à nouveau une famille heureuse et unie. Kate se moquait bien que

Stacey et sa fille soient lesbiennes, et qu'Alicia ait grandi dans un quartier « chaud ». Quant à Reed, son succès phénoménal ne lui était pas monté à la tête. Il avait profité de cette soirée à la bonne franquette, n'hésitant pas à se retrousser les manches. Il n'y avait pas une once de prétention en lui, mais les chevilles de Claire, en revanche, avaient enflé. En évoquant l'avion de Reed, elle s'attira une salve de huées et de sifflements désapprobateurs. Son compagnon précisa que l'avion appartenait à son entreprise, pas à lui. Cela faisait du bien à Claire de se retrouver au milieu de gens « normaux » qui se moquaient bien de ce qu'elle possédait à présent, et ne se laissaient pas intimider par la petite fille riche qu'elle était en train de devenir. Cette nouvelle attitude n'avait d'ailleurs rien de séduisant.

— Oh, là, là ! Amanda n'aurait jamais survécu au milieu de cette clique, dit Kate à Tammy quand celle-ci vint dans la cuisine lui proposer son aide.

— Alicia me plaît vraiment beaucoup, confia Tammy avec admiration. Quelle pile électrique ! Je la trouve parfaite pour Anthony. Elle ne se laisse pas faire et comprend son côté geek.

— Heureusement que quelqu'un saisit cet aspect de sa personnalité ! À moi aussi, elle me plaît beaucoup, répondit Kate en souriant à sa fille.

La joyeuse petite bande leva le camp vers 1 h 30 du matin. Le salon était en bazar, mais Kate n'en demeurait pas moins ravie. La soirée avait été un franc succès. Tout le monde s'était bien entendu. Un vrai coup de maître ! Reed prit date avec Anthony et Alicia pour essayer leur club de sport. Il s'était montré extrêmement sympathique, et lui qui n'avait pas la chance d'avoir une famille avait réellement apprécié celle de Claire. À vrai dire, il s'était bien plus amusé que cette dernière.

Ils se promirent de remettre cela prochainement. Alicia voulait organiser quelque chose chez Anthony. Tammy et Stacey aussi souhaitaient inviter la famille à dîner.

Le succès de cette soirée consolait un peu Kate de ne pas avoir ses enfants auprès d'elle pour Thanksgiving. Ce serait la première fois qu'elle le passerait en tête à tête avec sa mère. Pour Noël, en revanche, ils dîneraient tous chez elle le soir du réveillon. Ce serait le premier Noël de Stacey à New York en compagnie de Tammy et de sa toute nouvelle famille. L'attente avait été longue, mais le jeu en avait valu la chandelle. Le lendemain de Noël, Reed et Claire s'envoleraient vers Saint-Barth, pour leur dernier voyage avant l'arrivée du bébé. Ensuite, la grossesse serait trop avancée pour que Claire puisse voyager par les airs.

Pendant le trajet du retour en taxi, les yeux d'Alicia pétillaient, et pas uniquement à cause de la tequila. Non seulement elle était capable de les mettre K.-O., mais elle tenait aussi mieux l'alcool que les hommes. Et toc !

— Ta famille est fantastique ! s'exclama-t-elle joyeusement, et le visage d'Anthony s'éclaira.

— Ils t'ont adorée.

Il n'avait jamais ressenti un tel bonheur avec Amanda. Alicia prenait part à tout et savait mettre de l'ambiance.

— J'adore ta mère, dit-elle en souriant.

— Oui, moi aussi. Je dois reconnaître qu'elle s'est sacrément adaptée ces quatre derniers mois.

C'était un bel euphémisme. Kate avait suivi le mouvement parce qu'elle les aimait. Ses enfants étaient le sel de son existence.

Kate passa son dimanche à nettoyer la cuisine et à ranger l'appartement. Tous lui téléphonèrent pour la remercier, et elle en profita pour leur rappeler le dîner de Noël.

Aussi incroyable que cela puisse paraître, les personnes que ses enfants avaient ajoutées au clan, les partenaires éclectiques qu'ils avaient choisis rendaient leur famille meilleure, et non l'inverse. Ils avaient tous à peu près le même âge, et le mélange de personnalités formait un cocktail fantastique. Margaret avait raison : les familles normales n'existaient plus. Ce qui était normal, c'était d'accepter les cartes que la vie vous donnait et de les jouer du mieux possible.

14

Le premier rendez-vous de négociation d'un accord dans l'affaire opposant les clients de Kate et Scott avait lieu le lundi précédant Thanksgiving. Du côté du cabinet de Kate, les collaborateurs étaient unanimes : il fallait se débarrasser au plus vite de ce dossier devenu trop chronophage. De plus, un procès demanderait des mois de préparation et coûterait une fortune, sans compter que les jurés étaient imprévisibles. Ils fixèrent ensemble la somme maximale qu'ils étaient disposés à concéder à leur adversaire. Kate espérait que Scott et Jack Hirsch sauraient convaincre leur odieux client d'accepter leur offre. Elle comptait sur Scott depuis qu'il l'avait sauvée de sa chute et lui avait révélé sa face cachée.

Cette fois-ci, Kate arriva avec des talons un peu moins hauts. Scott se baissa pour vérifier discrètement. En douce, il leva le pouce pour marquer son assentiment, ce qui amusa beaucoup Kate. Ils n'échangèrent pas un mot avant le début de l'entretien. Elle ne voulait rien faire qui puisse compromettre l'arrangement, pas plus qu'elle ne souhaitait être accusée d'inconvenance et risquer ainsi de renverser la décision finale.

Le rendez-vous démarra rapidement. La défense et l'accusation étaient présentes. Le client de Kate se montrait agréable et poli, évitant à tout prix de jouer les incendiaires. Scott endossa le rôle inverse et eut droit à plusieurs rappels à l'ordre lorsqu'il avait recours aux insultes. C'était un adversaire fatigant. Quatre heures durant, l'accusation proféra de nouvelles allégations de malversation pour renforcer son argumentaire, des attaques parfaitement infondées qui ne visaient qu'à augmenter le montant des dommages et intérêts susceptibles d'être versés.

La défense finit par présenter son offre et quitta la salle pour que le plaignant et ses avocats puissent en discuter. Tout cela à cause d'une affaire qui avait mal tourné. L'argent investi avait été perdu, et le plaignant essayait de le récupérer en accusant le client de Kate d'absolument tous les maux, la plupart fictifs. Elle ne pensait pas qu'un jury tomberait dans le panneau, mais régler ce litige au tribunal demanderait des années. Cela n'avait pas de sens. Scott avait essayé de convaincre son client de l'inutilité d'un procès. Malheureusement, l'homme était chicanier et n'avait rien de mieux à faire. Cet échec lui restait en travers de la gorge. Il était milliardaire, alors l'argent importait peu. En réalité, l'accord, quel qu'il soit, ne changerait rien à sa situation. Il avait essentiellement une valeur symbolique. Le plaignant voulait qu'on lui paie également ses frais de justice. Et ses avocats le saignaient à blanc.

Scott sortit deux fois de la salle pour se rendre aux toilettes, mais son visage restait insondable. On finit par les appeler, et Kate se sentit optimiste car les discussions avaient été longues. Elle s'attendait à entendre que leur offre avait été acceptée. Au lieu de quoi, dès qu'elle s'assit, Scott se planta devant elle.

— Mademoiselle Morgan, commença-t-il en affichant à nouveau l'air suffisant typique de son personnage officiel. Ou devrais-je dire madame ? Quel est exactement votre statut matrimonial ? demanda-t-il dédaigneusement.

Kate faillit pouffer de rire.

— Madame. Je suis veuve. Et je ne vois pas le rapport avec cette affaire.

« Je veux qu'ils passent un sale quart d'heure », avait exigé le client. Il n'avait pas précisé sa pensée, alors Scott avait eu l'idée de cette réplique, censée déstabiliser l'avocate. En réalité, la réponse l'intéressait beaucoup.

— Madame Morgan, dit-il en insistant ironiquement sur le « madame ». Avez-vous la moindre idée du caractère insultant de la proposition que vous venez de faire à mon client ? Vous ou vos collaborateurs ne mesurez donc pas la souffrance et l'humiliation qui se sont abattues sur lui lorsque l'affaire a capoté ? Êtes-vous dans l'ignorance des mauvaises pratiques de votre client, qui est pleinement responsable de la perte financière endurée par le mien ? N'avez-vous pas été mortifiée d'oser faire une offre si dérisoire, pathétique et sans valeur aucune ? Vous devriez avoir honte.

Son regard embrassa les collaborateurs de Kate assis dans la pièce. Toutes les grosses huiles étaient là. C'était un discours ridicule, un affront, des mots extrêmement insultants, mais Kate savait que le client de Scott n'en attendait pas moins. Elle aurait détesté l'avocat s'il ne s'était pas agenouillé devant elle pour bander ses genoux deux semaines auparavant. C'est ce qui lui avait permis de découvrir qu'il était un être humain fréquentable, et non la parfaite enflure qu'il incarnait pour répondre aux desiderata de son client.

Son odieux discours se poursuivit pendant une demi-heure. Le client de Kate commençait à perdre patience et ses collaborateurs paraissaient furieux. C'était une façon très laborieuse de dire que leur offre était rejetée. Il fallait qu'ils revoient leur copie, mais personne dans son camp n'était disposé à proposer plus.

Kate répondit avec concision : si l'offre était refusée, ils iraient au procès, et personne ne le souhaitait.

— C'est la guerre, alors ? lui demanda Scott d'un ton théâtral.

— Appelez ça comme vous voulez, monsieur White. Si nous ne parvenons pas à un accord, et vous avez sous les yeux notre meilleure offre, eh bien, nous irons au tribunal. Votre client dispose encore de soixante-douze heures pour prendre notre offre en considération. Passé ce délai, nous la retirerons.

— Je comprends, dit Scott à l'attention du greffier qui transcrivait la procédure.

Il avait donc pris bonne note que l'offre expirerait passé ce délai de soixante-douze heures. Tout cela était pénible, et Scott paraissait aussi las que Kate.

Elle attendit avec ses collaborateurs que la partie adverse se retire. Les trois hommes prirent leur temps. Lorsque Scott passa à côté d'elle avec un visage de marbre, il murmura de façon quasi inaudible : « Je suis navré. » Seule Kate l'entendit. Sa seule réaction fut de hocher imperceptiblement la tête.

Dès que leurs adversaires eurent quitté la salle, ses collaborateurs explosèrent. Leur client semblait découragé. Quelle incroyable perte de temps et d'argent ! Il faudrait attendre un an, peut-être deux avant la tenue du procès. D'ici là, la tension serait peut-être un peu retombée. Parfois, ce genre de litige se réglait sur les marches du palais de justice, la veille voire le matin même du procès. En attendant, il fallait tout de même qu'ils se préparent à aller au tribunal.

Kate n'eut aucune nouvelle de Scott dans la journée. Cela aurait été inapproprié, et tout avait été dit. La balle était désormais dans le camp de son irascible client.

Le lendemain, Kate dîna avec ses trois enfants au restaurant Le Bernardin, l'une des meilleures tables de New York. Ils partaient tous le mercredi vers des destinations différentes, pour voir leur belle-famille ou, dans le cas de Claire, pour prendre un peu le soleil. Comme les deux parents de Reed étaient morts et qu'il n'avait ni frère ni sœur, il aimait partir pendant les fêtes, et il était ravi de pouvoir les passer en compagnie de Claire à présent. Il avait hâte de fêter le réveillon de Noël chez Kate. Il semblait avide de liens familiaux.

Anthony se réjouissait de son voyage à Porto Rico en compagnie d'Alicia. Il avait rencontré la mère de celle-ci, qui habitait un minuscule appartement dans le Bronx. C'était bien d'elle qu'Alicia avait hérité sa beauté, aucun doute. Et voilà qu'il allait faire la connaissance de son père et de sa deuxième famille à

San Juan. Alicia avait cinq demi-frères et demi-sœurs plus jeunes qu'elle – ils avaient tous la vingtaine.

Tammy, pour sa part, allait dans l'Ohio pour retrouver les parents de Stacey ainsi que son frère et sa famille. Ils habitaient tous à Colombus. Elle les avait déjà rencontrés et les appréciait. Ensuite, le vendredi, elles prendraient la direction de Sun Valley, dans l'Idaho, pour un week-end de ski.

Anthony et Tammy se sentaient coupables de ne pas fêter Thanksgiving avec leur mère. Si c'était également le cas de Claire, elle le garda pour elle. Renfrognée, elle resta muette pendant une grande partie du dîner. Anthony lui reprocha son comportement, qu'il trouvait de plus en plus lassant. Ils étaient tous venus sans leur moitié, ce qui leur permettait de s'exprimer plus librement. À plusieurs reprises, Anthony traita sa sœur d'enfant gâtée. À la fin du dîner, la coupe fut pleine, et il s'en prit à elle brutalement.

— Je ne vois pas pourquoi tu te comportes de façon aussi dégueulasse avec maman. Elle a le droit de penser ce qu'elle veut. La plupart des gens, surtout de son âge, réagiraient de la même façon, alors pourquoi t'acharner contre elle ? Franchement, moi non plus, je n'approuve pas tes choix. À ta place, je n'agirais pas comme ça, et Alicia, avec qui j'en ai discuté, non plus. Pas plus que Tammy, je la connais. Alors pourquoi vouloir te démarquer, et en plus traiter aussi mal maman ? Je ne comprends vraiment pas. Tu ne pourrais pas te montrer au moins un peu désolée, par respect pour elle ? Ça te coûte tant que ça ?

— Je me marierai quand je le voudrai, pas quand je le devrai. Personne n'a à me dicter une chose pareille.

J'ai le droit de vivre ma vie comme je l'entends sans avoir à m'en excuser. Je subviens à mes besoins, alors je n'ai de comptes à rendre à personne, dit-elle d'un ton agressif.

Kate parut blessée.

— Tu parles ! C'est Reed qui t'entretient, et tu as bien de la chance ! Tu vis comme la reine de Saba ! En plus, tu te montres arrogante avec maman alors que tu vis aux crochets de quelqu'un.

Le visage de Claire était devenu cramoisi.

— Ce n'est pas une simple question d'argent, se défendit-elle avec vigueur.

— Tu as raison. C'est une question de manières, de traditions et de morale. De respect vis-à-vis de l'éducation que tu as reçue et de tout ce que maman a fait pour nous. Et toi, comment tu la remercies ? En l'ignorant parce qu'elle est contrariée que tu aies un enfant hors mariage. Elle a entièrement le droit d'être perturbée par ce choix. Les gens vont dire des saloperies à ton propos, et cela nous blesse tous parce qu'on t'aime.

— Je me moque bien de ce que disent les gens, rétorqua-t-elle.

— On a remarqué. Et donc maman devrait être humiliée par ton mauvais comportement et en plus supporter ta méchanceté ? Waouh, sympa pour elle ! J'espère que tes enfants te traiteront mieux que ça.

Claire avait les larmes aux yeux mais campait sur ses positions. Elle se doutait que sa mère était aussi au bord des larmes et préférait regarder ailleurs.

— Tu te comportes vraiment connement, ajouta Anthony.

— Ça suffit ! intervint Kate.

Cela mit fin à la dispute.

— Tu fais quoi, pour Thanksgiving, maman ? lui demanda Tammy. Tu vas au restaurant avec mamie ?

— Non, je vais préparer une recette française de pigeonneau. Je ferai tout moi-même, y compris la farce aux marrons. Ensuite, on ira au cinéma. Bon, vous n'oubliez pas le réveillon de Noël à la maison, hein ?

— On sera à Saint-Barth, lança Claire pour échapper à l'invitation.

Anthony lui adressa un regard furieux.

— Menteuse ! Reed m'a dit que vous partiez le 26, alors tu as intérêt à être là avec nous tous pour le réveillon. Sinon, tu auras affaire à moi.

Anthony la menaçait comme lorsqu'ils étaient adolescents.

— Envoie Alicia à ta place, ça vaudra mieux, répliqua Claire.

— Bonne idée ! Et crois-moi, tu vas morfler. C'est une vraie terreur.

Tammy rit en imaginant la scène et, après cela, le dîner s'essouffla un peu. Ils avaient passé un bon moment ensemble, malgré les tensions avec Claire. Ils s'embrassèrent, s'enlacèrent et se souhaitèrent mutuellement un bon Thanksgiving avant de partir chacun de son côté. Reed avait commandé un taxi, qui attendait Claire devant le restaurant. Anthony et Tammy partagèrent un Uber, et Kate rentra dans le nord de Manhattan en taxi. Elle se demandait quand sa benjamine baisserait enfin la garde – si cela arrivait un jour. Essayait-elle de couper les ponts avec sa mère et sa famille ? Au moins, elle était venue, se rassura Kate.

Le lendemain, tous ses enfants lui téléphonèrent pour lui dire au revoir et la remercier pour le dîner. Ce soir-là, Kate étudia son livre de cuisine française afin de ne pas rater le pigeonneau. Elle se mit aux fourneaux de bonne heure le lendemain matin. Margaret arriva chez elle à 11 heures. Par miracle, le pigeonneau aux marrons fut absolument parfait, sa peau d'un beau marron doré au sortir du four. Elle l'accompagna d'une sauce délicate, de riz sauvage et d'un assortiment de légumes. Elle prépara même les Yorkshire puddings que sa mère adorait.

— Je crois que je n'ai jamais mangé un repas de Thanksgiving aussi délicieux, s'exclama joyeusement Margaret. Je n'arrive pas à croire que tu aies cuisiné ce festin.

— Moi non plus !

Kate avait aussi acheté des tartelettes aux pommes, au potiron, aux noix de pécan et aux fruits confits, qu'elle servit avec de la crème fouettée maison. Les deux femmes goûtèrent un peu de tout. Kate prépara un cappuccino pour accompagner le dessert.

— Un vrai menu quatre étoiles ! la félicita Margaret quand elles s'installèrent sur le canapé après le repas.

Kate avait prévu de profiter du week-end pour rattraper ses dossiers en retard, faire deux ou trois bricoles dans l'appartement et lire. Elle avait déjà commencé ses courses de Noël et voulait leur consacrer un peu de temps aussi. Elle avait trouvé un pull en cachemire rose pour Alicia, une belle veste en tweed pour Stacey et une paire de boutons de manchette pour Reed. Elle avançait bien dans la liste qu'elle avait préparée pour ses enfants. Elle aurait aimé faire quelques courses avec Claire pour la chambre du bébé, mais sa fille ne semblait pas intéressée. Elle paraissait déterminée à la punir en ne partageant pas l'expérience avec elle.

Kate rangeait du linge quand son téléphone sonna le vendredi matin, à 10 heures. Sûrement sa mère, pensa-t-elle. Elle descendit à la hâte de l'escabeau sur lequel elle était juchée pour répondre, mais, à l'autre bout du fil, c'est une voix masculine qui l'attendait, et qu'elle reconnut. Scott White.

— Bon Thanksgiving ! Bon sang, quel cauchemar, cette réunion de lundi... Je suis désolé de m'être montré aussi grossier envers vous. Mon affreux client me paie pour être infect. Un peu comme on payerait un tueur à gages de la mafia.

Kate rit.

— Dommage qu'il n'accepte pas notre offre. Nous ne monterons pas plus haut.

— Je l'ai alerté à ce sujet, et je trouve que vous avez parfaitement raison. Mais par pitié, ne me dites pas que notre rendez-vous devra attendre la fin du procès. Ça peut prendre des années. Pourquoi ne pas nous voir quand cet arrangement sera officiellement conclu ? Ensuite, nous n'aurons plus aucune interaction professionnelle pendant des mois, probablement un an. Ça devrait suffire ?

— J'imagine, répondit-elle prudemment.

Kate ignorait pourquoi il voulait boire un verre avec elle, hormis pour se plaindre de son client.

— Vous avez passé un bon Thanksgiving ?

— Oui, c'était sympa. Tranquille. Tous mes enfants sont partis en week-end avec leur moitié. Ils m'ont manqué. J'ai invité ma mère pour le déjeuner.

— C'est vraiment gentil de votre part. Combien d'enfants avez-vous ?

— Trois. Et vous, vous en avez ? demanda-t-elle, vaguement curieuse.

— Non, je ne me suis jamais marié. Je suis vieux garçon.

— De nos jours, on peut avoir des enfants sans être marié. Il n'est pas trop tard.

Elle lui donnait entre 45 et 50 ans. Il était encore assez jeune pour devenir père.

— J'ai 48 ans et je ne meurs pas d'envie d'avoir des enfants. L'idée m'effraie et m'angoisse. Et je me trouve un peu vieux pour fonder une famille avec une femme deux fois plus jeune que moi. Bizarrement, cela ne m'a jamais tenté.

— Parfois, être parent, c'est stressant, en effet, reconnut-elle en repensant à ces derniers mois. Mais ça vaut le coup. Vous connaissez l'expression : petits enfants, petits soucis, grands enfants, grands soucis…

— Je vous crois sur parole. Mes parents étaient du même avis. Je les ai pris au mot.

— Et qu'avez-vous fait pour Thanksgiving ?

C'était étrange de lui parler comme s'ils étaient amis. Il semblait vouloir le devenir, depuis qu'il avait pansé ses blessures.

— Ma mère est morte il y a quelques années de cela. Mon père s'est installé en Nouvelle-Zélande, où il a acheté une ferme. C'est trop loin pour pouvoir y passer un week-end, et il ne vient plus ici. Alors je dîne tous les ans avec des amis, des gens qui n'ont nulle part où aller. On est nombreux, une vingtaine, et on s'amuse bien. Cette année, c'est moi qui ai cuisiné la dinde.

— J'ai préparé un pigeonneau. Ma mère était épatée que je ne le rate pas ! Moi aussi, d'ailleurs. J'ai aussi préparé la farce aux marrons, ajouta-t-elle avec fierté. Généralement, je cuisine très mal, mais j'ai suivi une recette que j'ai trouvée dans un livre de cuisine française.

— Je suis impressionné. Quel est le programme du week-end ?

Il donnait l'impression de n'avoir rien prévu de son côté.

— Travailler, faire quelques courses, peut-être un peu de shopping de Noël.

— On ne pourrait pas décréter que les tentatives pour parvenir à un accord sont terminées ? Comme ça, je pourrais enfin avoir droit à ce verre, repas ou ciné en votre compagnie.

— Pourquoi ne pas attendre une ou deux semaines de plus afin d'être sûrs que c'est vraiment fini ?

— D'accord. Je fixe la date limite à Noël. Marché conclu ?

— Marché conclu !

— Et au fait, comment vont vos genoux ? Je n'ai pas pu voir : vous aviez des collants opaques à la réunion.

Kate était surprise qu'il ait pris la peine de regarder.

— J'ai encore un peu mal et je suis couverte d'hématomes, mais ça va. Vous êtes un bon secouriste.

— Que faites-vous pour les fêtes ?

— Réveillon de Noël avec mes enfants, et ensuite, rien.

— Je pars skier dans le Vermont pour le Nouvel An. J'ai hâte. Vous skiez ?

— Plus vraiment. Je ne peux pas me permettre de me casser une jambe. Trop de gens dépendent de moi. Et je ne suis pas une bonne skieuse. Je préfère le patin à glace.

— Où avez-vous grandi ?

— Ici, à New York.

— Moi, j'ai grandi dans le Montana, collé à un cheval. Je suis venu dans l'est du pays pour étudier et je n'ai plus quitté la région, à part quand j'étais dans la marine. Je suis chez moi ici désormais. Quand mon père s'est installé en Nouvelle-Zélande, cela a changé la donne. Là-bas, il a une belle vie qu'il adore, mais c'est vraiment trop loin, et vraiment pas pour moi. Je suis heureux pour lui malgré tout. Il a 70 ans, et ce pays lui offre un nouveau départ. Mais ma vie à moi est ici.

Ils bavardèrent encore un moment. Après avoir raccroché, Kate pensa à lui. Il était tellement différent de son personnage d'avocat agressif et impudent ! C'était certes un professionnel habile, mais elle préférait la version privée. C'était agréable de parler avec lui et d'en apprendre davantage à son sujet. Elle l'imaginait sans peine sur un cheval dans le Montana.

Kate consacra le reste de son week-end aux petites choses qu'elle voulait faire chez elle. Elle travailla un peu, lut un roman et se languit de ses enfants. Ils lui avaient écrit des textos pour Thanksgiving, et elle avait discuté avec Tammy et Stacey sur FaceTime. Ce week-end paisible lui fit le plus grand bien. Le dimanche soir, elle se sentait prête à retourner au travail – impatiente, même. Le week-end, quand on n'a ni enfant ni compagnon, on se sent seul. C'était sa réalité depuis des années, et le travail emplissait toujours ce vide.

Il s'avéra qu'elle avait été bien avisée de faire patienter Scott car, la semaine d'avant Noël, elle reçut un appel téléphonique de Jack Hirsch : la partie adverse requérait un nouvel entretien. À bout de patience, l'équipe de Kate pensait que ce serait vain, mais ils ne pouvaient pas refuser.

Scott et Jack arrivèrent en même temps que leur client. Scott, le visage impassible, la salua à peine. Il avait clairement deux personnalités.

Cette fois-ci, ce fut Jack qui se lança dans une diatribe soporifique. Il radota à n'en plus finir sur la nature insultante de leur offre et sur leur manque d'égards, s'étendant sur le préjudice gravissime subi par son client à cause de leur incompétence. Kate étouffait des bâillements et laissa ses pensées vagabonder. À la fin de son monologue, Hirsch déclara que leur client avait décidé d'accepter leur offre pourtant dérisoire afin d'éviter les vicissitudes et le coût d'un procès. L'attention de Kate se focalisa à nouveau sur l'instant présent. Elle regarda Scott d'un air perplexe. Il hocha la tête et sourit.

— Eh bien, pour une surprise…, murmura-t-elle.

L'un de ses collaborateurs l'entendit et ne put s'empêcher de rire. Leur proposition n'avait plus cours depuis un bout de temps, mais le client de Kate accepta d'honorer son offre. Tous les avocats se levèrent et se serrèrent la main, et le plaignant sortit sans adresser un mot à quiconque. Le fair-play n'était clairement pas son style. Le client de Kate les remercia et partit quelques minutes plus tard, soulagé d'éviter le procès.

Les avocats s'attardèrent pour discuter et Scott s'approcha de Kate.

— Vous aviez raison, dit-il doucement. Je ne pensais vraiment pas que nous trouverions un compromis.

— Il est toujours plus prudent de ne pas fermer la porte des négociations et d'attendre.

— Vous savez ce que cela signifie, n'est-ce pas ?

Elle sourit à Scott qui parut dérouté.

— Oui, ça signifie que vous n'avez pas à revoir votre client avant sa prochaine action en justice. Il fait des procès à tout va. Nous l'avons déjà eu en face de nous pour d'autres affaires.

— Ça, je m'en moque, répondit Scott.

Il la regarda et sourit à son tour. Grand, brun aux yeux verts, il était très séduisant.

— Cela signifie que nous pouvons nous voir. Vous faites quoi, demain ? Allons boire un verre pour fêter ça ! Et ne me dites pas qu'il faut attendre que l'accord soit signé !

— Entendu pour demain, répondit Kate en riant.

Elle trouvait bizarre de boire un verre avec lui, mais elle voulait tenir sa promesse. D'autant que Scott n'avait pas lâché l'affaire.

— Où ?

Il proposa un bar situé non loin de son bureau, plus sympathique que la moyenne du quartier, et qui présentait l'avantage de servir aussi à manger.

— 18 heures ?

Kate sortait rarement aussi tôt du travail, mais pourquoi pas.

— Cette fois-ci, impossible de reporter. Ce rendez-vous n'est ni échangeable ni remboursable, lança-t-elle.

Sa plaisanterie amusa beaucoup Scott.

— Comme si j'avais l'intention de laisser ma place ! Il faudrait d'abord me passer sur le corps. C'est mon rendez-vous à moi, j'irai coûte que coûte. Je l'ai mérité.

Quelques minutes plus tard, chacun partit de son côté, grandement soulagé par l'issue du litige. Pour le collaborateur de Kate, se débarrasser de ce dossier représentait le plus beau des cadeaux de Noël.

Et voilà. Elle avait rendez-vous avec Scott White pour fêter l'événement. Quelle drôle d'idée ! Mais elle n'avait rien de mieux de prévu, et il l'avait secourue alors qu'elle gisait sur le trottoir. Boire un verre avec lui était bien la moindre des choses.

15

Le lendemain matin, Kate enfila un chemisier gris et un pull en cachemire assorti, sans plus penser à son rendez-vous du soir avec Scott. Ce fut seulement lorsqu'elle s'installa à son bureau qu'elle se le rappela, et qu'elle jugea alors sa tenue franchement terne pour l'occasion. Elle avait un manteau gris bien chaud, pour affronter les températures glaciales, et des bottes à talons en daim de la même couleur. Ainsi vêtue, elle faisait très sérieuse et « avocate ». Elle n'avait même pas tenté de réchauffer un peu l'ensemble avec une écharpe. De toute façon, il ne s'agissait pas d'un rendez-vous galant. Deux avocats se retrouvaient autour d'un verre pour fêter la résolution d'une affaire, après bien des tourments de part et d'autre.

Elle arriva à l'heure au bar. Scott était déjà assis au comptoir. Il paraissait heureux de la voir, et on les installa à une table tranquille dans un coin. Scott proposa de commander du champagne, ce qui parut à Kate adapté à l'occasion. Ils trinquèrent.

— Donc, vous êtes veuve, dit-il doucement. Depuis longtemps ?

Il espérait que ce n'était pas trop récent.

— Depuis très longtemps. Dix-neuf ans. Vingt ans en janvier prochain. Un crash d'hélicoptère. Il était membre du Congrès.

Voilà, Scott savait tout, hormis que Tom venait alors de demander le divorce – Kate préférait garder cette information pour elle.

— Vous étiez toute jeune quand c'est arrivé !

— Relativement jeune. J'avais 35 ans, trois enfants âgés de 13, 10 et 7 ans. Pendant un an, je n'ai pas fait grand-chose. J'ai pris le temps de réfléchir à la suite. J'ai décidé d'aller en fac de droit.

— J'étais persuadé que vous étiez plus jeune que moi. J'ai 48 ans.

— C'est très flatteur, mais non. J'ai 55 ans, ce qui fait de moi une vieille dame.

Inutile de faire des coquetteries – Scott pouvait facilement le calculer tout seul avec les informations qu'elle lui avait données.

— On oublie le verre, par conséquent ? plaisanta-t-elle.

— Absolument pas, répondit-il en riant. Votre âge n'a aucune importance. C'est déjà assez difficile de rencontrer quelqu'un qu'on a envie de revoir, alors si on commence à se lancer dans ce genre de calculs...

— J'ai sept ans de plus que vous. Si vous pensez à moi pour un rencard, je suis trop âgée, dit-elle abruptement.

— Et moi, suis-je trop jeune pour vous ? demanda-t-il sans ambages, avec une pointe d'inquiétude dans la voix.

— Je ne suis pas certaine de vouloir un jour reprendre une vie amoureuse. J'ai eu pendant six ans une relation à distance, assez superficielle, qui s'est terminée il y a deux mois. Pour reprendre les termes de mon ex, notre histoire avait atteint sa date de péremption. Elle s'est essoufflée toute seule, en quelque sorte. Nous ne nous voyions qu'en pointillé, et nous n'avons jamais eu de lien très profond.

— C'était ce que vous souhaitiez ?

Scott n'avait pas peur de poser des questions et voulait des réponses. Était-ce une sorte d'audition ? Kate n'en avait pas l'impression.

— À l'époque, oui. Mes enfants étaient plus jeunes, même si ma benjamine était déjà à la fac et que mon fils venait d'obtenir son diplôme. Les enfants n'étaient pas trop la tasse de thé de mon ex, et je n'attendais pas de lui qu'il s'implique auprès des miens. J'ai cloisonné, en quelque sorte.

— Vous avez peut-être essayé de vous protéger. En ne vous engageant pas trop.

Kate hocha la tête.

— Je n'ai pas eu de relation significative depuis la mort de mon mari. J'avais mes enfants. Ils m'occupaient, me rendaient heureuse.

— Et maintenant ?

— Je ne suis pas heureuse tout le temps, répondit-elle avec sincérité. Je les vois dès que j'en ai l'occasion, et qu'ils ne sont pas trop accaparés par leur vie. Lorsque vos enfants ne vivent plus sous votre toit, on s'adapte. J'essaie encore de trouver mes marques. Mais ce n'est pas une excuse pour m'engouffrer dans une relation amoureuse. Il faut trouver la bonne personne. Et je ne l'ai jamais rencontrée. Je ne la cherchais pas, en fait.

En réalité, elle avait évité tout engagement sérieux.

— Moi non plus, confia-t-il. J'ai eu des relations, parfois longues, notamment une qui a duré huit ans. On a habité ensemble, mais ça n'a jamais vraiment collé. On a finalement décidé de laisser tomber et de tourner la page. Le temps passe vite. Et nos existences sont trépidantes. Un beau matin, on se réveille à 48 ans, et on a oublié de se marier. La bonne personne ne s'est jamais présentée. C'est comme ça. J'en ai pris mon parti. J'ai la belle vie.

— On oublie de se marier ou on n'a pas souhaité le faire ?

À Kate de poser les questions.

— Peut-être les deux. Je ne suis pas convaincu d'être taillé pour le mariage. Et si je ne veux pas d'enfants, à quoi bon ?

— Je partage globalement votre point de vue sur le mariage. Je n'aurai plus d'enfants. Alors pourquoi s'engager sur cette voie-là ? J'aime avoir du temps pour moi aussi. C'est difficile à expliquer à des gens qui n'en éprouvent pas le besoin. Je me suis pleinement consacrée à mes enfants pendant de nombreuses années, et c'est plutôt agréable maintenant de me laisser occasionnellement aller à la paresse, et de faire ce que je veux quand je ne travaille pas. Mais la plupart du temps, je bosse.

— Oui, moi aussi, dit-il d'un air songeur. Nous autres, avocats, sommes une drôle d'engeance. Je ne connais pas un bon avocat qui ne soit pas complètement accro à son travail. Dans ce métier, on ne peut pas faire les choses à moitié.

Kate hocha la tête.

— Je suis d'accord.

— Dans ces conditions, il est difficile de rencontrer des gens, conclut-il avec un sourire. Ou en tout cas pas comme les gens normaux le font. Les femmes n'aiment pas quand vous rentrez à la maison avec une sacoche remplie de boulot. Mais j'adore mon travail.

— Moi aussi, dit-elle en lui souriant. Sauf quand je me retrouve face à des clients comme le vôtre. Heureusement, la plupart ne sont pas comme ça. Je n'aurais pas pu être avocate quand j'étais mariée. La carrière politique de mon mari était trop prenante. Il avait besoin que je sois tout le temps sur le pont, surtout pendant les campagnes.

— Je détesterais, confia Scott qui la regardait avec des yeux emplis d'admiration.

— Cela ne me plaisait pas, mais c'était notre arrangement. J'ai toujours su qu'il voulait faire de la politique. Il adorait ça.

— Étiez-vous heureuse avec lui ?

Question indiscrète, surtout venant de quelqu'un qu'elle connaissait à peine. Kate ne répondit pas tout de suite.

— Je ne sais pas pourquoi, mais je vais vous répondre franchement. Moi, j'étais heureuse avec lui. Mais l'inverse n'était pas vrai. Juste avant sa mort, il m'a demandé le divorce. Il avait quelqu'un d'autre. Je ne l'ai révélé à mes enfants que récemment, sous l'impulsion de ma mère, qui est psychologue. Elle estimait que, au bout de vingt ans, ils avaient le droit de connaître la vérité. Et qu'il fallait que j'arrête de couvrir Tom en permanence.

— Désolé de m'être montré curieux. Vous m'intriguez tellement ! Épouse, mère, avocate hors pair, épouse d'homme politique pendant de longues années, semble-t-il…

— Quatorze ans.

— Vous faites tout si bien… Vous êtes seule, et l'avez été pendant très longtemps, avec trois enfants à charge. J'ignore comment vous y êtes arrivée.

— On n'a pas le choix. Et un jour, vos enfants vous disent ce que vous avez raté.

— Vous pouvez les envoyer balader ?

Kate secoua la tête.

— Non. Ils ont éternellement le droit de vous reprocher d'avoir gâché leur vie. Ce sont les vôtres pour toujours, pour le meilleur et pour le pire.

Elle sourit en pensant à Claire.

— C'est terrifiant ! Je suis sûr que je serais nul et qu'ils ne me pardonneraient jamais. Voilà pourquoi je n'ai jamais voulu avoir d'enfant. De toute façon, je suis trop égoïste. Et je travaille en permanence.

— Il y en a toujours un qui est en rogne ou me déteste, et deux qui m'aiment et me trouvent formidable. Ça fait mal, mais ça fonctionne ainsi. J'aime les résultats parfaits. À vrai dire, mes enfants me reprochent beaucoup d'avoir été trop exigeante avec eux, d'avoir voulu qu'ils soient parfaits. Ils ont sans doute raison. Je pensais qu'ils étaient parfaits. Or, dernièrement, ce château de cartes s'est complètement effondré, et il s'avère que mes enfants sont humains, et pas parfaits – pas plus que moi. Ça a été un sacré choc, mais les choses sont en train de rentrer dans l'ordre. C'est un peu plus réel, et peut-être plus facile à gérer. Je crois que j'ai placé la barre trop haut pour nous tous. Je croyais que si tout et tout le monde était parfait, il ne pourrait rien nous arriver de grave. Mais ça ne marche pas comme ça. Les mauvaises choses arrivent malgré tout.

Scott hochait la tête en l'écoutant. Rien ne paraissait dysfonctionner chez elle. Elle semblait avoir une maîtrise parfaite d'elle-même, de son environnement. Pas un seul cheveu ne dépassait.

— Kate, vous êtes une femme impressionnante. Je n'aurais pas pu faire ce que vous avez fait. Être seul m'a facilité la tâche.

— Oui, mais cela implique de la solitude, dit-elle simplement.

Scott acquiesça.

— C'est le problème quand on vieillit. La solitude peut devenir un fardeau. Et si vous attendez trop longtemps, personne ne veut plus de vous. Tout est une question de timing. J'espère que vos enfants se rendent compte à quel point vous êtes incroyable, et qu'ils ont conscience de ce que vous leur avez offert.

— Non, répondit-elle en riant, ce n'est pas prévu dans le contrat ! Ils ne sont pas censés remarquer, et d'ailleurs ils ne le remarquent pas.

— Alors, quel est le score pour le moment ? Combien d'enfants vous aiment et combien ne vous aiment pas ?

Scott était fasciné par Kate, sa famille et ses propos. Elle était la personne la plus pragmatique, la plus réaliste, la plus charmante qu'il avait jamais rencontrée. Il l'avait pressenti lors de leurs réunions, mais elle dépassait tous ses fantasmes.

— Haine : 1. Amour : 2, répondit-elle sans hésiter. Rien d'anormal. Quand deux me détesteront, là, je paniquerai. Pour l'instant, tout va bien.

Scott éclata de rire. Ils s'aperçurent alors qu'il était déjà 20 heures.

— Pouvez-vous rester dîner ? demanda-t-il prudemment.

À ses yeux, Kate était comme un oiseau : essayez de l'attraper et il s'envolera. Il n'avait pas envie de la brusquer et de la perdre déjà. Kate était libre pour le dîner, mais ne savait pas trop s'il fallait qu'elle reste.

— On peut faire ça une autre fois, ajouta-t-il pour ne pas lui mettre trop de pression.

Elle n'eut pas besoin de plus pour se sentir à son aise. Elle passait un bon moment avec lui.

— Non, dînons ensemble ce soir. Je suis disponible, répondit-elle en lui souriant.

Scott se sentait bien en sa compagnie. Elle portait un parfum vaguement musqué, très discret. Il avait envie de se pencher vers elle pour le humer, mais ne voulait pas lui faire peur ou lui sembler bizarre. La senteur, mystérieuse et vaguement orientale, était ensorcelante, comme tout le reste chez Kate. Cette femme était un festin pour les sens. Il n'imaginait pas qu'on puisse vouloir la quitter – son mari dans le passé, et l'homme avec qui elle avait rompu dernièrement parce qu'ils avaient atteint leur « date de péremption ». Quelle folie de l'avoir laissée partir !

Au cours du dîner, la discussion alla bon train. Scott lui raconta son passage dans la marine, et elle, ses études de droit à Columbia, les efforts qu'elle avait dû déployer pour devenir associée dans un cabinet d'avocats tout en élevant trois enfants. Elle lui parla de sa mère, artiste et psychologue, qui paraissait elle aussi fascinante.

— Mon existence dans le Montana me semble tellement plate comparée à la vôtre ! J'étais enfant unique, dans une petite ville sans histoires. C'était la belle vie. Je n'ai vraiment commencé à voir le monde qu'une fois dans la marine et, ensuite, j'ai voulu aller absolument partout. J'ai envisagé de m'inscrire en fac de médecine, mais les études étaient trop longues, alors j'ai opté pour le droit. J'ai fait le bon choix : j'adore le droit. Un jour, je me mettrai peut-être à mon compte, mais je trouve pratique et sécurisant de travailler dans un gros cabinet. On a toutes les ressources dont on a besoin et des clients importants. Quand on choisit de se spécialiser en droit des sociétés, il vaut mieux intégrer une grosse boîte.

— Moi aussi, je me sens bien dans le cabinet où je travaille.

Scott était particulièrement touché de ne déceler en elle ni mécontentement ni insatisfaction. En dépit des tragédies qu'elle avait pu vivre, Kate se satisfaisait de son sort. Les gens comme elle ne couraient pas les rues, il le savait.

Le dîner s'achevait, et Scott avait envie de prolonger la soirée.

— Qu'est-ce qui se passe, maintenant que j'ai eu ce verre, doublé d'un dîner en plus ? On en reste là ? Ou bien j'ai une autre chance ?

Kate réfléchit et sourit. Elle ne savait toujours pas ce qu'il espérait d'elle – amour ou amitié.

— Mes sept ans de plus ne vous dérangent vraiment pas ? Sommes-nous amis ?

— Nous le sommes maintenant, je l'espère. Mais je me dois d'être honnête envers vous, et ne pas vous mentir sur la marchandise : j'aimerais qu'on soit plus qu'amis un jour. Et sept ans, ce n'est rien du tout.

Scott ne cherchait pas à l'effrayer. Il préférait simplement que les choses soient claires. Une amitié serait déjà beaucoup, mais il ne voulait pas s'en contenter. Il était follement attiré par Kate depuis l'instant où il l'avait vue. Il n'avait que faire de son âge.

— Vous pourriez avoir 90 ans que ça n'y changerait rien. Vous êtes la femme la plus belle et la plus passionnante que j'aie jamais rencontrée.

Ses propos étaient très flatteurs, mais Kate n'y croyait pas. Elle était une personne ordinaire, veuve avec trois enfants, avocate de métier. Elle ne s'était jamais considérée comme « passionnante » ou spéciale, mais trouvait amusant que Scott la voie ainsi. Elle sourit.

— Après tous ces compliments, vous méritez vraiment un autre rendez-vous, voire plusieurs.

— Vous aimez aller au cinéma ?

— J'adore ! Et le ballet, le théâtre, mais pas l'opéra. Oh, et j'aime rester à la maison. Je suis casanière.

— Moi aussi ! s'écria-t-il d'un air ravi. C'est difficile à vendre pendant un rendez-vous galant.

— C'est peut-être pour cette raison que je n'ai pas trop de rendez-vous galants.

À 23 heures, Scott la raccompagna chez elle. Ils étaient ensemble depuis 18 heures et n'avaient pas vu le temps passer. Ils en avaient beaucoup appris l'un sur l'autre. Il l'embrassa doucement sur la joue au pied de son immeuble, sous le regard du portier, et poursuivit son trajet en taxi. En montant chez elle, Kate se sentait heureuse. Elle avait passé un très bon moment. Cela n'avait eu ni le panache ni la sophistication d'une soirée avec Bart, ou avec Tom, mais Scott était un homme brillant doublé d'un avocat redoutable. Kate et lui avaient beaucoup en commun, et elle se sentait parfaitement à l'aise en sa compagnie. Elle pouvait être ouverte et honnête sur tous les sujets. C'était une première. Avec lui, elle pouvait enfin être pleinement elle-même.

Le dîner du réveillon de Noël avec les enfants et leurs conjoints fut encore plus amusant que celui d'avant Thanksgiving. Kate avait décoré son appartement et orné un sapin sous lequel elle avait placé des cadeaux choisis avec soin. Elle avait préparé du lait de poule et leur servit une coupe de champagne à leur arrivée. La soirée débuta à 18 heures. Ils ouvrirent leurs cadeaux à 19 heures puis s'attablèrent à 20 heures. Les cadeaux qu'elle avait offerts à ses enfants les ravissaient et, comme d'habitude, ils la couvrirent d'adorables présents, pour sa plus grande joie.

Kate avait commandé un repas familial dans un excellent restaurant italien. Il fut livré à l'heure, et les filles participèrent au service – y compris Claire, qui avait reçu des vêtements pour son bébé en plus de ses cadeaux. La benjamine trépignait. À deux mois et demi du terme, elle était énorme. Son petit garçon serait costaud. La perspective de son voyage à Saint-Barth avec Reed l'enthousiasmait beaucoup aussi. Ce serait leur dernier voyage avant qu'elle devienne mère.

La nourriture était généreuse et les discussions, animées. Le vin français apporté par Reed se révéla absolument divin. C'était un vrai Noël en famille : ils étaient réunis tous les huit autour de la table, dans la bonne humeur générale. Et puis Anthony déclara qu'il avait une annonce à faire. Ils échangèrent tous des regards, puis se tournèrent vers Alicia. Ils étaient persuadés qu'il y avait des fiançailles dans l'air. La date du mariage d'Anthony avec Amanda était passée depuis quelques jours, et tous s'étaient demandé si cela l'attristait. Mais il semblait que non. Au contraire, il n'avait jamais paru aussi heureux. Kate craignait qu'il ne soit un peu prématuré de se fiancer de nouveau. Alicia et lui ne se connaissaient que depuis six mois. Mais son annonce les laissa pantois.

— On m'a demandé d'ouvrir un bureau à New Delhi. C'est une formidable opportunité professionnelle, et je pourrai continuer à concevoir des jeux vidéo. Une bonne partie de notre département de création et de production de jeux est en train d'être délocalisée là-bas. En janvier, je m'installe en Inde.

Il se leva. Il rayonnait.

— Et j'emmène Alicia. Elle vient de terminer son dernier semestre et il existe une énorme industrie cinématographique en Inde. Ils adorent les femmes au physique « exotique ». Nous avons déjà le nom d'un agent, et elle va passer des castings là-bas pour des rôles au cinéma.

Anthony semblait sur le point d'exploser de joie. Kate eut le sentiment d'avoir pris un coup mais s'efforça de le cacher. Il partait si loin ! C'était une perte terrible. En posant les yeux sur elle, Margaret comprit sa détresse.

— Vous partez pour combien de temps ? demanda Kate en s'efforçant de prendre un ton enjoué.

Son fils s'installait en Inde. Elle ne le verrait pratiquement plus. Ses ailes avaient poussé. Elle était heureuse pour lui, mais, égoïstement, triste pour elle-même. Elle savait que ce n'était pas bien.

— Deux ans seulement, dit Anthony. On revient en juin ou juillet pour trois semaines de vacances. Et si on ne s'est pas entretués d'ici là, on aimerait en profiter pour se marier. Alors tenez-vous prêts !

Alicia affichait un large sourire.

— Nous aimerions fonder une famille, mais pas avant le mariage, ajouta-t-il avec un regard appuyé en direction de sa petite sœur.

Avec Anthony, les valeurs familiales étaient entre de bonnes mains.

— Vous pourrez faire la connaissance du bébé quand vous reviendrez en juin, lança Claire d'un ton enjoué. Il aura trois mois.

— Ça lui arrive de penser à autre chose ? demanda-t-il tout bas à Tammy. On dirait Amanda avant le mariage.

— Je crois que c'est un truc hormonal. Les femmes enceintes sont obsédées par leur bébé, même si c'est pénible pour les autres.

— Voilà, c'était ça, notre grande nouvelle, conclut Anthony.

Kate était un peu rassurée par le fait de savoir qu'ils ne partaient que pour deux ans, et pas pour toujours. De plus, ils rentreraient six mois plus tard et ils allaient se marier. Mais janvier n'était que dans quelques semaines...

— Je pense que ta mère et moi devrions venir vous rendre visite en Inde, dit Margaret avec une lueur dans les yeux. Je rêve d'y retourner depuis des lustres, et tu m'offres l'excuse parfaite.

— Après la naissance du bébé, intervint Claire. Je ne veux pas que vous partiez toutes les deux avant.

Son regard se posa sur sa mère puis sur sa grand-mère. Anthony roula des yeux.

— Ben moi, j'ai hâte que ce bébé naisse et que tu récupères ton cerveau ! pesta-t-il.

Reed éclata de rire.

— Vous êtes tous les bienvenus chez nous, dit Alicia, qui s'était levée.

Elle avait bon espoir de lancer sa carrière cinématographique en Inde, et probablement ses chances d'y parvenir seraient meilleures qu'aux États-Unis.

— Tammy, ça ne vous tente pas, un voyage en Inde ? demanda Kate en se penchant vers sa fille aînée.

Celle-ci jeta un coup d'œil à Stacey, qui paraissait circonspecte.

— Nous aurons peut-être d'autres projets l'année prochaine, répondit évasivement Tammy.

Elle n'en dit pas plus, car pour l'heure la grande nouvelle était celle que venait d'annoncer Anthony. Les deux amoureux allaient manquer à toute la famille, surtout à Kate.

Ils restèrent jusqu'à minuit, puis se dirent au revoir en s'embrassant et en se souhaitant un joyeux Noël. Ensuite, chacun repartit avec ses cadeaux. Alicia, Anthony et Reed allaient assister à la messe de minuit, sans Claire qui était trop fatiguée. Stacey n'étant pas pratiquante, Tammy préféra rentrer à la maison avec elle, et Margaret passa son tour : elle ne veillait plus si tard à son âge. Elle resta un peu avec Kate qui voulait ranger l'appartement après le départ de ses invités.

— Comment prends-tu le départ d'Anthony ? lui demanda-t-elle.

Elle s'inquiétait pour Kate, qui était si attachée à ses enfants.

— Ai-je le choix ? C'est pour son travail.

Elle soupira.

— Au moins, ce n'est pas un départ définitif. Et quelle aventure pour lui ! Pour eux deux, d'ailleurs. C'est une formidable occasion. Jamais je ne me mettrais en travers de leur route pour ce genre de chose. Ils doivent tous grandir, et moi aussi.

Kate ne doutait absolument pas qu'Alicia soit la bonne personne pour Anthony. La jeune femme l'encourageait juste comme il fallait et lui donnait de la force. Contrairement à Amanda, elle ne lui pompait pas son énergie. S'ils décidaient de se marier l'été prochain, Kate n'émettrait aucune objection. Elle l'avait assuré à Anthony avant qu'il prenne congé ce soir-là. Ils avaient son entière bénédiction. Son fils l'avait remerciée avant de la serrer fort dans ses bras. Il lui était reconnaissant de l'avoir soutenu ces six derniers mois, dans tous les changements de sa vie, et ce même lorsqu'elle était en désaccord avec ses choix.

Kate s'assit seule dans le salon après le départ de sa mère. Elle éteignit les lampes et se mit à contempler le sapin illuminé en se souvenant des Noëls passés, lorsque les enfants étaient petits et qu'ils découvraient au matin, après le passage du père Noël, les vélos et carrosses pour poupées qu'elle et Tom avaient déposés au pied de l'arbre dans la nuit. Ces années-là avaient été les meilleures de sa vie. Mais Kate ne pouvait laisser son histoire s'arrêter là. C'était la première période, quand Tom était vivant et l'aimait encore. Depuis, bien des années s'étaient écoulées. Ces derniers mois, ses enfants avaient tous commencé à prendre leur envol dans des directions qu'elle n'avait jamais envisagées, vers des cieux trop lointains pour qu'elle puisse les voir voler. Elle ne pouvait plus les protéger ni les garder à l'abri du monde. Il fallait qu'elle ait confiance en leurs ailes, se dise qu'elles étaient assez puissantes pour les emmener où ils le voulaient, même si c'était loin d'elle, et qu'un jour elles leur permettraient de la retrouver. C'étaient les années qu'elle avait tant redoutées, bien longtemps auparavant. Elles étaient finalement arrivées. Ses bébés étaient partis, remplacés par des hommes et des femmes avec lesquels elle n'était pas forcément d'accord.

Tout était différent à présent, mais la maison tenait toujours solidement debout. À partir de maintenant, ils viendraient puis repartiraient. Elle serait là pour eux, et ils se soutiendraient mutuellement. Leurs fondations étaient bâties sur de la pierre, et leur famille était aussi forte que Kate l'avait espéré. C'était le seul héritage de valeur qu'elle avait à leur léguer.

16

Deux jours après Noël, Scott téléphona à Kate pour lui proposer un restaurant et un cinéma. Elle accepta avec joie. Elle ne parla pas beaucoup quand il vint la récupérer, et il la trouva changée. Il lui demanda si quelque chose n'allait pas.

— Pas vraiment. Mes enfants grandissent. Mon fils a annoncé la veille de Noël qu'il s'installait en Inde pour deux ans. C'est une merveilleuse occasion pour lui. Il rentrera l'été prochain pour trois semaines, probablement pour se marier. Son départ est un gros chamboulement. Il faut que je me fasse à l'idée. Ces six derniers mois, il y en a eu, des chocs, mais celui-ci est particulièrement violent. C'est une bonne chose, mais même les changements positifs peuvent être difficiles.

Scott hocha la tête en essayant d'imaginer ce que pouvait ressentir une mère qui voyait ses enfants partir. Ses parents étaient passés par là lorsqu'il avait quitté le Montana et il n'avait jamais pensé à la peine que son départ avait dû leur causer. Et sa mère était morte ensuite. Il avait vécu une enfance heureuse avec eux, et ils lui manquaient parfois encore, surtout maintenant que son père habitait si loin. Mais c'était la première fois qu'il envisageait les choses de leur point de vue ; jamais auparavant il n'avait pensé à la dose d'altruisme nécessaire pour laisser ses enfants prendre leur envol.

— Aucun de vos enfants n'est marié pour l'instant ? demanda-t-il.

Kate secoua la tête.

— Pas encore, mais presque. Anthony devait se marier ce mois-ci, mais il a annulé la cérémonie en septembre. Il est tombé amoureux d'une autre fille. Elle le suit en Inde. Avant, je me serais bêtement opposée à leur union. Et aujourd'hui, cette jeune femme me paraît charmante. Moi, j'étais sur le point de choisir la mauvaise personne pour lui, et pour de bien mauvaises raisons. Il a trouvé une femme qui lui convient davantage et rien d'autre ne compte. Ils envisagent de se marier l'été prochain.

Kate n'était pas encore prête à lui parler de tout le reste.

Ils allèrent voir un film très drôle et dînèrent après la séance. Ils discutèrent d'un million de choses différentes jusqu'à la fermeture du restaurant, puis Scott la raccompagna chez elle. Kate ne l'invita pas à monter, et il ne le lui demanda pas. Ils apprenaient à se connaître et s'amusaient bien ensemble. Leur différence d'âge n'était plus un problème et Kate ne s'en souciait plus.

Quatre jours plus tard, Scott partait skier. Il avait prévu de voyager le matin de la Saint-Sylvestre. Kate, pour sa part, avait décidé de rester confortablement chez elle en pyjama, ce qui était son programme du 31 décembre depuis des années. Avant, elle avait participé à nombre de fêtes, mais les gens en faisaient toujours des tonnes, et finalement elle ne s'amusait jamais tant que ça. Elle préférait rester chez elle.

Quand Scott la déposa au pied de son immeuble, il lui souhaita une bonne année. Il lui téléphonerait depuis le Vermont. Leur soirée avait été agréable et, avant de partir, il l'embrassa tendrement sur les lèvres. C'était une promesse grisante de choses à venir, si tout se passait bien.

Le lendemain matin, Kate reçut un appel de Tammy.

— Maman, on a obtenu un certificat de non-opposition au mariage !

Sa fille avait l'air à bout de souffle.

— On pense au mariage depuis longtemps. Le fait que Stacey ait rencontré la famille et que nous ne vivions plus cachées a changé la donne. Nous voulons nous marier et essayer d'avoir un bébé, dans cet ordre-là. Ni elle ni moi ne rêvons de grande fête ou de robe blanche. Nous avons le document qui nous permet de nous marier et nous voulons le faire dans deux jours, le 30. Tu veux bien être mon témoin ?

Les yeux de Kate s'emplirent de larmes. Elle allait être le témoin de mariage de sa fille homosexuelle, et si ce qu'elle leur avait toujours dit était vrai, si tout ce qu'elle voulait était leur bonheur, cela en était la preuve.

— Ce serait un honneur pour moi, répondit-elle d'une voix empreinte d'émotion.

— Nous avons rendez-vous à midi à la mairie. Nous allons à la banque de sperme demain. Stacey connaît bien la procédure d'insémination. C'est relativement simple. Nous voulons le faire le jour de notre mariage. Cela ne marchera sans doute pas la première fois, mais nous allons essayer.

Kate n'était pas préparée à accueillir tous ces détails intimes et techniques, mais elle était touchée que Tammy l'informe et lui demande de participer au mariage. C'était surprenant : parmi tous ses enfants, la première à se marier serait sa fille, laquelle épousait... une femme ! Mais elles étaient ensemble depuis longtemps, et Kate appréciait énormément Stacey. C'était quelqu'un d'infiniment respectable.

— Tu penses que mamie voudra bien être notre deuxième témoin ?

— Pose-lui directement la question. Je pense qu'elle adorera.

— Je vais lui téléphoner ! répondit Tammy d'une voix enjouée.

Dès qu'elle eut raccroché, Kate appela sa fleuriste et commanda deux bouquets d'orchidées papillon pour Tammy et Stacey. Elle ignorait ce qu'elles porteraient le jour J, mais une mariée avait besoin d'un bouquet. La fleuriste demanda si l'un des deux bouquets était destiné à être lancé aux invitées, auquel cas il fallait en choisir un plus petit.

— Non. Il y a deux mariées. Il faut deux bouquets de la même taille, un pour chacune.

— Ce sont des jumelles ? C'est un double mariage ?

— Non, elles se marient entre elles. Ma fille épouse sa compagne, et je veux que ces bouquets soient magnifiques.

— Bien sûr ! s'empressa de répondre la femme à l'autre bout du fil. Nous vous les livrerons à 9 heures du matin le 30.

— Parfait, je vous remercie.

Ensuite, Kate réserva une table au restaurant La Grenouille. Les filles régleraient les autres détails. Elle prit deux mouchoirs bleus dans un tiroir et sortit de sa boîte à bijoux le collier de perles que Tom lui avait offert à la naissance de Tammy. Margaret lui téléphona quelques minutes plus tard.

— J'ai cru comprendre que nous allions être témoins après-demain. C'est vraiment formidable !

Margaret était aux anges. Kate était sincèrement heureuse aussi. Elle n'avait pas à se forcer ou à feindre, pas plus qu'elle n'aurait à le faire au mariage d'Anthony l'été prochain.

— Je passerai te chercher à 11 heures.

— Quelle sera notre tenue ?

— Quelque chose de chic. Je viens de réserver une table pour quatre à La Grenouille pour le déjeuner après la cérémonie.

— Elles ne veulent pas que Claire et Anthony soient des nôtres ?

— Je ne pense pas. Tammy me l'aurait précisé sinon. Visiblement, il n'y aura que nous quatre.

Le jour du mariage, Kate passa récupérer sa mère à 11 heures. Elles portaient toutes les deux un manteau en vison sous lequel Kate avait enfilé une robe en laine bleu marine, et Margaret, un tailleur gris. Elles devaient retrouver les filles à l'hôtel de ville. Kate avait les bouquets, les perles et les mouchoirs bleus.

— On aurait dû passer prendre Claire et Reed pour les marier aussi. Ils nous auraient peut-être fait un prix de groupe, lança Margaret pour plaisanter.

Kate pouffa de rire. Les ironies de la vie étaient parfois exquises.

Tammy et Stacey les attendaient dans le hall d'entrée de l'hôtel de ville. La mère et la grand-mère s'empressèrent d'entrer avec les boîtes contenant les bouquets. Kate les ouvrit et en tendit un à chacune des jeunes mariées. Elles étaient vraiment belles toutes les deux. Tammy portait un tailleur Chanel blanc avec un manteau assorti, et un petit chapeau Chanel très chic bordé d'une délicate voilette blanche qui tombait devant ses yeux. Elle était éblouissante avec ses cheveux blonds coiffés en chignon. Stacey semblait sur le point d'exploser de joie. Elle était vêtue d'un smoking pantalon Saint Laurent, d'une chemise de la boutique Charvet à Paris rehaussée d'un nœud papillon en satin noir, et chaussée de souliers pour homme en cuir noir verni. Kate sortit alors les perles de son sac. Elle passa le collier autour du cou de Tammy et le referma.

— Ton père m'a offert ces perles à ta naissance. Elles sont à toi désormais, en ce jour où tu te maries.

Mère et fille se regardèrent, les yeux emplis de larmes. Ensuite, Kate sortit de son sac les deux mouchoirs en dentelle bleu clair.

— Quelque chose d'emprunté, quelque chose de bleu. Je vous en prête un à chacune. Vous devrez me les rendre pour qu'ils vous portent chance.

Margaret les regardait d'un air approbateur. Elle tapota le bras de sa fille.

— Toi, tu ne fais pas les choses à moitié. Je suis fière de toi.

— Je suis fière de nous toutes.

À 11 h 55, elles firent leur entrée dans la salle qu'on leur avait indiquée. Deux grands vases remplis de fleurs blanches trônaient dans la pièce, qu'un autre couple s'apprêtait à quitter. La mariée portait une robe moulante en dentelle blanche et un voile, et les deux tourtereaux rayonnaient.

— Bonne chance, murmurèrent-ils à leur petit groupe.

Kate n'aurait jamais imaginé que la journée serait si heureuse. Et pourtant ! Les quatre femmes trouvaient que tout était absolument parfait. Surtout Tammy et Stacey.

L'agent municipal délivra un très joli petit discours sur le mariage et ne fit aucune erreur sur leur nom. Les filles avaient signé les papiers quand elles avaient obtenu le certificat de non-opposition : elles s'appelleraient désormais Morgan-Adams – un mélange de leurs deux patronymes. L'agent les déclara femme et femme sans ciller. Il n'en était pas à son premier mariage homosexuel, loin de là. Il les invita à sceller leur union par un baiser et Stacey confia alors son bouquet à Margaret et embrassa Tammy. Celle-ci portait maintenant une alliance toute fine sertie de diamants, et Stacey une alliance plus large en or. Elles les avaient achetées la veille chez Tiffany. Collectivement, elles avaient pensé à tous les détails. Un photographe s'approcha, et Kate lui souffla : « Prenez-en plein, s'il vous plaît ! », ce qui les fit toutes rire. Kate ne s'était pas sentie aussi comblée depuis longtemps.

À 12 h 30, elles étaient à nouveau sur les marches de l'hôtel de ville après une séance de photos dans le hall. Kate réalisa quelques clichés du couple avec son téléphone portable, et le père d'une autre mariée les photographia toutes les quatre ensemble. Ensuite, elles montèrent dans la voiture avec chauffeur que Kate avait louée pour aller dans le nord de Manhattan, au restaurant La Grenouille. Dans le véhicule, les deux filles rendirent ses mouchoirs à Kate.

Le déjeuner dans ce restaurant exquis fut mémorable. Kate commanda du champagne cuvée Cristal. Elles sortirent de table en milieu d'après-midi. Cela avait été une journée spéciale pour les quatre femmes. Tammy remercia sa mère d'avoir contribué à rendre l'événement si parfait.

— C'est vous deux qui l'avez rendu parfait, répondit Kate avec une émotion profonde et sincère.

Elle laissa la voiture aux deux jeunes mariées et rentra avec Margaret en taxi.

— Je ne comprends pas pourquoi Claire ne veut pas quelque chose de similaire, déplora sa mère. C'était vraiment chouette et relativement sans douleur. Et tu as tout fait pour que cela se passe bien pour elles. Je suis très fière de toi, dit Margaret d'un ton plein de tendresse.

— Merci. Tu commences à partager mon avis à propos de Claire, soupira-t-elle. Mais elle ne cédera pas. Nous devons l'accepter, c'est tout.

— C'est si puéril de sa part de s'entêter ainsi, regretta Margaret avec agacement.

À quoi bon dépenser autant d'énergie et contrarier son entourage à ce point ?

— Les filles étaient vraiment belles, n'est-ce pas ? lança joyeusement Kate.

Le tailleur et le manteau de Tammy étaient magnifiques, du Chanel classique. Et les perles lui allaient à merveille.

Quand le taxi déposa Margaret devant chez elle, celle-ci se tourna vers Kate et lui sourit.

— Bien joué !

Kate lui rendit son sourire et continua de lui adresser des gestes de la main tandis que la voiture s'éloignait. Lorsqu'elle arriva chez elle, Tammy venait de lui écrire : sa présence et les efforts qu'elle avait déployés pour que la fête soit réussie les avaient profondément émues toutes les deux. Jamais elles ne l'oublieraient. Tammy précisait aussi qu'elle avait envoyé un texto à son frère et à sa sœur pour leur annoncer qu'elles venaient de se marier. Anthony et Claire lui avaient immédiatement répondu pour les féliciter.

Arrivée à la maison, Tammy enleva son élégant chapeau Chanel qu'elle posa précautionneusement sur une table. Elle voulait garder toute sa vie le chapeau et le bouquet offert par sa mère. Stacey aussi adorait le sien. Elles avaient réussi à tout organiser en une seule journée, et les petites touches ajoutées par Kate avaient rendu cette journée encore plus spéciale.

— C'était magique, pas vrai ? dit Tammy en s'asseyant sur le canapé.

— Jamais je n'aurais cru qu'un mariage à la mairie puisse être aussi amusant. Et le déjeuner était fabuleux, répondit Stacey en s'installant à côté de sa femme, qu'elle contemplait d'un air reconnaissant et incrédule. Jamais je n'aurais cru que ça arriverait un jour, et toi ? Un mariage et une jolie petite cérémonie, ta mère et ta grand-mère pour témoins... Je n'arrête pas de me dire que je suis en train de rêver.

Elle paraissait heureuse et sereine.

— Moi, je pensais bien que ça arriverait un jour. Simplement, je ne savais ni quand ni comment.

À présent, une autre chose les attendait – la chose qui avait motivé le mariage. Cela faisait trois mois qu'elles sélectionnaient soigneusement les donneurs de sperme, mais elles voulaient être mariées avant de passer à l'acte. Le donneur qu'elles avaient retenu avait déposé un échantillon la veille, pour elles. C'était un Américain d'origine suédoise, avec des yeux bleus et des traits masculins marqués. Il mesurait 1,95 mètre et étudiait la médecine à l'université de New York. Il ressemblait étonnamment à Tammy, dont il aurait pu être le frère. Et un peu à Stacey aussi, avec sa stature et ses traits anguleux. De plus, avant de grisonner à l'âge de 25 ans, elle avait eu les cheveux blonds comme lui.

La fiole les attendait au frigo. On avait expliqué à Stacey comment procéder et, même si la manipulation ne requérait pas de médecin, le fait qu'elle le soit était bien pratique. Il n'y aurait pas de loupé : Tammy lui faisait davantage confiance qu'à quiconque.

— Et si tu allais te changer, lui suggéra doucement Stacey. On ne va pas faire ça en robe Chanel.

Tammy éclata de rire.

Elle revint quelques minutes plus tard, en chemise de nuit. Stacey lut une nouvelle fois les instructions. Elle avait trois seringues sans aiguille, au cas où l'une d'elles serait défectueuse. L'acte en lui-même n'était absolument pas douloureux. Il suffisait de projeter le sperme vers le haut à l'aide de la seringue qu'on avait introduite dans le vagin – exactement comme pendant un rapport sexuel. Il n'y avait ni injection d'hormones ni médicaments. Tammy n'avait que 32 ans et ne souffrait pas d'infertilité. Tout ce dont elles avaient besoin, c'était ce sperme.

— J'enlève mon smoking et je reviens tout de suite.

Cinq minutes plus tard, Stacey était de retour, en chemise de nuit elle aussi. Tammy la regarda, et elles eurent toutes deux la même idée au même moment. Depuis qu'elles habitaient ensemble, leurs cycles s'étaient synchronisés. Stacey était elle aussi en période fertile. Elles ovulaient toutes les deux exactement au même moment. Tammy avait vérifié le matin. C'était pour cette raison qu'elles avaient choisi ce jour-là pour se marier, afin que Tammy puisse tomber enceinte en même temps. Elles avaient compris que l'insémination pouvait ne pas fonctionner du premier coup et qu'elles devraient peut-être essayer pendant six à huit mois, voire un an. Ce n'était que le premier essai, mais Tammy adorait l'idée de concevoir leur enfant le jour de leur mariage si l'opération marchait. Et, après des mois de réflexion, elle se sentait enfin prête à tomber enceinte.

— Pourquoi ne pas le faire toutes les deux ? suggéra-t-elle.

— Ce n'est pas trop bizarre ? Je veux d'abord m'assurer qu'il y a assez de sperme pour toi, répondit Stacey.

Elle se rendit vite compte que ce serait largement le cas, tout étant prévu pour mener à bien l'opération même en en renversant un peu.

— Inutile de faire les choses à moitié, déclara Stacey. On veut que ça marche. Même si mes ovules ont neuf ans de plus que les tiens et qu'il y a beaucoup plus de chances que ce soit toi qui tombes enceinte.

Elles en avaient conscience depuis longtemps.

— Tu n'as que 41 ans. Des femmes de ton âge tombent enceintes tous les jours.

— Je sais. Je vois leurs enfants dans mon cabinet. Aujourd'hui, la moitié de mes patients sont nés de mères dans la quarantaine, parfois grâce à une FIV et un traitement hormonal. Mais je ne peux pas savoir si j'ai ou non atteint la limite.

Ses cycles étaient en tout cas aussi réguliers que ceux de Tammy.

— Allez, on le fait ! Comme ça, on maximise nos chances, et ce sera peut-être toi qui porteras cet enfant.

Ce n'était pas prévu, et Stacey pensait que Tammy gérerait mieux une grossesse. Elle ne s'imaginait pas allaiter neuf mois plus tard. Mais l'idée de se lancer le jour de leur mariage la séduisait.

— Je te le fais ? lui demanda Tammy.

— C'est assez simple, alors je peux sûrement me l'injecter toute seule. La plupart des femmes n'ont pas de médecin sous la main.

Stacey transporta la fiole dans leur chambre pendant que Tammy disposait deux grandes serviettes sur leur lit. Elles s'installèrent côte à côte et soulevèrent leur chemise de nuit. Stacey remplit avec précaution deux seringues au maximum. Il restait même encore un peu de sperme au cas où. Elle inséra la première seringue dans le vagin de sa compagne et poussa le piston. Tammy avait fait basculer son bassin vers le haut et

Stacey lui conseilla de rester dans cette position encore quelques minutes. Ensuite, elle répéta l'opération avec la seconde seringue, sur elle-même cette fois-ci, sous le regard de Tammy. Pour terminer, elle remplit de nouveau les deux seringues avec ce qui restait dans la fiole, pour « compléter ». Le tout ne prit que quelques minutes, puis elles attendirent sans bouger, le bassin calé sous une paire d'oreillers.

— C'est sans doute une recette de grand-mère, mais il paraît que cela favorise la conception en aidant le sperme à aller dans la bonne direction. Je ne sais pas si c'est vrai ou pas, mais on n'a qu'à rester comme ça pendant une heure pour être sûres.

— Et si on attend des jumeaux toutes les deux ? lui demanda Tammy.

— Eh bien, je divorce immédiatement, et tu te retrouves toute seule, petite.

Stacey éclata de rire.

— Il m'a fallu quarante et un ans pour penser que j'étais capable de gérer un enfant. Je ne sais pas pour deux, mais si on est doublement bénies, je ferai avec en me disant que c'est la volonté de Dieu. Par contre quatre enfants ? Oublie ! Je sais parfaitement ce qui nous attend. Je vois ces petits monstres tous les jours. On n'aura plus aucune nuit complète pendant dix ans.

— Au moins, on disposera d'un pédiatre à domicile. On ne sera pas obligées d'aller aux urgences tous les quatre matins. Quand est-ce qu'on saura si ça a marché ?

— Il faut attendre deux semaines et quelques jours. Trois semaines, en fait. On pourra utiliser un test de grossesse et je confirmerai le résultat grâce à une prise de sang.

— C’est incroyable, non ? J’espère qu’on tombera enceintes toutes les deux.

— Je crois que moi aussi, je l’espère, avoua Stacey d’une voix empreinte de gravité.

Elles se regardèrent. Elles pleuraient à l’unisson, submergées par leurs émotions. Elles restèrent allongées côte à côte en se donnant la main pendant quelques minutes, puis Stacey se pencha vers elle et l’embrassa.

— C’est le plus beau jour de ma vie, Tammy. Juste grâce à toi, même si tout ça ne marche pas.

— C’est le plus beau jour de ma vie aussi.

Après quoi, elles ne dirent plus rien. Elles restèrent simplement allongées côte à côte, main dans la main, en pensant à ce qui allait peut-être se produire.

17

Quand Kate se leva le matin du 31 décembre, elle était toujours sur un petit nuage après le mariage de la veille. Elle prépara un café dans sa cuisine en repensant aux filles, si heureuses de s'unir. Vraiment, la journée avait été parfaite. Son téléphone sonna, la tirant de ses rêveries, et elle eut la surprise d'entendre Scott. Une nouvelle présence dans sa vie, à laquelle elle n'était pas encore habituée.

— Salut ! Où es-tu ? Dans le Vermont ?

— Non, répondit-il d'une voix empreinte de déception. Une très grosse tempête balaie la Nouvelle-Angleterre. Les routes sont fermées. Nous avons dû annuler. Je sais que c'est très grossier de ma part, mais je t'appelle pour connaître tes plans pour ce soir.

Kate pouffa de rire.

— Lit, pyjama, télé.

— Ni champagne ni pop-corn ?

— Mince, je les ai oubliés !

Scott semblait retrouver le moral au fil de la discussion.

— Si je fournis le pop-corn et le champagne, et peut-être une pizza, est-ce que je peux m'incruster à ta soirée sans que le videur risque de m'arrêter à la porte ?

— Hum… Voyons… Je dois y réfléchir. Quel genre de pizza ?

— Ton choix sera le mien.

— Eh bien, difficile de résister !

L'idée de passer le réveillon du Nouvel An avec Scott lui paraissait séduisante. Elle appréciait sincèrement sa compagnie, même s'ils n'avaient pour l'instant que deux rendez-vous à leur actif, et un unique baiser. Mais ce baiser avait été de premier choix, tout comme leurs rendez-vous.

— D'accord, tu te charges de la pizza. Peut-être moitié champignons, moitié Margherita ?

— Ou j'en prendrai deux. C'est une soirée importante.

— OK. Je te laisse aussi t'occuper du pop-corn. Quant au champagne, j'en ai probablement une bouteille qui traîne quelque part chez moi. Je vais parler au videur pour m'assurer qu'il te laisse passer.

— Génial ! s'exclama Scott, soudain ravi de ne pas être allé dans le Vermont.

Il préférait passer la soirée avec elle.

— Tu m'as l'air très joyeuse, d'ailleurs. Quoi de neuf depuis la dernière fois ?

— Ma fille aînée, Tammy, s'est mariée hier. C'était vraiment une jolie cérémonie à l'hôtel de ville. Ensuite, on a déjeuné à La Grenouille.

— C'était prévu ? s'étonna-t-il. Tu n'en as pas parlé l'autre jour.

— Non, c'était une surprise de dernière minute ! Ma mère et moi avons été les témoins. Ça s'est très bien passé.

— La personne qu'elle a choisie te plaît ?

— Énormément. Je t'en dirai plus ce soir, quand on se verra.

Kate n'avait pas envie de s'étendre sur le sujet par téléphone. Et si elle avait toujours été en couple avec Bart, elle ne lui en aurait pas parlé du tout. Mais elle n'en avait plus honte désormais. Elle était au contraire très fière et voulait partager ce bonheur avec Scott. Elle se demanda s'il était quelqu'un d'ouvert. Elle ne tarderait pas à le découvrir.

— À plus tard. Tu vas vraiment te mettre en pyjama ?

— C'était ce que j'avais en tête, répondit-elle en se réjouissant à l'avance de leur programme.

— Dans ce cas, ne change rien pour moi. À quelle heure commence la fête ?

— À ton arrivée.

— 19 h 30 ? On pourra dîner tôt, et puis commencer à regarder des films. On peut s'en faire deux avant minuit.

— Impeccable !

Kate posa sa tasse de café dans l'évier en souriant et en fredonnant. Elle alla se chercher une tenue pour la soirée. Il fallait que ce soit un peu plus charmant qu'un pyjama tout bête. Elle n'avait pas eu de rendez-vous galant un soir de réveillon depuis des lustres. En six ans, elle n'avait passé qu'une seule nuit de la Saint-Sylvestre en compagnie de Bart. Il était toujours aux Bahamas, ou sur le yacht d'un ami dans les Caraïbes, ou en train de skier à Aspen avec l'un de ses enfants lorsqu'il en avait l'occasion. Ils n'avaient jamais passé de fête importante tous les deux. Et la perspective de cette soirée en compagnie de Scott la mettait en joie. C'était comme un cadeau surprise.

Elle trouva un pyjama un peu habillé qui lui sembla parfait pour l'occasion, chercha une bouteille de champagne et en trouva deux, qu'elle rangea au frigo. Elle préparerait peut-être une salade. Scott se chargeait du reste.

À 19 h 30 précises, après que Kate eut autorisé le portier à le faire monter, Scott sonna à sa porte, chargé de deux sacs de courses et de deux cartons à pizzas. Il l'embrassa sur les lèvres avant de commencer à déballer ses emplettes. En plus du maïs pour pop-corn, il avait acheté une petite boîte de caviar sur un lit de glaçons, accompagnée de crème aigre, de citron et d'œufs émiettés. La salade était prête, et Kate mit tout de suite les pizzas au four afin de les maintenir au chaud. Scott avait apporté des lunettes, des colliers et des bracelets phosphorescents à paillettes sur lesquels étaient inscrits les chiffres de la nouvelle année. Kate était épatée. Il n'avait pas lésiné sur les moyens. Pizzas, caviar, pop-corn et champagne – un gueuleton fort sympathique les attendait.

Elle éclata de rire lorsque Scott sortit de l'un des sacs un pyjama orné de cœurs. Un peu moins glamour que la tenue qu'elle s'était choisie, et qu'il n'avait pas manqué d'admirer.

— Où puis-je me changer ?

Kate lui indiqua où se trouvait la salle de bains des invités et, deux minutes plus tard, il était de retour, vêtu du pyjama à cœurs. Attifé de la sorte, il était à la fois sexy et clownesque. Il avait aussi apporté des chaussons en polaire.

— Tu es mon meilleur rencard de réveillon, et le mieux fagoté de tous ! s'exclama-t-elle avec sincérité. Merci pour le caviar.

Elle posa la boîte sur un plateau avec des petites cuillères en nacre pour le service.

— Je trouve ça génial !

Ils s'installèrent dans la cuisine pour déguster leur festin. Ils mangèrent la pizza avant qu'elle refroidisse, accompagnée de la salade que Kate avait préparée. Ils prirent tous les deux du caviar. Scott préféra le vin rouge au champagne, qu'ils réservaient pour minuit.

— Alors, raconte-moi ce mariage. Qui a-t-elle épousé ? C'était un coup de tête ? demanda-t-il, curieux d'en savoir plus sur les enfants de Kate.

— Oui, à toutes tes questions. Tu te souviens, je t'ai raconté que notre famille avait vécu de nombreux changements ces derniers mois ? Eh bien, ce dernier rebondissement en fait partie. Tout a commencé en juillet. Depuis, j'ai vécu des moments très éprouvants. Pour résumer, je dirais que l'orgueil précède la chute. J'ai toujours été fière de mes enfants : excellents élèves, des parcours scolaires exemplaires, les meilleures universités et jamais aucun problème. Pas d'alcool, pas de drogue, de très bons postes et de belles carrières, des conjoints et conjointes sympathiques. Je n'aurais pas pu rêver mieux. J'ai toujours répété que mes enfants étaient parfaits. Eh bien… Cet été, la réalité m'a explosé à la figure. Ma benjamine a commencé à fréquenter un des clients du cabinet d'avocats où elle travaille. Une bien mauvaise idée, je trouve. Je suis certaine que tu partages mon point de vue.

Scott hocha la tête.

— Ce genre de relation est contraire à la politique de notre cabinet, confirma-t-il.

— C'est pareil dans le mien. Et le sien.

— C'est un connard ?

— Non, au contraire, il m'a tout l'air d'un chic type. Bien plus sympa que ma fille en ce moment, d'ailleurs. Bref. Deux mois plus tard, elle m'annonce qu'elle est enceinte et qu'elle n'a nullement l'intention de se marier. Lui veut l'épouser, mais elle s'y oppose. Elle considère le mariage comme une tradition archaïque et inutile. Son frère et sa sœur sont furieux contre elle, et moi aussi. Au fait, le père est Reed Bailey.

Scott écarquilla les yeux. Ce n'était pas n'importe qui !

— Quoi qu'il en soit, elle refuse de se marier, elle est enceinte et m'adresse à peine la parole. En ce moment, c'est la guerre entre nous.

— C'est donc celle qui te déteste, releva-t-il en souriant.

— Exactement. Dans le même temps, mon fils devait se marier avec une fille en apparence adorable. Elle est issue de la haute société et elle a participé au bal des débutantes – non pas que cela ait la moindre importance. Ses parents sont des gens sympathiques. Le mariage qui se préparait paraissait grotesquement chichiteux et extrêmement cher, mais cette jeune femme est en tous points le genre de personne que des parents voudraient comme belle-fille. J'avoue que j'étais totalement favorable à cette union, même si je me rends compte aujourd'hui que la future mariée n'était pas très futée, et même plutôt rasoir. Sur le papier, en tout cas, elle semblait formidable. Entre-temps, mon fils est tombé amoureux d'une mannequin pour lingerie d'origine portoricaine et chinoise qui a grandi à Spanish Harlem, et qu'il a rencontrée dans son club de sport. Et il a annulé le mariage prévu en septembre. Je vis ça mieux que le bébé illégitime, mais ce n'est pas tout. Je n'avais pas eu le temps de digérer ces nouvelles que ma fille aînée, une vraie perle qui occupe un poste de direction chez Chanel, m'annonce qu'elle est lesbienne et vit en couple avec une femme depuis sept ans ! Je ne l'avais jamais soupçonné. Pas une seule seconde. Là, je me suis demandé : mais c'est quoi, ces gosses ? Et aussi : quelle genre de mère je suis pour qu'ils chamboulent tout de la sorte sans que je comprenne rien au film ?

Quel soulagement pour Kate de pouvoir se délester de la sorte ! Scott la regardait avec empathie tandis qu'elle se confiait à lui en grignotant sa pizza.

— Je ne sais pas trop à qui j'en voulais le plus : à eux ou à moi.

— Ne sois pas si dure envers toi-même. Ce sont des choses qui arrivent.

— Mais tous les trois ? En même temps ?

— Tu as passé un été d'enfer, j'ai l'impression.

— En effet. Mais je me suis calmée sur certains points. Aussi fou que cela puisse paraître, je pense que mon fils a fait le bon choix. J'ai rencontré Alicia, sa compagne, et elle est parfaite pour lui. C'est une personne charmante, d'une intelligence remarquable. Elle vient d'obtenir son diplôme au Hunter College, à l'âge de 30 ans. Dans trois semaines, Anthony va prendre son nouveau poste à New Delhi, où elle le suit pour tenter de percer en tant qu'actrice. Ils ont ma bénédiction. C'est une femme ambitieuse et travailleuse. Ils veulent se marier l'été prochain, comme je te l'ai dit l'autre jour. Tant pis pour la jeune fille de bonne famille, qui était sans doute aussi ennuyeuse que mes filles le prétendent. Ils auront certainement de beaux enfants ensemble, mais surtout je pense qu'Alicia lui convient. Au début de leur relation, il lui a caché qu'il était fiancé à une autre. Il a mené une double vie en attendant de prendre sa décision et, quand Alicia a découvert son mensonge, elle lui a flanqué un œil au beurre noir. Je suis contre la violence domestique, mais je comprends parfaitement son geste. Je suis contente que ma fille aînée, Tammy, ait enfin trouvé le courage de me dire la vérité. Je pensais qu'elle travaillait trop pour avoir du temps à consacrer à l'amour. La femme avec qui elle partage sa vie est remarquable. Diplômée de Harvard, avec mention très bien s'il vous plaît, elle est pédiatre et a travaillé pour Médecins sans frontières. C'est vraiment un être humain formidable. Tammy et elle se sont mariées hier à l'hôtel de ville, avec ma mère et moi pour témoins, et elles veulent avoir un bébé. Elles ont décidé de se marier il y a seulement trois jours, alors oui, c'était une surprise, mais pas autant que d'apprendre l'homosexualité de Tammy. La plus jeune, Claire, est pour l'instant sur ma liste noire. Je n'approuve pas que des enfants naissent hors mariage quand il n'y a aucune raison à cela, et je ne pense pas que le mariage soit une tradition archaïque et inutile. Au contraire, je crois profondément en cette institution. Enfin bref… Voilà à quoi j'ai occupé mon été. Mes enfants m'ont malmenée mais, au moins, deux d'entre eux sont sur des rails. Même s'ils diffèrent des miens, leurs choix leur conviennent et je les respecte. La petite dernière, en revanche, aurait besoin d'un bon coup de pied aux fesses. Si son père était en vie, il péterait les plombs. Bien, tu sais tout, maintenant !

Scott avait suivi son récit des cinq derniers mois en la regardant avec des yeux ahuris.

— Je vais répéter ce que je t'ai dit la dernière fois qu'on s'est vus : tu es une femme extraordinaire. N'importe laquelle de ces situations m'aurait tétanisé. C'est pour cette raison que je n'ai jamais voulu avoir d'enfants. Je n'aurais pas survécu. J'ignore complètement comment on gère une seule de ces crises, alors trois en même temps ? Kate, tu es une sainte.

— Pas du tout, répondit-elle vivement. Je suis nulle, comme mère.

— Mais non, tu es humaine, et tu jongles avec des milliers de choses en même temps en te coltinant trois enfants déchaînés. Mais tu ne peux pas tout faire à leur place. Je suis d'accord avec toi. J'ai l'impression qu'en effet ta petite dernière a besoin d'un rappel à l'ordre, pas à cause de sa grossesse, mais parce qu'elle te traite affreusement mal et que tu ne le mérites pas. Je n'ai qu'une chose à te dire : respect, madame Morgan. Tu es une femme hors du commun.

Scott se pencha par-dessus la table et l'embrassa vigoureusement sur la bouche.

— Chapeau bas. Pour moi, tu es la mère du siècle. À ta place, j'aurais sûrement acheté un flingue et je les aurais tous zigouillés. Tes enfants ont énormément de chance de t'avoir. Non seulement tu as survécu à toutes leurs histoires, mais en plus tu t'es montrée suffisamment ouverte d'esprit pour rencontrer respectivement leur maîtresse, petit ami, copine et conjointe, pour apprendre à les connaître. Beaucoup n'auraient pas agi ainsi. Tu respectes tes enfants plus qu'ils ne le méritent, et ils feraient bien de te rendre la pareille. C'est marrant parce que j'allais te demander ce soir si tes enfants seraient contrariés que tu sortes avec moi, si notre différence d'âge pouvait les troubler – elle semblait te tracasser, alors que moi, pas du tout. Mais après avoir entendu tout ça, je me moque bien de leur avis. Tu as besoin de souffler et, s'ils ont quelque chose à redire à mon sujet, qu'ils s'adressent directement à moi et te foutent la paix ! Après ce qu'ils t'ont fait endurer ces cinq derniers mois, ils n'ont aucune leçon à te donner. Kate, tu es la femme la plus incroyable que j'aie rencontrée. Je te trouve fantastique, et j'espère que tes enfants sont du même avis. Si ce n'est pas le cas, ils ne te méritent pas.

— Comment ai-je pu avoir autant de chance ? On a accepté cette affaire pourrie contre ce sale type que tu représentes et détestes également, et voilà que je me retrouve à passer le réveillon du Nouvel An avec un mec en pyjama à cœurs qui me livre du caviar, de la pizza, des gadgets phosphorescents, et qui chante mes louanges !

— On a tous les deux de la chance.

Scott lui sourit.

— Maintenant, finis ta pizza pour qu'on puisse regarder un film. Tu aurais une casserole pour le pop-corn ? La séance va bientôt commencer.

Kate lui indiqua où se trouvaient les ustensiles de cuisine, débarrassa la table et lui servit un autre verre de vin.

Quelques minutes plus tard, le pop-corn était prêt. Kate le versa dans un bol, l'agrémenta de beurre fondu, prit quelques serviettes en papier et la bouteille de vin, puis guida Scott vers la chambre à coucher où se trouvait le téléviseur.

— D'ailleurs, où sont tes enfants en ce moment ? Ça leur arrive de venir te voir à l'improviste ?

Il ne voulait pas lui attirer d'ennuis, ni la mettre mal à l'aise en cas de visite surprise.

— Jamais, répondit-elle. Ils appellent toujours avant de passer et ne viennent généralement chez moi que lorsque je les invite. J'imagine qu'ils sont tous en train de fêter le Nouvel An avec leurs amis. Anthony se prépare à partir en Inde, Claire est probablement en train de contempler son ventre, et Reed Bailey aux petits soins avec elle. Quant aux jeunes mariées, elles sont chez elles et essaient de concevoir un enfant grâce à un don de sperme.

— Tu as bien mérité des vacances. Une année sabbatique par exemple. Quand je pense que, en pleine tempête familiale, tu as continué à faire un boulot extraordinaire au cabinet sans jamais dérailler… À ta place, je me serais mis dans un coin et j'aurais bavé en suçant mon pouce.

— J'y ai pensé. J'ai aussi envisagé l'alcoolisme.

— Allez, oublions tout ça ! Ce soir, c'est la fête !

Scott alla chercher ses gadgets et lui mit le bracelet et le collier phosphorescents, gardant pour lui les lunettes lumineuses. Ils s'allongèrent sur le lit et éteignirent. Scott l'attira contre lui. Kate souriait. Elle n'avait jamais passé ce genre de soirée avec Bart Mackenzie ni avec aucun autre homme.

— C'est une chance que cet abruti avec qui tu sortais se soit dit que vous aviez une date de péremption. Sinon, jamais tu ne serais avec moi.

— C'est vrai, répondit-elle sans cesser de sourire.

— Je devrais certainement lui écrire une lettre de remerciement.

— Contente-toi de ne pas voter pour lui s'il se présente aux élections présidentielles.

— Encore un homme politique ?

— Un sénateur. Du Massachusetts.

— Tu me trouves ennuyeux ? Je ne suis qu'un petit avocat, qui bosse dans un cabinet parmi tant d'autres.

Scott semblait sincèrement inquiet.

— Moi aussi. Je ne suis pas une star de cinéma, juste avocate, et une mère très médiocre.

— N'importe quoi !

Scott l'embrassa une nouvelle fois, et il remonta délicatement la main sur son haut de pyjama. Il trouva ses seins. Kate gémit tout bas. Il la touchait avec douceur, tendresse. Ensuite, il laissa glisser sa main vers le bas tandis qu'elle se tourna vers lui pour faire la même chose. Occupés à découvrir leurs corps respectifs, ils oublièrent totalement le film prévu. Scott l'interrogea du regard et, quand Kate hocha la tête en signe d'acquiescement, il sortit un préservatif de la poche de son pyjama. Une minute plus tard, ils étaient allongés, nus. Le corps de Kate le laissait sans voix, et elle le contemplait avec une gourmandise insatiable. Il brûlait de désir pour elle, et elle avait intensément envie de lui.

Scott s'avéra le meilleur amant que Kate ait jamais eu. Ils jouirent en même temps, avec une force telle que Kate se retrouva à bout de souffle, agrippée à lui. Ils continuèrent à faire l'amour pendant quelques minutes encore parce que c'était vraiment exquis et qu'ils ne voulaient pas que cela s'arrête.

— Oh, mon Dieu, Kate... Qui es-tu ? Maîtresse de l'année... Mère de l'année... Pourquoi je ne t'ai pas rencontrée avant ? Et pourquoi avoir attendu le règlement de cette foutue affaire pour faire ça ?

— Parce que nous avons une éthique et que nous sommes intègres, répondit-elle, toujours hors d'haleine.

— On s'en fout ! Je te veux. J'espère que tu ne te lasseras pas de moi, parce que maintenant que je t'ai trouvée, je ne compte pas te laisser partir. Je n'ai pas envie de rencontrer tes enfants tout de suite. Je te veux pour moi tout seul.

Kate était exactement sur la même longueur d'onde. Son tour était venu, à présent. Elle avait mérité de savourer pleinement sa vie, sans s'inquiéter en permanence pour ses enfants.

— Il faudrait en revanche que tu rencontres ma mère.

Nue sur le lit, elle se blottit contre lui. Scott admira son long corps gracile qui n'avait pas encore subi les ravages du temps.

— Ma mère est une femme fantastique.

— Non, c'est toi qui es fantastique.

Il prit la télécommande sur le matelas et passa en revue la liste des films disponibles pour qu'ils en choisissent un. Ils se partagèrent le pop-corn et, au milieu du film, il eut de nouveau envie d'elle. Il ne pouvait s'empêcher de la toucher, de coller son corps contre le sien. On aurait dit qu'ils étaient aimantés l'un par l'autre. Maintenant qu'ils s'étaient trouvés, ils étaient pris d'une soif mutuelle insatiable. Ils mirent deux fois le film sur pause pour faire l'amour et, quand ils consultèrent le réveil sur la table de chevet, il ne restait que cinq minutes avant minuit. Ils changèrent de chaîne afin de regarder la célèbre boule en cristal géante descendre sur Times Square pour décompter les secondes avant la nouvelle année.

— Ce n'est pas rien, Kate. Nous commençons l'année ensemble. Faisons en sorte qu'elle soit bonne pour nous deux.

Scott sentait qu'elle avait besoin d'autre chose dans sa vie que de donner sans cesse. Il soupçonnait ses enfants d'avoir été gâtés matériellement, et surtout émotionnellement, avec tout le temps, l'énergie, les pensées, l'amour que Kate leur avait dédiés. En entendant son récit, Scott avait eu l'impression que son fils et ses filles ne le lui rendaient pas suffisamment – ce qui était somme toute dans la nature des enfants. Il voulait être là pour elle désormais, mais aussi bénéficier d'un peu de son amour. Il avait besoin d'elle, lui aussi. Il avait attendu des années pour rencontrer la bonne personne, et c'était enfin arrivé.

— Cette année sera vraiment spéciale pour nous. Ta petite dernière va avoir un bébé, et peut-être aussi ton aînée. Ton fils sera à New Delhi avec sa bombe sexuelle, et un boulot palpitant. Cela nous laissera plus de temps pour nous deux.

Cette idée les enthousiasmait. Scott avait rapidement saisi la situation. Et Kate était prête pour lui. Elle l'avait attendu sans même le savoir.

— Si je n'avais pas glissé sur du verglas l'autre jour, jamais je n'aurais eu l'occasion de te connaître, de voir à quel point tu es adorable. T'es une vraie raclure au tribunal, tu sais, lui lança Kate en souriant.

— Je te retourne le compliment.

— Merci, dit-elle d'une voix douce.

— Tu sais ce dont je viens de m'apercevoir ? demanda-t-il d'un air abasourdi.

— Quoi ? On a mangé tout le pop-corn ?

— Non. Je ne t'ai pas fait l'amour depuis l'année dernière.

Il était minuit passé de quatre minutes en cette nouvelle année. Kate se mit à rire, mais l'instant d'après elle haletait de désir. Et il était en elle. Cette nuit-là, ils firent l'amour encore et encore, comme pour rattraper le temps perdu et les années où ils ne s'étaient pas connus. Ils s'endormirent au lever du soleil. Un nouveau jour commençait, une nouvelle année, et une nouvelle vie pour tous les deux.

18

Le jour de l'an, les deux amants se réveillèrent à midi. Scott ouvrit les yeux en premier et resta allongé à contempler Kate en souriant tandis qu'elle dormait. Comment avait-il réussi à enfin trouver la femme dont il avait toujours rêvé, et qu'il pensait jusqu'à présent ne pouvoir rencontrer que dans ses fantasmes ? Réelle, gentille, aimante et respectable, mais aussi pétrie de talent et intelligente : Kate était une belle personne, dans tous les sens du terme. Il avait hâte d'apprendre à la connaître.

Il alla leur préparer un café et regarda les photos encadrées disposées dans l'appartement. C'étaient exclusivement des clichés de ses enfants, sur lesquels Kate apparaissait parfois. Tous étaient certes très beaux, mais ils n'avaient pas épargné leur mère dernièrement et il était temps que cela cesse. À leur âge, le moment était venu de veiller sur elle plutôt que de s'attendre à ce qu'elle se démène pour eux. Il les apprécierait probablement, s'ils ressemblaient un tant soit peu à leur mère. Mais qu'ils ne s'avisent surtout pas de la malmener ! C'était une femme forte, pourtant Scott voyait bien qu'au fond elle était vulnérable et fragile, chose que ses enfants ne suspectaient sans doute pas. Elle était le roc sur lequel ils comptaient, le filet de sécurité qui ne devait jamais leur faire défaut. Scott voulait être le filet de sécurité de Kate. Il voulait prendre soin d'elle, si elle l'y autorisait. Avec elle, il se sentait plus homme que jamais.

— Bonjour, lui lança-t-elle d'une voix sexy depuis le seuil de la pièce.

Ses longs cheveux blonds drapaient ses épaules et recouvraient l'un de ses seins, mais laissaient l'autre visible. Scott était nu dans son salon, et ils étaient parfaitement à l'aise. On aurait pu croire qu'ils étaient ensemble depuis toujours.

Pendant qu'ils prenaient le petit déjeuner, les enfants de Kate lui envoyèrent des textos de bonne année. Scott était soulagé de constater qu'ils se montraient tout de même pleins d'égards.

Une fois le petit déjeuner terminé, Scott eut l'occasion de mesurer la complicité qui liait Kate et sa mère, pendant qu'elles discutaient au téléphone. Margaret déjeunait avec les jeunes mariées ce jour-là, et elle proposa à sa fille de se joindre à elles, mais Kate déclina, expliquant qu'elle voyait un ami. Margaret en fut étonnée : sa fille était si accaparée par son travail et ses enfants qu'elle ne fréquentait pas grand monde. Justement, Kate venait de prendre une résolution pour cette nouvelle année : prendre le temps, pour Scott.

En regardant par la fenêtre, les nouveaux amants s'aperçurent qu'il neigeait et décidèrent d'aller se promener sous les flocons.

Ils prirent leur douche ensemble et s'habillèrent à contrecœur. Ils rechignaient à s'éloigner du nid qu'ils étaient en train de se bâtir, mais un peu d'exercice et de grand air leur ferait du bien. Après une longue promenade sous la neige, ils rentrèrent à l'appartement, ôtèrent leurs vêtements et regagnèrent le lit. C'était là que tout avait commencé, et là qu'ils se sentaient merveilleusement heureux pour l'instant. Cet après-midi-là, ils dormirent blottis l'un contre l'autre. Et, après le dîner, ils s'empressèrent de retourner se coucher.

Ils restèrent enfermés dans l'appartement pendant tout le week-end et, le dimanche soir, Scott eut énormément de mal à dire au revoir à Kate pour rentrer chez lui. À minuit, il était déjà revenu.

— Tu m'as ensorcelé, l'accusa-t-il. Quand je suis à plus de trois cents mètres de toi, je me sens affreusement malheureux. Je vais peut-être devoir arrêter de travailler.

Il avait apporté un costume afin de pouvoir se rendre directement au bureau le lendemain matin, sans avoir à repasser par son appartement.

Tous deux avaient des rendez-vous de bonne heure et partirent en même temps de chez Kate. Ils travaillaient dans le même quartier, alors ils partagèrent un taxi.

— Tu es libre, ce midi ? lui demanda-t-il.

Kate hocha la tête.

— Super ! On rentre chez toi et on fait l'amour.

— Moi qui pensais que tu allais me proposer un déjeuner !

Le programme de Scott l'emporta. Quand ils retournèrent au bureau après le déjeuner, ils avaient l'air de porter un secret coupable. Le soir venu, ils se retrouvèrent chez elle. Kate avait rapporté une montagne de dossiers et s'efforça de rester concentrée, mais ce fut très difficile car Scott venait sans cesse l'embrasser ou promener l'un de ses doigts le long de son cou jusqu'à ce qu'elle frissonne...

— Ils vont me virer si je ne travaille pas, dit-elle, faussement inquiète.

— Ils ne peuvent pas se le permettre. Tu es leur meilleur atout.

Kate avait deux procès programmés, et il fallait qu'elle commence à les préparer. Scott non plus ne chômait pas, loin de là. Mais tous deux savaient qu'ils finiraient par trouver un équilibre entre leur vie professionnelle et leur vie privée.

La présence de Scott, pétri de gentillesse, était un vrai réconfort pour Kate à l'aube du départ d'Anthony. Elle détestait savoir que, bientôt, son fils serait très loin d'elle. Heureusement, Scott la soutenait et prenait soin d'elle. Quelle chance elle avait !

Margaret tenait toujours à son idée de voyage en Inde et Kate commençait à y penser sérieusement, mais elle souhaitait attendre la naissance du bébé de Claire pour partir. Les futurs parents venaient juste de rentrer de Saint-Barth.

Un peu plus tard, au moment où Anthony s'apprêtait à partir, il ne restait plus à Claire que sept semaines avant le terme et les échanges entre mère et fille avaient repris. La jeune femme téléphonait souvent pour demander conseil à sa mère, que ce soit au sujet de l'accouchement ou de la chambre du bébé. Elle était de plus en plus angoissée et finit par avouer qu'elle avait peur. Et si elle mourait ? Et si le bébé mourait ? Que se passerait-il si la douleur était trop forte ou que Claire ne la supportait pas ? Kate s'efforçait de rassurer sa benjamine, mais celle-ci avait trop de temps pour cogiter et imaginer les pires scénarios.

— Tu aurais peut-être dû continuer à travailler jusqu'au terme, nota Kate, impuissante à apaiser sa fille. Tu as trop de temps à ta disposition et tu te fais inutilement des frayeurs.

— Et si je n'arrive pas à te joindre quand le travail commence ? Hier soir, tu n'as pas décroché quand je t'ai appelée.

— Je dormais sûrement, ou alors mon portable était branché dans la pièce d'à côté.

En réalité, Kate était plus difficilement joignable. Elle passait toutes ses soirées en compagnie de Scott. Claire la sollicitait désormais en permanence : elle lui réclamait du temps, de l'énergie et de l'attention, toutes choses que Kate était moins disposée à lui offrir. Elle voulait être là pour sa fille, bien sûr, mais pas à toute heure. Kate avait Scott maintenant, et elle l'aimait.

Ces derniers temps, en effet, elle ne laissait plus son téléphone dans la chambre à coucher, la nuit. Ainsi, les deux amants pouvaient dormir paisiblement ou faire l'amour sans qu'on les dérange. Ses enfants n'étaient plus des bébés, et Kate éprouvait le besoin d'avoir plus de temps pour elle. En cas d'urgence, Claire aussi bien que son frère et sa sœur pouvaient de toute façon appeler sur la ligne fixe.

— Tes enfants ont l'habitude de pouvoir te joindre à toute heure du jour et de la nuit, s'étonna Scott un matin pendant le petit déjeuner.

Elle avait reçu des appels tard la nuit précédente, mais ce n'était pas vraiment exceptionnel : ses enfants savaient qu'elle avait l'habitude de travailler jusqu'à des heures indues. Sauf que, désormais, elle était dans les bras de Scott.

— Oui, admit-elle. Ils s'habitueront au nouvel ordre des choses.

Il hocha la tête. Il ne voulait pas trop s'immiscer dans la vie de famille de Kate, mais il estimait qu'établir de nouvelles limites avec ses enfants pourrait être bénéfique. Et celle-ci le savait. Heureusement, jusqu'à présent, le sujet n'avait posé aucun problème entre eux. D'ailleurs, rien ne leur avait posé de problème. Tout se passait si naturellement qu'on avait l'impression qu'ils partageaient leur existence depuis toujours.

— Quand souhaites-tu les rencontrer ? lui demanda-t-elle.

— Pas maintenant. Je veux d'abord que nous ayons du temps pour nous.

— Vendredi, j'organise une fête d'au revoir pour Anthony.

Alicia et lui s'envolaient pour New Delhi deux jours plus tard.

— Nous n'aurons pas l'occasion d'être tous réunis avant l'été prochain.

— Je rencontrerai Anthony à ce moment-là. Et les filles entre-temps.

Scott préférait commencer par Tammy et Stacey, qui lui paraissaient plus accessibles que Claire. Celle-ci l'agaçait déjà alors qu'ils ne s'étaient encore jamais vus, parce qu'elle exigeait beaucoup et en faisait voir de toutes les couleurs à sa mère. En revanche, Reed

Bailey l'intriguait, et il était impatient de le rencontrer le moment venu.

— Bon, dit Stacey en donnant le bâtonnet de test à Tammy afin que celle-ci urine dessus.

À compter de ce jour, en effet, une grossesse était susceptible d'être détectée par un test urinaire. Stacey avait déjà fait le sien mais n'avait pas encore regardé le résultat. Elles les consulteraient ensemble, en même temps, et verraient si l'insémination avait fonctionné pour l'une d'elles. Tammy urina sur le bâtonnet et attendit. Puis, debout dans la salle de bains, chacune munie de son bâtonnet, elles les dégainèrent au même moment. Elles virent d'abord celui de Tammy, avec ses deux lignes rose foncé, puis celui de Stacey – même chose. Elles se regardèrent, incrédules, et Tammy poussa un cri. Puis elles se jetèrent dans les bras l'une de l'autre et se mirent à sautiller sur place. Cela avait fonctionné ! La double insémination avec le même donneur avait marché.

— Oh, mon Dieu, je suis enceinte ! s'écria Stacey qui, prise de vertige, s'assit sur le rebord de la baignoire.

Cela avait été une décision de dernière minute. Et voilà qu'elles attendaient toutes les deux un enfant !

— Et si je suis trop malade pour travailler ? Mon cabinet coulera !

— Mais non, la rassura Tammy. Ça va être génial. Ce sera comme avoir des jumeaux.

— Tu ne te rends absolument pas compte combien c'est dur, les jumeaux. Je vois défiler en permanence dans mon cabinet des mères de jumeaux en larmes, et à deux doigts de se foutre en l'air.

— Deux bébés ne vont pas nous tuer. On a les moyens, on pourra engager une nourrice pour nous aider.

— Je n'ai pas envie d'allaiter. Je ne ressens pas cet instinct.

Stacey paniquait complètement.

— Eh bien, moi, je les allaiterai !

Tammy enlaça Stacey pour l'apaiser.

— Ça va être merveilleux. On en rêve depuis des années, et voilà que ça devient une réalité.

C'était vrai – et Stacey n'avait jamais eu aussi peur de sa vie. Mais elle aimait Tammy, et il y avait quelque chose de très excitant dans cette aventure. Utiliser l'intégralité du don de sperme pour elles deux avait été un acte osé, et cette audace portait ses fruits. À présent, elles n'avaient plus qu'à attendre neuf mois pour voir à quoi ressemblait la maternité.

— On peut l'annoncer à ma mère ? demanda Tammy, les yeux écarquillés par l'impatience.

Toutes les craintes qu'elle avait pu nourrir avant le grand saut dans l'inconnu s'étaient évanouies.

— Il vaudrait mieux attendre jusqu'à la fin du premier trimestre, pour être sûres que tout va bien avant de l'annoncer, dit Stacey avec une expression sérieuse.

— Juste à maman ?

Stacey était incapable de résister au regard suppliant de Tammy. Et Kate avait été si bonne envers elles, les avait tant soutenues. Elle hocha la tête en souriant.

— On pourra lui glisser discrètement vendredi soir à la soirée d'adieu d'Anthony. Elle va être tellement heureuse pour nous. Tu es heureuse, Stacey ?

Tammy s'inquiétait pour sa femme, qui semblait sous le choc.

— Je suis heureuse, mais morte de trouille.

— Je veillerai sur toi, promis.

La douceur avec laquelle elle prononça ces mots fit complètement fondre Stacey. D'ordinaire, c'était elle, la plus forte des deux. Cette fois-ci, c'était l'inverse.

— Oh, chérie ! s'exclama Stacey.

Elle embrassa Tammy et la serra contre elle un long moment.

— C'est la chose la plus courageuse qu'on ait jamais faite, ajouta-t-elle avec solennité.

Elles n'en revenaient pas. Leurs rêves étaient vraiment devenus réalité : elles allaient toutes les deux devenir mères.

La fête donnée en l'honneur d'Anthony fut très réussie, comme tout ce que Kate faisait pour ses enfants. Elle avait disposé les plats préférés de son fils sur une jolie table et décoré tout l'appartement de fleurs. La famille était au complet, conjointes et conjoints inclus. Chacun offrit de petits cadeaux au couple pour leur voyage. Anthony avait du mal à contenir sa joie. Alicia avait déjà un agent, et trois castings prévus à son arrivée. Les choses se présentaient à merveille. Kate souriait. Quel bonheur d'avoir toute sa famille réunie autour d'elle ! Elle ne les avait pas vus depuis Noël et elle avait passé toutes ses nuits depuis le réveillon du Nouvel An avec Scott. Ce soir-là, il dormirait chez lui pour la première fois en trois semaines. Dans un SMS, pour plaisanter, il lui écrivit qu'il ressentait des symptômes de sevrage. Il lui manquait aussi, mais elle savourait la compagnie de ses enfants. Kate ne voulait pas trop attendre pour leur présenter Scott. Après cela, ils apprendraient à le connaître et ils leur laisseraient plus d'intimité.

Kate s'isola dans la cuisine cinq minutes pour préparer le dessert – un gâteau qu'elle avait commandé et sur lequel Anthony et Alicia étaient représentés en tenue traditionnelle indienne. Elle était en train de sortir la glace du congélateur quand Tammy et Stacey entrèrent dans la pièce en prenant soin de refermer la porte derrière elles avec un air de conspiratrices.

— Un problème ?

Elles secouèrent la tête toutes les deux en même temps. Kate trouvait qu'elles commençaient à se ressembler, comme les gens qui vivent ensemble depuis longtemps.

— Aucun problème, s'empressa de la rassurer Tammy qui parlait tout bas. Maman, on est enceintes. Ça a marché !

La jeune femme se mit à danser sur place et Kate la serra dans ses bras.

— Oh, ma chérie ! Je suis tellement heureuse pour toi, pour vous deux ! Ce sera un bébé magnifique, Tammy !

Kate savait que ce serait sa fille qui porterait l'enfant du couple.

— Pas un bébé, maman. DEUX !

Stacey affichait une mine embarrassée.

— Vous allez avoir des jumeaux ?

Kate semblait aux anges.

— Pas des jumeaux à proprement parler, précisa Stacey. Nous avons décidé de faire l'insémination toutes les deux. Je ne sais pas qui a eu cette idée, mais elle nous a paru bonne. On a agi sur un coup de tête.

— On a eu l'idée toutes les deux, lui rappela Tammy. En même temps. On avait assez de sperme pour deux seringues, alors on l'a fait ensemble. Et cela a fonctionné ! On est enceintes toutes les deux !

— Oh mon Dieu ! Toi aussi ?

Kate, qui venait de comprendre, s'était tournée vers Stacey. Celle-ci hocha la tête.

— Comment te sens-tu ?

— Je suis complètement terrorisée ! Tammy est beaucoup plus courageuse que moi. Jamais je n'avais imaginé devoir vivre un accouchement. J'ai vu de véritables horreurs pendant mon internat… C'était censé être Tammy depuis le début, mais je l'aime tellement, et on voulait le faire ensemble, le jour de notre mariage. Et voilà, je suis enceinte et morte de trouille, mais très impatiente aussi. Est-ce que vous serez là pour l'accouchement ? On accouchera peut-être le même jour. Dans la même salle, j'aimerais tellement ! Je veux être avec Tammy, et que Tammy soit avec moi. Vous serez là aussi, dites ?

Stacey semblait si fébrile et vulnérable que Kate en fut touchée.

— Bien sûr que je serai là, répondit-elle, encore bouleversée par leur annonce. Ce serait formidable.

Kate avait fait la même promesse à Claire, qui n'avait d'ailleurs toujours pas suivi de cours de préparation – une erreur, d'après sa mère.

— On va attendre d'avoir passé les douze semaines pour l'annoncer aux autres, précisa Stacey, adoptant la voix de la raison. On avait quand même envie que vous le sachiez. Vous avez été un si grand soutien depuis que Tammy vous a révélé mon existence !

— Je serai absolument ravie d'être à vos côtés ! Bon, on ferait mieux d'apporter la glace dans la salle à manger avant qu'elle fonde complètement. Félicitations, les filles !

Elles rejoignirent les autres et s'assirent chacune à leur place. Le reste de la soirée fut consacré à Anthony et Alicia. Kate ne put cependant s'empêcher de repenser à cette grande annonce et sourit à profusion aux futures mamans.

Tout le monde s'en alla à minuit. Anthony promit à sa mère de passer lui dire au revoir avant de partir, deux jours plus tard. Quand elle souhaita bonne nuit à ses invités, Kate étreignit encore plus chaleureusement Tammy et Stacey, leur adressant un regard qu'elles surent toutes deux interpréter. L'année allait être très chargée pour la famille, avec l'arrivée de trois bébés en l'espace de six mois. La pauvre Stacey avait l'air tellement stressée ! Le jour de leur mariage, elle s'était laissé happer par le côté romantique de cette idée, et voilà qu'elle se trouvait pétrifiée à l'idée d'accoucher. D'un point de vue émotionnel et psychologique, Tammy était beaucoup plus préparée à donner la vie que Stacey, qui ne s'était jamais vraiment projetée dans cet acte féminin par excellence. Sans compter que son expérience de médecin lui avait appris tout ce qui pouvait aller de travers le jour J.

Mais, avec un peu de chance, les choses se passeraient à merveille.

Kate envoya un texto à Scott après le départ de ses convives. Elle lui écrivit que la soirée avait été très sympathique, mais ne lui annonça pas la grande nouvelle. Peut-être valait-il mieux qu'il rencontre les intéressées d'abord ?

Kate rangeait la cuisine quand elle entendit Scott ouvrir la porte de l'appartement. Il avait sa clé désormais, et il entra dans la cuisine avec un air de chien battu.

— Je suis accro à toi. Avant, j'aimais bien mon chez-moi. Maintenant, je m'y sens terriblement seul.

Elle sourit et lui ouvrit les bras. Il s'approcha, l'enlaça et l'embrassa.

— Je me suis demandé si tu passerais après leur départ.

— Ça t'embête ?

— Bien sûr que non. Tu me manquais aussi.

— Comment était la soirée ? Claire a fait sa mauvaise tête ?

— Non, tout le monde s'est bien comporté, et Claire a tellement peur de l'accouchement qu'elle est redevenue agréable.

— Bien. Pourvu que ça dure ! Une petite frayeur lui remettra peut-être les idées en place.

Scott n'avait pas tort, même si Kate se sentait désolée pour Claire. Un premier bébé était une source importante d'angoisse, comme Stacey était en train de le découvrir.

Quelques minutes plus tard, ils étaient au lit, et Scott se blottit dans les bras de Kate avec un soupir de plaisir. Il avait le sentiment d'être rentré à la maison. Désormais, il voulait être là où elle serait – dans son lit, dans ses bras, dans sa vie, dans son monde. Et, tandis qu'ils commençaient à faire l'amour, Kate désira exactement la même chose.

19

Après la petite fête en l'honneur d'Anthony et d'Alicia, Kate et Scott rêvaient d'un week-end tranquille. Ils avaient beaucoup travaillé ces dernières semaines et s'étaient couchés tard tous les soirs pour faire l'amour.

Le lendemain, vers midi, tandis qu'elle terminait la vaisselle de la veille et que Scott lisait le journal en pyjama, le portier appela pour annoncer qu'Anthony était en train de monter. Kate jeta à Scott un regard paniqué.

— Oh, zut ! Anthony vient me dire au revoir. Tu pourrais enfiler un jean rapidement ?

Scott se précipita dans la chambre pendant que Kate ouvrait à son fils, après une halte rapide dans la salle de bains pour enfiler un peignoir. Elle ne savait pas quoi dire à Anthony pour expliquer la présence de Scott. Elle n'avait parlé de lui à aucun de ses enfants et ne le souhaitait pas encore, peu désireuse d'entendre leurs commentaires ou de répondre à leurs questions. Leur histoire était bien trop récente. Et si cela ne marchait pas entre eux ? Ce scénario semblait peu probable pour le moment, car leur entente était merveilleuse. Mais ils vivaient dans un cocon détaché de la réalité. Ils voulaient avoir du temps pour eux deux avant d'autoriser le monde à entrer dans leur bulle.

Kate ouvrit la porte, et Anthony la serra très fort dans ses bras.

— Tu vas me manquer, maman. On se parlera sur FaceTime. Je serai rentré dans six mois pour une longue visite, et mamie dit que vous viendrez nous voir. La soirée d'hier était super. On a adoré !

Scott apparut alors, impeccablement vêtu d'un jean et d'une chemise bleue à manches longues. Ses cheveux étaient bien peignés et il était chaussé de mocassins.

— Tu as un invité ? s'étonna Anthony.

Scott sourit et, tout en douceur, lui tendit la main.

— Scott White. Vous devez être Anthony. Votre mère et moi travaillons ensemble sur une affaire depuis quelques mois. Je suis passé récupérer des documents. J'ai cru comprendre que vous alliez en Inde. C'est un projet excitant !

— J'ouvre une antenne là-bas pour ma boîte. Je suis venu dire au revoir à ma mère. Nous partons demain.

Anthony se tourna alors vers Kate. Il ne semblait absolument pas désarçonné par la présence de Scott. De toute façon, avec Scott, on se sentait immédiatement à l'aise. Ce dernier alla dans la cuisine pour laisser de l'intimité à Kate et son fils.

— Un nouvel homme dans ta vie ? murmura-t-il à sa mère avec un petit sourire espiègle.

Elle secoua la tête.

— Un collègue de longue date, répondit-elle tout bas.

Elle mentait, mais n'était pas prête à lui révéler la vérité.

— On vient de boucler une affaire, on clôture le dossier.

Anthony n'avait jamais vu sa mère recevoir qui que ce soit en robe de chambre, même un vieil ami. Mais il n'avait pas le temps d'en discuter. De toute façon, ce Scott avait l'air d'être quelqu'un de bien.

Ils s'assirent quelques instants.

— Tu vas me manquer, dit-elle. Fais attention à toi là-bas, mon chéri.

— Je t'aime, maman. Ne laisse pas le monstre à gros ventre te maltraiter. J'ai quand même l'impression qu'il y a du mieux, depuis quelques jours.

Kate hocha la tête, savourant la présence de son fils adoré. Puis il se leva.

— Je dois partir. Je t'appellerai à notre arrivée.

— Tiens-moi au courant pour les castings d'Alicia !

Ils s'étreignirent une dernière fois sur le pas de la porte, très fort.

— Je suis tellement fière de toi. Je t'aime, répéta-t-elle tandis que son fils montait dans l'ascenseur.

Il avait disparu. Kate regagna l'appartement, les joues maculées de larmes. Scott sortit de la cuisine. Lorsqu'il vit qu'elle pleurait, il l'enlaça et la serra tout contre lui.

— C'est un bon garçon. Gentil. C'est écrit dans ses yeux.

Scott ne voyait pas Anthony comme un homme, mais comme un « garçon » – un garçon loyal envers sa mère.

— Merci de t'être habillé, dit-elle avec un sourire.

— Il a fait un commentaire à mon sujet ?

— J'ai prétendu que tu étais un ami du boulot et ça n'a pas eu l'air de le tracasser. Son départ l'accapare complètement. Il a quand même demandé si tu étais mon nouveau jules, et j'ai répondu que non. Je déteste lui mentir, mais tu as raison. Il est trop tôt pour leur parler de nous. De toute façon, Anthony part demain. Je lui annoncerai sur FaceTime, quand on le dira aux autres. Je pourrai toujours expliquer que c'est tout récent.

Scott hocha la tête et lui sourit.

— Ça va être sympa d'apprendre à le connaître. Il m'a l'air d'un grand gamin. Les filles m'intimident un peu plus. Surtout Claire.

— En ce moment, c'est compliqué avec elle. Mais Tammy est un ange. Elles sont enceintes toutes les deux, d'ailleurs.

— Qui ça, toutes les deux ?

— Tammy et Stacey. Elles ont fait l'insémination en même temps, et ça a marché pour elles deux. Elles se sont transformées en usine à bébés.

Kate s'assit en face de lui à la table de la cuisine.

— Tu crois que tu vas réussir à nous supporter ?

Scott hocha la tête.

— Tant que j'ai droit à ma part de toi, oui. Je me moque de savoir combien de bébés tes enfants vont avoir. C'est toi, mon bébé, Kate, et tu es le seul qui m'intéresse.

— Eh bien, dans ce cas, ça devrait fonctionner sans problème.

Kate termina de laver les verres, puis ils regagnèrent la chambre à coucher. Et comme d'habitude, lorsqu'ils s'allongèrent sur le lit, il arriva ce qui devait arriver.

Kate oublia la grossesse de Stacey et de Tammy, le départ d'Anthony, la durée de son absence, ainsi que l'accouchement de Claire. Elle ne pensa plus qu'à Scott, et combien elle l'aimait. Il faisait partie de son monde, à présent. Et quand ils faisaient l'amour, ils ne s'appartenaient qu'à tous les deux. Elle était sa femme, et il était son homme.

Anthony téléphona à Tammy alors qu'il rejoignait l'hôtel où il séjournait avec Alicia aux frais de son entreprise, pour leurs derniers jours à New York. Ils avaient rendu les clés de leurs appartements respectifs. Dans deux ans, quand ils reviendraient définitivement, ils trouveraient un nouveau logement. Pour juin prochain, Kate les hébergerait.

Quand Tammy décrocha, Anthony ne put s'empêcher de rire.

— Je crois que maman a un nouveau mec, annonça-t-il. Je viens de passer lui dire au revoir, et il y avait un type chez elle.

— Un type chez elle ? Qui ?

— Elle prétend que c'est un ami du boulot, mais ça m'étonnerait. Elle était en chemise de nuit et en peignoir, et lui en jean et chemise, mais il avait l'air tout juste sorti du lit. Cela dit, il a l'air sympa. Il m'a semblé un peu plus jeune que maman. Deux ans, peut-être.

— T'es sûr ? Je ne pense pas qu'elle ait de nouveau quelqu'un dans sa vie. Elle a passé beaucoup de temps avec nous dernièrement. Je ne vois pas où elle caserait un homme dans son planning.

— On pensait la même chose à ton sujet. Elle peut trouver le temps si elle le veut.

Anthony souriait. Du moment que Scott se comportait bien avec sa mère, il ne voyait aucune objection à ce qu'ils se fréquentent. Au contraire, cela le rassurait de savoir qu'elle n'était pas seule.

— Surveille Claire, histoire qu'elle ne lui fasse pas de misères. Elle peut être tellement vache !

— J'ai l'impression que ça s'est amélioré de ce côté-là. Elle a besoin de maman en ce moment.

— Vous allez me manquer, les filles, dit-il avec une pointe d'émotion dans la voix.

— Hier soir, je me suis dit que tu avais eu raison de rompre avec Amanda. Si tu t'étais marié avec elle, tu n'aurais jamais pu prendre ce poste.

— J'ai pensé exactement la même chose que toi. Alicia est bien plus aventureuse qu'Amanda. Et que moi, d'ailleurs. Elle a hâte d'arriver là-bas.

— On s'appellera souvent sur FaceTime, hein ?

— Carrément. Et surveille ce qui se passe avec ce type. Je parie que c'est son nouveau mec. J'ai eu un pressentiment. Si c'est le cas, tant mieux pour elle. Il m'a fait bonne impression. On se parle bientôt, sœurette. Je t'aime.

— Je t'aime aussi.

Après avoir raccroché, Tammy parla à Stacey de l'homme que son frère avait croisé chez Kate.

— Tu penses vraiment qu'elle a de nouveau quelqu'un dans sa vie ? Elle ne m'a rien dit à ce sujet.

— Elle garde peut-être les choses pour elle dans un premier temps. Rien de mal à cela. On est nombreux, on parle beaucoup. Ils n'ont peut-être pas envie de ça tout de suite, fit remarquer Stacey pensivement.

— J'en doute.

Mais Stacey était plus âgée et plus avisée que Tammy, et elle pensait qu'Anthony avait probablement raison. Le cas échéant, c'était tant mieux pour Kate. Elle le méritait.

Le lendemain, avant le décollage, Anthony téléphona à sa mère depuis l'aéroport. Kate eut une nouvelle occasion de lui dire au revoir. Il ne lui posa aucune question sur Scott, et elle ne parla pas de lui.

Les deux amants passaient un dimanche tranquille à l'appartement. Ils lisaient le journal en pyjama.

Une semaine chargée les attendait, avec de nouvelles affaires à préparer et des dossiers plus anciens à boucler. Kate était prise dans un flux incessant de travail, et Scott avait un gros procès programmé en mai.

Au début du mois de février, ils étaient débordés tous les deux.

Stacey, enceinte de six semaines, souffrait alors de violentes nausées matinales. Chaque jour, elle se sentait affreusement mal, allant jusqu'à vomir six à huit fois. Elle avait dû plusieurs fois se faire remplacer en consultation. Tammy en était désolée, mais elle-même se portait comme un charme.

— Pourquoi c'est l'horreur pour moi, alors que toi, tu te sens très bien ? lui demanda un matin Stacey, affalée sur le sol de la salle de bains.

— Ma mère non plus n'a jamais eu de nausées matinales.

Stacey vomit encore une fois et, à bout de force, elle resta agenouillée devant les toilettes, la tête penchée au-dessus de la cuvette. Tammy lui tendit une serviette humide et lui caressa les cheveux. Elles décidèrent de téléphoner à l'obstétricienne, qui leur expliqua qu'en matière de nausées, c'était un peu la loterie, et qu'il n'y avait malheureusement pas grand-chose à faire. Il existait des médicaments, mais Stacey ne voulait pas les prendre afin de ne pas risquer de mettre en danger la santé du bébé. Le médecin leur dit qu'à la fin du premier semestre, six semaines plus tard, les nausées devraient s'être calmées, mais elle ajouta que, chez certaines femmes, elles pouvaient persister jusqu'au terme. Stacey le savait bien, et ne pouvait s'empêcher de pleurer en y pensant. Ces nausées étaient bien plus pénibles qu'elle n'aurait pu l'imaginer.

— C'est l'horreur, geignit-elle quand Tammy l'accompagna jusqu'au lit et lui posa un gant humide sur le front.

Mais même le parfum discret de la lessive sur le gant provoqua de nouveaux haut-le-cœur. La pauvre resta malade toute la journée. Stacey n'avait jamais été aussi mal en point. En quête de conseils, elle aborda le sujet avec les mères de ses patients et constata que de nombreuses femmes avaient pris des médicaments. Une poignée d'entre elles s'étaient cependant contentées de vivre avec.

— Je crois que je suis en train de mourir ! se lamenta-t-elle une nuit, assise par terre dans la salle de bains.

Elle s'était réveillée d'un sommeil profond pour vomir.

— Tu n'es pas en train de mourir, tu es enceinte. Et nous allons avoir deux beaux bébés, lui dit doucement Tammy avant de l'aider à se recoucher.

Elle éprouvait de la culpabilité à se sentir si bien alors que Stacey souffrait affreusement.

Au début du mois de mars, celle-ci se portait légèrement mieux. Elle ne vomissait plus que trois ou quatre fois par jour. Claire, quant à elle, était à deux mois du terme et se sentait très mal à l'aise dans son corps. Le bébé était énorme. La jeune femme avait du mal à respirer et ne dormait plus. Tammy se sentait en revanche toujours merveilleusement bien. Elle n'avait jamais eu autant d'énergie. Elle adorait les échographies et avait hâte de connaître le sexe du bébé dans quelques semaines.

Kate les appelait pour prendre de leurs nouvelles pratiquement tous les jours, et elle était vraiment désolée pour Stacey. Heureusement, le bébé était en bonne santé.

Scott et Kate étaient ensemble depuis trois mois, et ils filaient le parfait amour. Leurs bureaux étant proches, ils se retrouvaient pour déjeuner pratiquement tous les jours. Et ils passaient leurs nuits blottis l'un contre l'autre, à lire, regarder la télévision, parler ou travailler sur leurs dossiers.

— Tu n'en as pas marre de moi pour l'instant ? lui demanda-t-il un soir, inquiet.

— Absolument pas.

Kate lui sourit. Elle n'avait jamais été aussi heureuse de sa vie. Scott n'avait pas encore rencontré les filles mais, comme elles étaient toutes à différents stades de leur grossesse, le moment ne semblait pas être le bon. Kate leur avait annoncé qu'elle fréquentait quelqu'un depuis peu, mais sans entrer dans les détails.

Anthony était heureux à New Delhi et parlait souvent à Kate sur FaceTime. Alica avait décroché deux petits rôles dans des productions confidentielles, et d'autres castings étaient programmés – l'industrie du cinéma en Inde se portait bien. Les réalisateurs et les producteurs adoraient son allure et son côté exotique.

À la mi-mars, Kate venait juste de rentrer d'un déjeuner avec Scott quand Claire l'appela.

— Ça y est, maman ! s'écria-t-elle d'une voix paniquée. Je suis à l'hôpital. Il est en avance. Je suis censée accoucher dans deux jours.

La jeune femme avait espéré accoucher après le terme.

— Tu peux venir tout de suite ?

Kate sourit : la grossesse était arrivée à son terme et le bébé était prêt, mais sa fille n'avait pas assisté aux cours de préparation à l'accouchement, pas plus qu'elle n'avait lu un seul des livres que Kate lui avait offerts.

— J'arrive, ma chérie. Tout va bien. C'est formidable. Tu vas avoir un bébé aujourd'hui.

Ou peut-être le lendemain matin. Claire éclata en sanglots.

— Je ne veux pas avoir de bébé ! J'ai trop peur. Ça fait déjà super mal, et il paraît que ça va empirer.

Pardon d'avoir été une vraie garce avec toi. Tu m'en veux beaucoup ?

— Pas du tout. Détends-toi.

— Pourquoi je ne peux pas accoucher par césarienne, sous anesthésie ?

C'était ce qu'elle avait demandé à son médecin, pour qui rien ne le justifiait. Le bébé se présentait dans la bonne position et tous les signaux étaient au vert pour un accouchement par voie basse.

— Tu aurais plus de mal à t'en remettre. Par voie basse, c'est mieux. Une fois le bébé sorti, on n'en parle plus. Tu récupères plus vite. Et grâce à la péridurale, fini la douleur ! Allez, je serai là dans quelques minutes.

Kate raccrocha et passa un coup de fil à Scott pour le prévenir : elle ne rentrerait pas avant que le bébé soit né, et cela pouvait prendre du temps pour un premier enfant – peut-être toute la nuit. Sans connaître encore Claire, Scott déclara être de tout cœur avec elle. L'accouchement lui avait toujours semblé être une chose terrifiante.

Kate prit un taxi et arriva à l'hôpital vingt minutes plus tard. Reed se trouvait déjà dans la salle d'accouchement, l'air tout aussi paniqué que Claire qui sanglotait de façon hystérique. Une infirmière tentait de la calmer. Elle sortit à l'arrivée de Kate.

— Elle veut la péridurale, mais pour l'instant ils refusent, expliqua le futur papa d'un air inquiet. Ils disent que c'est trop tôt et que cela risque d'arrêter le travail.

— Elle va devoir attendre encore un peu, dit Kate posément en allant s'asseoir à côté de sa fille.

Claire n'arrivait pas à contrôler ses sanglots, complètement dépassée par la situation. On lui avait posé un moniteur sur le ventre, qu'elle avait arraché car l'appareil la serrait trop. Kate lui parla d'un ton ferme et maternel.

— Claire, tu dois te calmer, ma chérie. Tu ne feras qu'empirer les choses en te mettant dans un état pareil. Tu vas bientôt recevoir la péridurale. Essaie de tenir jusque-là.

Kate lui caressa doucement les cheveux mais Claire la repoussa. Son col n'était dilaté que de deux centimètres, et les contractions de faible intensité comparées à celles qui l'attendaient. Elle n'était pas préparée aux difficultés de l'accouchement et se débattait comme un chat quand on l'examinait. Reed supportait mal de la voir ainsi. Il retourna au poste des infirmières afin de supplier qu'on lui administre un antidouleur.

— Si nous lui donnons quoi que ce soit maintenant, cela risque de ralentir le travail, lui expliqua l'infirmière. La douleur augmente en même temps que le col se dilate, pour que le bébé puisse sortir.

Reed le comprenait, mais pas Claire, qui hurlait à chaque contraction. Il regarda Kate d'un air désemparé quand il revint dans la salle. Il se sentait démuni.

— Que peut-on faire pour elle ? demanda-t-il dans un murmure pendant que Claire était aux toilettes.

— Pas grand-chose pour l'instant, répondit-elle avec honnêteté. Il faut que les contractions s'intensifient pour agir. Le travail ne fait que commencer.

Kate détestait voir sa fille souffrir autant, mais il ne fallait pas qu'elle le montre trop. Claire voulait des réponses faciles, qui n'existaient malheureusement pas.

Elle hurla et sanglota pendant encore trois heures, se débattant contre ce qui lui arrivait. Reed semblait de plus en plus inquiet. L'accouchement avançait lentement, mais tout était normal.

Une heure plus tard, ils réalisèrent la péridurale et Claire hurla de plus belle. Debout à côté d'elle, Reed ne pouvait retenir ses larmes. Il ne s'attendait pas à ce que cela se passe aussi mal. Il quitta la pièce pendant quelques instants, laissant Kate avec sa fille qui continuait à se débattre chaque fois qu'une infirmière venait l'examiner.

S'ensuivirent deux heures de lutte, de refus de coopérer et de pousser quand on le lui demandait. À minuit, le médecin annonça à Reed et Kate dans le couloir qu'ils allaient pratiquer une césarienne.

L'accouchement avait commencé dix heures plus tôt, ce qui n'était pas inhabituel pour un premier enfant. Le travail pouvait être encore plus long. Il n'y avait aucune raison d'ordre purement médical pour justifier le recours à une césarienne, mais le fait que Claire soit complètement dépassée par ce qui lui arrivait était potentiellement dangereux pour sa santé mentale, et trop stressant pour le bébé.

— On observe généralement ce phénomène chez de très jeunes filles, des adolescentes qui ne sont pas prêtes pour accoucher. Plus rarement chez les femmes de l'âge de Claire, dit posément le médecin.

On lui administra une piqûre de morphine qui la rendit immédiatement vaseuse et, quelques minutes plus tard, on l'emmenait en salle d'opération sur un chariot brancard. Reed et Kate patientèrent en salle d'attente. Le futur papa avait l'air éreinté.

Une infirmière vint leur annoncer une demi-heure plus tard que le petit garçon était né et se portait très bien. Il pesait 3,2 kilos. Reed paraissait fou de joie. L'accouchement était terminé, et son fils était là.

Ils allèrent admirer l'enfant, derrière la vitre de la pouponnière. Le bébé était bien emmailloté dans une couverture et coiffé d'un bonnet bleu. Il était réveillé et regardait autour de lui. Reed, ébahi, le contempla tandis que des larmes coulaient sur ses joues. Devant son premier petit-fils, Kate espérait que Claire serait à la hauteur de la tâche qui l'attendait. Pourvu qu'elle soit davantage prête pour la maternité qu'elle ne l'avait été pour l'accouchement !

Pour l'heure, elle était en salle de réveil et y resterait encore quelques heures avant d'être installée dans une chambre. L'équipe médicale avait expliqué qu'elle dormirait probablement jusqu'au matin. Kate serra Reed dans ses bras et promit de revenir le lendemain dans la matinée. Elle ne put s'empêcher de penser que la mère de ce bébé était elle-même encore une enfant.

Kate rentra chez elle en taxi et se glissa dans le lit à côté de Scott. Elle se sentait à la fois soulagée et triste pour sa fille.

Scott se réveilla doucement et la regarda. Il était 2 heures du matin.

— Tout va bien ?

— Le bébé va bien et Claire aussi.

Elle lui raconterait les détails le lendemain matin. Elle se blottit tout contre lui en soupirant.

Une nouvelle vie venait de commencer, et Kate espérait de tout cœur qu'elle serait belle. Peu importaient les circonstances dans lesquelles ce bébé était arrivé. Peu importait que ses parents soient mariés ou pas. Elle accueillait ce petit être à bras ouverts.

20

Stacey et Tammy vinrent rendre visite à Claire le lendemain à l'hôpital. Celle-ci, maquillée et coiffée, paraissait tout de même épuisée. Elle avait mal à cause de la césarienne. Elle ne voulait pas nourrir son enfant ni le prendre dans ses bras. Les infirmières et Reed avaient mis le bébé plusieurs fois contre son sein. Malheureusement, Claire se tordait de douleur à chaque succion. Elle n'avait pas encore eu de montée de lait et, après l'opération qu'elle avait subie, les tétées du bébé provoquaient d'atroces contractions utérines contre lesquelles les antalgiques ne semblaient pas agir.

À cause des médicaments qu'on lui donnait, Claire était groggy. Elle raconta à Stacey et Tammy à quel point l'accouchement avait été horrible, pire que tout ce qu'elle avait pu imaginer. Elle avait eu l'impression qu'on sciait son corps en deux. On lui avait dit qu'elle pourrait avoir une césarienne pour le deuxième, mais elle ne voulait pas d'autre bébé.

Lorsque les jeunes mariées lui annoncèrent qu'elles étaient toutes les deux enceintes, plutôt que de les féliciter, Claire se déclara navrée pour elles. Ensuite, elle demanda une dose de morphine. Stacey et Tammy s'en allèrent en lui promettant de revenir quand elle se sentirait mieux. Claire avait prévu de rester à l'hôpital quatre ou cinq jours.

En sortant de la chambre, Stacey était pâle comme un linge. Dès qu'elles furent assez loin dans le couloir, Tammy s'arrêta et attrapa le bras de sa femme.

— Écoute ce que moi, je te dis, pas ce que ma sœur raconte. C'est une enfant gâtée, qui veut que tout soit simple. Elle a eu un tout petit bébé, qu'elle aurait pu mettre au monde naturellement d'après ma mère si elle avait accepté de coopérer avec l'équipe médicale. Elle voulait qu'on l'endorme et qu'on lui fasse une césarienne. Ce n'est pas ce qui va se passer pour toi. Les nausées vont cesser, on va rester en bonne forme physique et mettre au monde des bébés en pleine santé. Ce sera merveilleux. C'est ce qu'on voulait, et ça va être génial. Alors oublie toutes ces conneries, ces lamentations immatures. Claire n'est pas assez adulte pour avoir un bébé, mais nous, si. On est bien d'accord là-dessus ?

— Chef, oui, chef ! répondit Stacey en lui souriant.

Elle passa un bras autour de Tammy tandis qu'elles marchaient dans le couloir.

— Nous allons avoir des bébés en bonne santé et des accouchements faciles.

Elle répéta cette phrase comme un mantra, et Tammy la bouscula gentiment.

— T'as pas intérêt à l'oublier !

— Chef, oui, chef.

Après cette petite mise au point, Stacey marcha d'un pas plus léger. Elle avait assisté à des accouchements difficiles au cours de son internat, généralement chez des femmes trop terrifiées pour coopérer ou comprendre ce qui se passait. Et Tammy avait raison : Claire était une enfant gâtée et aurait aimé que tout soit facile. Sauf que certaines choses ne l'étaient pas – il fallait l'accepter. Heureusement, avec Tammy à ses côtés, Stacey se savait capable de déplacer des montagnes.

Quinze jours plus tard, comme par magie, les nausées disparurent. Le premier trimestre était fini. En une semaine, Stacey retrouva la forme et se sentit de nouveau elle-même. Elle avait l'impression d'avoir retrouvé sa vie. Les deux jeunes femmes sortirent dîner pour fêter l'événement.

Lorsque Margaret alla rendre visite à son premier arrière-petit-fils, elle pleura en le voyant. Les parents l'autorisèrent à le tenir dans ses bras. Claire se sentait mieux et avait décidé de ne pas allaiter. Le couple avait engagé une puéricultrice pour s'occuper du bébé. Claire raconta à quel point l'accouchement avait été atroce et affirma que la prochaine fois, s'il y en avait une, elle aurait recours à une césarienne programmée pour ne pas avoir à endurer ces affres. Mais elle ne pensait pas qu'ils voudraient d'autres bébés. Reed lui avait assuré qu'il se satisferait d'un seul enfant si c'était ce qui convenait à Claire. Il lui avait offert une grosse bague en saphir pour la remercier d'avoir mis au monde leur fils. Il les aimait plus que jamais, tous les deux. Claire lui avait offert le plus beau cadeau qui soit. Et elle n'arrêtait pas de rappeler combien cela avait été abominable, combien elle avait souffert. Cet accouchement avait été la pire expérience de sa vie.

Une semaine plus tard, Kate invita Tammy et Stacey chez elle afin de leur présenter Scott, qui les apprécia toutes les deux. Ce fut une soirée très divertissante, et la maîtresse de maison en fut comblée. Il ne restait plus à Scott qu'à faire la connaissance de Claire. Cependant, la jeune femme n'était pas en état de le rencontrer pour le moment.

Dès qu'elle rentra chez elle, Tammy appela son frère à New Delhi en FaceTime.

— T'avais raison au sujet du type. Je viens de le rencontrer. Il est cool, vraiment intelligent et fou de maman.

— Comment s'appelle-t-il ? demanda Anthony.

— Scott White. Il est avocat.

— Oui, c'est bien lui.

— Ils se fréquentent depuis trois mois.

En Inde aussi, il y avait une grande nouvelle, qu'Anthony révéla dès que Tammy eut terminé son rapport sur Scott : Alicia avait décroché un vrai rôle dans un vrai film. Un petit rôle, certes, mais le producteur était connu. Le tournage débuterait en avril et serait terminé en juin. Ils pourraient donc rentrer au pays comme prévu.

— Et vous, comment ça va ?

Les deux jeunes femmes lui firent coucou à l'écran.

— On est enceintes, répondit Tammy en riant.

— Toutes les deux ?

— Toutes les deux ! confirma Tammy avec fierté. Stacey a eu des nausées au début, mais c'est passé. Donc en septembre, on aura deux bébés.

— Flippant. Comme des jumeaux, mais avec deux mamans.

— Voilà, confirma Tammy, qui était rayonnante à l'écran.

— Comment va Claire ? Je ne lui ai pas parlé depuis l'accouchement.

— Elle n'arrête pas de raconter en pleurnichant à quel point ça a été atroce. Maintenant qu'elle a un enfant, elle va peut-être vraiment devoir grandir et arrêter d'accuser maman de tous les maux. Pas facile pour elle.

— Notre sœur est gâtée pourrie, constata Anthony d'un ton écœuré.

— Oui. Et le comportement de Reed n'aide pas. Il répond au moindre de ses caprices. Enfin, le bébé est mignon. Mais pas aussi mignon que les futurs nôtres, fanfaronna Tammy avec un grand sourire.

Il discutèrent encore quelques minutes avant de raccrocher. Quelle chance de pouvoir le voir grâce à la technologie ! Anthony manquait beaucoup à Tammy, tout comme à Kate.

En avril, Tammy et Stacey purent enfin connaître le sexe de leurs bébés. Un de chaque ! Stacey aurait un garçon, et Tammy, une fille. Curieusement, cela leur paraissait logique. Le bébé de Claire avait déjà un mois. Ils l'avaient prénommé Gregory, comme le père de Reed. Gregory Bailey Morgan.

Claire passait tout son temps au club de sport pour perdre ses kilos de grossesse. Le bébé avait deux nourrices la semaine, deux autres pour aider le week-end au cas où, et une infirmière à demeure. Reed était prêt à lui donner tout ce qu'elle voulait. Claire trouvait que Gregory pleurait tout le temps, peut-être parce qu'elle ne l'avait pas allaité ou parce qu'il ne la voyait jamais. Elle reprendrait le travail dans trois mois et voulait s'amuser pendant cette période de congés, pas s'occuper d'un nouveau-né. Heureusement, Reed était gaga de son fils.

Stacey et Tammy n'avaient pas revu le petit depuis l'hôpital, mais avaient prévu d'aller lui rendre visite prochainement. Elles étaient occupées à transformer leur chambre d'amis en chambre d'enfants, ce qui se révéla plus amusant qu'elles ne l'auraient cru. À la demande de Tammy, Margaret réalisa une fresque murale : des oursons en peluche roses et bleus et des ballons sous un ciel azur parsemé de nuages blancs floconneux.

Deux mois plus tard, en juin, Anthony et Alicia rentrèrent aux États-Unis pour se marier. Ils étaient tombés amoureux de l'Inde, adoraient vivre et travailler dans ce pays. Alicia rapporta un sari à ses trois belles-sœurs ainsi qu'à Kate. Elle avait terminé le tournage de son film, et obtenu un plus gros rôle dans une autre production dont le tournage débuterait en septembre. Cette fois-ci, elle avait des répliques à apprendre et prenait des cours d'art dramatique. Anthony trouvait qu'elle avait un réel talent pour le métier d'actrice.

Dès qu'Anthony posa le pied sur le sol américain, Kate lui présenta Scott – sans lui mentir sur son identité cette fois-ci. Il était le dernier de ses enfants à faire sa connaissance. Les deux hommes s'apprécièrent immédiatement.

Une semaine après leur arrivée, Anthony et Alicia se marièrent. Ce fut une cérémonie intime, uniquement en présence de la famille. La mère d'Alicia était là, mais pas son père, qui ne fit pas le voyage depuis Porto-Rico. La famille d'Anthony était au complet. Reed et Claire vinrent même avec Gregory. Il avait trois mois, et Reed l'emmenait partout en porte-bébé. C'était un petit garçon joyeux qui souriait beaucoup. L'amour que lui portait son père était flagrant. Quant à Claire, elle se comportait avec lui comme s'il s'agissait de l'enfant de quelqu'un d'autre, ce qui perturbait affreusement Kate. La jeune mère venait de reprendre le travail.

Stacey et Tammy étaient enceintes de six mois et respiraient toutes deux la santé et le bonheur. La première avait retrouvé son énergie et repris son activité. La seconde avait prévu de travailler chez Chanel jusqu'au dernier jour de sa grossesse, puis de prendre deux mois de congé maternité pour s'occuper des bébés.

Ce fut un mariage bruyant, chaleureux et sympathique. Kate organisa la fête dans son appartement, qu'elle décora de fleurs blanches. Alicia portait un sari blanc et or orné d'une écharpe rouge fabuleuse. Elle avait placé un bindi de la même couleur sur son front. On aurait dit une princesse indienne. Elle était chaussée de sandales dorées décorées de jolies clochettes. Anthony paraissait être sur un petit nuage. Grâce aux recherches approfondies de Tammy et de Stacey, les jeunes mariés eurent droit à un véritable banquet indien accompagné de morceaux de musique de là-bas.

Les jeunes restèrent jusqu'à 3 heures du matin. Scott et Kate s'éclipsèrent une heure avant. Une fois au lit, ils parlèrent du mariage. De la musique indienne leur parvenait du salon.

— C'est marrant. Il y a un an, j'étais prête à tous les tuer. Et aujourd'hui, Anthony est heureux avec Alicia. Ils sont mariés, et elle est la meilleure chose qui lui soit jamais arrivée. Tammy et Stacey sont mariées et attendent chacune un bébé. Claire doit encore beaucoup grandir, ce qui était déjà vrai l'année dernière, mais elle a mis au monde un adorable petit garçon. J'espère simplement qu'elle parviendra à s'adapter à son rôle de mère. Reed a la patience d'un saint avec elle. Je ne suis pas convaincue qu'il la laisse jamais grandir. D'ailleurs, Claire n'en a certainement pas envie. Il lui facilite tout. Beaucoup trop. Elle ne mûrira jamais s'il continue. Mais au moins, je ne suis plus dans le collimateur de ma fille.

Kate était persuadée que cette trêve n'était que momentanée, qu'il lui suffisait de ne pas être d'accord avec l'un des choix de Claire pour que la guerre éclate à nouveau. Mais depuis que Kate avait Scott dans sa vie, ces épreuves lui paraissaient moins insurmontables.

Comme Kate l'avait pressenti, Scott se fondait parfaitement au groupe. Hormis Claire, tous ses enfants l'appréciaient. Les changements qu'ils avaient opérés dans leur vie et les décisions qu'ils avaient prises au cours de l'année écoulée avaient libéré Kate. S'ils avaient le droit de vivre comme ils l'entendaient, il n'y avait aucune raison pour que Kate ne puisse pas le faire également, surtout maintenant qu'ils étaient tous adultes et avaient quitté le nid familial. Kate s'était bâti avec Scott une vie dans laquelle elle avait inclus du temps pour ses enfants. Elle était toujours attentive à leurs besoins, mais désormais Scott était aussi une priorité pour elle. Tammy, Anthony et Claire le savaient. Pour la première fois de son existence, Kate avait un véritable allié, prêt à la défendre contre vents et marées. Seule ombre tableau, Claire continuait à vouloir que sa mère soit disponible pour elle au moindre claquement de doigts, que cela soit pratique pour Kate ou pas. Heureusement, la jeune femme se permettait moins de choses en présence de Scott. Et Reed la contenait également.

Désormais, Kate passait la majeure partie de son temps libre en compagnie de Scott. Les enfants avaient leur vie, leurs conjoints et leur carrière, et commençaient eux-mêmes à être parents. Il était primordial pour Kate de mener sa vie elle aussi, et Scott en était une part essentielle. S'ils avaient été déstabilisés au début, ses enfants s'étaient habitués au fait que Scott et leur mère partagent leur existence. Dans cette nouvelle configuration, chacun avait sa place. En fait, tout le monde en avait une dans la vie de Kate : ses enfants et l'homme qu'elle aimait.

Tandis que le bruit de la fête commençait à s'atténuer dans l'appartement, Scott se tourna vers Kate pour lui poser une question.

— Ta mère dit que tu vas aller en Inde avec elle pour rendre visite à Anthony.

Il avait été surpris car Kate ne lui en avait pas parlé.

— C'est possible. Je n'ai pas encore pris ma décision. C'est un sacré périple. Maman meurt d'envie d'aller là-bas. Je ne veux pas qu'elle voyage seule, mais j'aimerais rester ici jusqu'à l'accouchement des filles. Nous pourrions partir après, plus tard dans l'année.

Une idée lui vint alors.

— Tu aimerais venir avec nous ?

— J'adorerais, si je n'ai pas de procès prévu à ce moment-là. En fait, j'aimerais y aller avec toi, dit-il précautionneusement.

Scott adorait Margaret et ne voulait surtout pas lui manquer de respect, mais il rêvait de voyager avec Kate en amoureux. Il ne connaissait pas du tout l'Inde.

— Pourquoi ne pas prendre l'avion avec ta mère, la laisser quelque temps avec Anthony, et partir en amoureux une semaine ou deux ? Il paraît que certains coins d'Inde sont terriblement romantiques.

Scott hésita. Kate perçut immédiatement qu'il avait autre chose en tête.

— Ce serait un voyage de noces extraordinaire, ajouta-t-il doucement.

Il avait peur de sa réaction. Elle se tourna vers lui en souriant.

— Aimerais-tu qu'un jour on officialise notre union ? Je suis un type plutôt traditionnel.

Scott n'avait pris conscience de cet aspect de sa personnalité que récemment. Il savait à présent que le mariage comptait à ses yeux. Plus qu'il ne l'aurait imaginé. Maintenant que Kate faisait partie de sa vie, se marier lui paraissait très important. C'était ce qu'il fallait faire.

— Je n'y ai pas réfléchi. Je ne pensais pas que c'était un scénario possible. C'est nécessaire ? demanda Kate d'un air étonné.

— Nécessaire ? Non. J'ai déjà ma carte verte.

Kate éclata de rire.

— Tu m'as confié il y a un moment déjà, quand on a parlé de Claire, que tu croyais profondément au mariage. Eh bien, j'y crois, moi aussi. C'est une belle façon d'afficher son amour pour quelqu'un, de prouver à cette personne à quel point elle compte à vos yeux. C'est une façon de montrer au monde qu'on croit en cette personne et à la vie qu'on partage avec elle. Voilà pourquoi je déplorais que Claire ait le bébé de Reed hors mariage. C'est un peu comme dire : je crois assez en toi pour avoir ton enfant, mais pas assez pour me tenir à tes côtés et crier au monde entier que je t'aime. Voilà pourquoi aussi l'union de Tammy et Stacey est si riche de sens.

— Crois-tu assez en moi pour cela ? lui demanda Kate, à la fois bouleversée et stupéfaite.

— Oui, répondit-il avec sérieux. C'est ce que je ressens pour toi, Kate, et j'aimerais que le monde entier soit au courant. Je suis fier d'être avec toi. Nous sommes faits l'un pour l'autre. Est-ce que toi, tu crois assez en moi pour m'épouser ? Peut-être est-ce là la question la plus importante.

— Oui, répondit-elle tout bas. Pendant longtemps, je n'ai pas cru au mariage. Pas pour moi, plus depuis Tom. Mais je t'aime, et je suis fière de faire partie de ta vie.

Le mariage ne lui avait pas semblé être une nécessité pour leur couple, mais elle se rendait compte à présent que Scott avait raison. En outre, leur différence d'âge, qui l'inquiétait au début, s'était avérée sans importance.

— Alors marions-nous et allons en Inde pour notre lune de miel ! s'exclama-t-il en souriant.

— Comme ça ? Si simplement ?

— Entre nous, ça a toujours été simple. On était destinés à être ensemble.

Scott l'embrassa.

— Je l'ai su dès que je t'ai rencontrée, et que tu es tombée dans la rue.

— Ça signifie qu'on est fiancés ? demanda Kate en souriant.

— Si tu veux. On devrait peut-être faire l'amour pour sceller notre accord, dit-il en l'attirant vers lui.

— Très bonne idée !

Tandis que Kate riait, Scott lui enleva sa chemise de nuit et lui prouva que ses intentions étaient sérieuses.

Après leurs ébats, elle lui demanda dans un demi-sommeil :

— Tu aimerais te marier quand ?

— Hier, répondit-il avant de sombrer dans le sommeil.

Lorsque Anthony et Alicia rentrèrent de leur lune de miel au Mexique, Kate et Scott annoncèrent la grande nouvelle aux enfants. Ils se marièrent avant que le jeune couple retourne en Inde en juillet. Ils louèrent une maison dans le Connecticut pour le week-end et y organisèrent leurs noces. Toute la famille logea sous le même toit, et on célébra leur union dans une petite église des environs. La cérémonie fut conforme à leur souhait – simple et charmante. Ils échangèrent leurs vœux et les alliances. Leur lune de miel attendrait octobre, après la naissance des bébés de Tammy et de Stacey. Ils iraient ensuite en Inde en compagnie de Margaret.

Après leur mariage, le temps fila jusqu'au mois de septembre. Ils eurent énormément de travail, mais tous leurs dossiers se réglèrent à l'amiable. À la fin du mois de septembre, il faisait encore chaud, mais un parfum d'automne flottait dans l'air. Et par un bel après-midi, le lendemain de la date estimée pour le terme, la fille de Tammy et le fils de Stacey décidèrent de pointer le bout de leur nez et de naître le même jour. Kate avait l'impression que les bébés s'étaient consultés, avaient crié « 1, 2, 3, on saute ! », avant de le faire tous les deux. Les deux accouchements commencèrent à une heure d'intervalle.

Tammy était occupée dans la chambre des bébés quand elle perdit les eaux. Surprise, elle alla le dire à Stacey et, le temps de la trouver, elle était coupée en deux par des douleurs atroces.

— Ça va ? Que s'est-il passé ? demanda Stacey en s'apercevant que le travail avait commencé.

— Je n'en sais rien. Je suis venue te dire que j'avais perdu les eaux et, soudain, j'ai eu l'impression qu'on me transperçait avec un couteau.

Une autre vague de douleur tranchante la laissa sans voix.

— On file tout de suite à l'hôpital.

Stacey était calme et maîtrisait parfaitement la situation – pour l'heure, rien n'avait commencé de son côté. Elle se sentait bien. Elle transbahutait des cartons de matériel médical destinés à son cabinet qui avaient été livrés par erreur chez elles dans la matinée.

Dans le taxi, Stacey observa la fréquence et la force des contractions. Elles augmentaient en intensité et, une fois à l'hôpital, elle constata qu'elles se produisaient toutes les deux minutes. Stacey souriait et donnait la main à Tammy, qu'on emmena en fauteuil roulant dans une salle de travail. Elle aida Tammy à se déshabiller et à passer une blouse tandis qu'une infirmière attendait pour l'examiner. Son col était déjà dilaté à huit centimètres, et à la contraction suivante il était à neuf. L'infirmière expliqua qu'elle allait prévenir le médecin et quitta la pièce à la hâte. Pour un premier bébé, les choses se déroulaient très rapidement.

— Ça va tellement vite ! s'écria Tammy. Je ne m'attendais pas à ça.

Elle était essoufflée, et les contractions étaient violentes et très rapprochées. Elle avait suivi des cours de préparation à l'accouchement, mais tout se passait à la vitesse de l'éclair. Pas le temps d'appeler sa mère pour lui demander de venir.

— Généralement, ce n'est pas aussi rapide pour un premier bébé, dit l'infirmière lorsqu'elle revint.

Le travail n'avait commencé que depuis une quarantaine de minutes, mais les contractions étaient tellement puissantes que Tammy avait l'impression que le bébé pouvait arriver d'une minute à l'autre. Stacey savait que c'était une possibilité. Et alors que celle-ci tenait la main de sa femme, elle perdit à son tour les eaux. Elle parut étonnée. Elle avait les pieds plantés dans une flaque à côté du lit de Tammy, et soudain la course commençait pour elle aussi. Les douleurs débutèrent immédiatement, et Stacey s'effondra dans un fauteuil à côté de sa compagne.

— C'est fou ! lança Stacey, tandis que Tammy se mettait à pousser sans qu'on l'y ait invitée.

Prise de panique, l'infirmière se précipita une nouvelle fois hors de la pièce pour prévenir le médecin. Dans le cas de Tammy, il était trop tard pour une péridurale. Et les contractions de Stacey étaient si puissantes et rapides qu'en quelques minutes elle fut incapable de parler. Les deux femmes se donnèrent la main. L'infirmière revint en trombe avec un lit à roulettes sur lequel elle aida Stacey à s'installer. On voulait l'emmener dans une autre salle d'accouchement. Hors de question ! Elle ne laisserait pas Tammy tant que le bébé ne serait pas sorti. Elles avaient besoin l'une de l'autre.

Tammy, le visage rouge, poussait avec chaque contraction. Pendant ce temps-là, l'infirmière aidait Stacey à ôter ses vêtements et à passer une blouse. Stacey souriait à Tammy pendant leurs contractions pour l'encourager. À peine fut-elle déshabillée qu'un cri transperça la pièce. Leur fille était arrivée. Sidérée, Tammy regardait sa femme d'un air béat.

— Je t'aime, lui dit Stacey.

À cet instant, un train express la traversa. Elle ne pouvait plus parler. Tammy lui empoigna la main et l'encouragea : elle allait y arriver !

— Non, je n'y arriverai pas ! murmura Stacey entre deux contractions, alors qu'un médecin entrait à la hâte dans la pièce pour couper le cordon de leur fille.

Tammy ne lâcha pas la main de sa compagne, qui poussait de toutes ses forces. Tout le monde encouragea Stacey à pousser encore.

Elle se sentit traversée par ce qu'elle portait en elle et un second vagissement furieux emplit la pièce. Entre rires et larmes, les deux mamans regardèrent leur fils venir au monde. Stacey se rallongea, tremblante. Leurs bébés étaient nés à quatre minutes d'intervalle.

Deux infirmières nettoyèrent les nourrissons et les pesèrent, tandis que deux autres infirmières s'occupaient de Tammy et de Stacey, toujours main dans la main et souriantes, secouées mais victorieuses.

— C'était fastoche ! fanfaronna Stacey.

Un autre médecin entra pour prêter main-forte, suivi d'un pédiatre venu examiner les bébés.

Leur fille pesait 3,8 kilos, et leur fils, 4,6 kilos. Les deux accouchements avaient pris moins d'une heure et s'étaient déroulés naturellement, sans difficulté particulière. L'infirmière plaça chaque bébé dans les bras de la mère qui l'avait porté pendant neuf mois. Leur fille alla téter directement au sein de Tammy, et Stacey se retrouva à allaiter leur fils sans le moindre effort. Contrairement à ce qu'elle avait pensé, elle n'éprouva aucune réticence. Médecins et infirmières admiraient ce joli tableau d'un air ébahi. Les deux jeunes mamans annoncèrent que les bébés se prénommaient Annabelle et John.

Tammy appela alors Kate, qui arriva à l'hôpital vingt minutes plus tard. En voyant les deux jeunes mamans porter paisiblement leur bébé, Kate ne put retenir ses larmes. On aurait dit des madones jumelles.

— C'est quoi, cette histoire ? lança-t-elle en les regardant avec un sourire. L'infirmière m'a raconté que vous aviez accouché en moins d'une heure.

Et c'étaient de gros bébés ! Tout l'hôpital en parlait. D'après les infirmières, vu la vitesse à laquelle les choses s'étaient passées, elles avaient eu de la chance que les bébés ne naissent pas à la maison.

Peu après, on conduisit les filles dans leur chambre avec leurs bébés, chacun dans un couffin. Désormais, ils formaient une famille.

Kate les regardait tous les quatre, tandis que les deux mamans regardaient fièrement leur progéniture. Stacey et Tammy parlaient et riaient comme s'il ne s'était rien passé. Elles étaient sur un merveilleux petit nuage.

— Je crois que vous avez battu une espèce de record mondial, dit Kate, rayonnante de bonheur.

Des infirmières passaient régulièrement dans la chambre pour voir comment se portaient les mères. Tammy voulait sortir de l'hôpital le soir même, puisque les deux bébés étaient parfaits, en bonne santé et qu'aucun problème n'avait été décelé lorsqu'on les avait auscultés. Mais Stacey la convainquit de passer la nuit sur place et de partir le lendemain matin. De toute façon, il fallait récupérer les sièges-auto pour pouvoir quitter l'hôpital.

Leur retour à la maison fut chaotique et triomphal. Il leur faudrait un peu de temps pour trouver leur rythme. Pour le premier mois, Stacey avait fait appel à une infirmière en puériculture qu'elle connaissait. Les deux mères déambulaient dans l'appartement, absolument radieuses, pendant que leurs bébés dormaient paisiblement dans les couffins ornés de rubans bleus et roses offerts par Kate.

Tammy et Stacey étaient de véritables incarnations de la maternité. Stacey n'en revenait toujours pas de la facilité avec laquelle elle avait accouché, pas plus que Claire quand Tammy lui fit le récit des événements. La jeune femme confia alors d'un air penaud qu'elle était à nouveau enceinte. Gregory n'avait que six mois. C'était un accident. Claire soutenait ne pas vouloir d'une nouvelle grossesse, mais Reed était aux anges. Le bébé était prévu pour avril et naîtrait par césarienne programmée. Claire mit un point d'honneur à dire à sa mère qu'ils ne se marieraient pas. Kate se contenta d'en rire et Claire eut l'air un peu déçu. Mais c'était la décision de sa fille, et elle l'acceptait. Elle s'était faite à l'idée. Et puis Reed était un père merveilleux qui adorait Claire et leur fils.

Trois semaines plus tard, Stacey et Tammy étaient parfaitement remises et se débrouillaient à merveille. L'infirmière avait calé les rythmes d'Annabelle et John, pour qu'ils fassent leurs nuits. Les deux mères allaitaient indifféremment le garçon ou la fille, en fonction de leurs besoins.

Scott, Kate et Margaret partirent pour New Delhi un samedi matin. Un chauffeur vint les chercher en SUV et les déposa à l'aéroport. Margaret séjournerait chez Anthony pendant que Kate et Scott passeraient deux semaines à explorer le pays pour leur lune de miel différée. Ils avaient soigneusement préparé leur séjour, incluant dans leur itinéraire tous les temples et monuments qu'ils rêvaient de visiter. Évidemment, le Taj Mahal en faisait partie.

Ce voyage fut largement à la hauteur de leurs attentes. Alors qu'ils baignaient dans les rayons de la pleine lune sur la terrasse couverte de leur suite au Raj Palace de Jaipur, Kate regarda Scott et sut qu'ils avaient pris la bonne décision en se mariant. Les événements de ces dix derniers mois leur avaient prouvé qu'ils étaient faits l'un pour l'autre. Le destin les avait réunis, et leur vie était une véritable fête. Le moment était venu pour eux d'en profiter, sans enfants ni bébés pour accaparer le temps de Kate.

Elle portait un sari qu'Alicia lui avait offert et, tandis que Scott le défaisait doucement, ils se regardèrent avec un sourire.

— Merci, murmura Kate. Pour tout.

Scott l'embrassa. Ce « merci » contenait une prière, un souhait, un « je t'aime », le tout adressé à l'homme de sa vie. L'épouser était la meilleure chose qu'elle ait jamais faite, et Scott partageait pleinement ce sentiment.

Ils vivaient exactement ce qu'ils avaient toujours voulu et pensaient ne jamais trouver. Par miracle, c'était arrivé. Leur tour était venu de regarder ensemble vers l'avenir et toutes les aventures qu'ils partageraient. Ils regagnèrent la chambre de leur suite en cette nuit magique. Kate avait compris que les choix et les décisions de ses enfants ne lui appartenaient pas. Avec un peu de chance, tout se passerait bien. Elle avait maintenant sa vie à vivre avec Scott. Leur temps ensemble, avec tous ses bonheurs et toutes ses merveilles, ne faisait que commencer.

ŒUVRES DE DANIELLE STEEL AUX PRESSES DE LA CITÉ *(Suite)*

En héritage
Disparu
Joyeux anniversaire
Hôtel Vendôme
Trahie
Zoya
Des amis proches
Le Pardon
Jusqu'à la fin des temps
Un pur bonheur
Victoire
Coup de foudre
Ambition
Une vie parfaite
Bravoure
Le Fils prodigue
Un parfait inconnu
Musique
Cadeaux inestimables
Agent secret
L'Enfant aux yeux bleus
Collection privée
Magique
La Médaille
Prisonnière
Mise en scène
Plus que parfait
La Duchesse
Jeux dangereux
Quoi qu'il arrive
Coup de grâce
Père et fils
Vie secrète
Héros d'un jour
Un mal pour un bien
Conte de fées
Beauchamp Hall
Rebelle
Sans retour

Vous avez aimé ce livre ?
Vous souhaitez en savoir plus sur Danielle STEEL ?
Devenez, gratuitement et sans engagement, membre du
CLUB DES AMIS DE DANIELLE STEEL
et recevez une photo en couleurs.

Retrouvez Danielle Steel sur le site :
www.danielle-steel.fr

La liste de tous les romans de Danielle Steel publiés aux Presses de la Cité se trouve au début de cet ouvrage. Si un ou plusieurs titres vous manquent, commandez-les à votre libraire. Au cas où celui-ci ne pourrait obtenir le ou les livres que vous désirez, si vous résidez en France métropolitaine, écrivez-nous à l'adresse suivante :

Éditions Presses de la Cité
92, avenue de France
75013 Paris

Imprimé en France par CPI
en avril 2022

Composition et mise en pages
Nord Compo à Villeneuve-d'Ascq

MIXTE
Papier issu de
sources responsables
FSC® C003309

L'éditeur de cet ouvrage s'engage dans une démarche
de certification FSC® qui contribue à la préservation
des forêts pour les générations futures.

Pour en savoir plus :
www.editis.com/engagement-rse/

N° d'impression : 3047472